HAZARDS

［美］乔伊斯·卡罗尔·欧茨 著　韦清琦 李莉 译

漂流在
时间里的人

OF TIME

TRAVEL

JOYCE CAROL OATES

湖南文艺出版社
HUNAN LITERATURE AND ART PUBLISHING HOUSE

博集天卷
CS-BOOKY

谨献给斯蒂格·比约克曼

以及

查理·格罗斯

自我不过是一套装置，是用于表现机能协调一致的反应系统。

B. F. 斯金纳，《科学与人类行为》

他们原本不会找上门来，是我幼稚地吸引了他们的注意。我心甘情愿斗胆做了本没胆子做的事。

由着自己做出了误判。或者不如说，根本就没有做出判断——没动脑子，叫虚荣和愚蠢冲昏了头，于是此刻，我张皇无措。

有时候以跪着祈祷的姿势，我还能突破"潜意识压抑力障碍"——为了可以记起些什么……

可那太伤脑筋了！要费好大的力气，就像是在拼命克服木星的引力。

处于流放状态的我不能和这里的任何人谈起我的判决书，也不能提流放之前的生活，所以我感到倍加孤独。

在这个奇怪的地方，很少有人形单影只，但我仍感到非常孤独，也没有把握挺过去。

我的刑期"只有"四年。原本可能是"无期"。

或者说，原本可能是"删除"。

每个夜晚，当我双膝跪地，竭力去回想，去唤回曾经的、失却的自我时，我都尽量让自己心怀感激，毕竟没有被判"删除"。

还得感激的是，没有一个家人因勾结或诱导我这个叛贼而遭到逮捕。

I
毕业致辞代表

《指令》

1. 禁区内的流放分子允许在以其官方指定居住地为中心、十英里[1]为半径的范围内活动。流放分子居住地只有向国土安全部流放训导局提出申请方能变更。

2. 流放分子不得以任何方式质疑、挑战、不服从任何当地禁区职能部门。除国土安全部流放训导局规定的之外，流放分子不得表明身份，不得在禁区内提及"未来知识"，不得查访或以任何方式寻找"亲属"。

3. 管理部门将会给流放分子分发不可转让的新名字，以及一份合适的"出生证"。

4. 流放分子不得与其他任何人发生任何"亲密"或"秘密"关系。流放分子不得生育。

5. 流放分子将被认定为曾由"已逝""养父母""收养"。流放分子将被认定为无其他家人。此信息将被收入流放分子在禁区的官方档案中。

---

1. 1 英里约合 1.6093 公里。——编者注

6. 流放分子在流放期内将受到实时监控。流放训导局理当有权随时撤销流放期及判决。

7. 流放分子如有违反上述指令者，一概立即予以"删除"。

删除

DI[1]——"被删除分子"。

如果你被"删除",你就不再存在。你被"蒸发"了。

你被"删除"的同时,所有的记忆也被"删除"。

个人财产/不动产成为"北美合众国"的资产。

一旦你被终止存在,你的家人,甚至你的孩子,如果有的话,将不得谈及你或以任何方式纪念你。

因为是禁忌,"删除"被避而不谈。但须知作为最严厉的惩罚,"删除"随时可以实施。

被"删除"不等同于被"行刑"。

"行刑"是一种公共教育行为。"行刑"并非国家机密。

出于道德教育的目的,在"联邦行刑教育计划"的支持下,一定比例的行刑被通过电视向大众公开。

(监狱里的行刑室在建造时模仿了医院手术室,死刑犯被狱警绑在轮床上,穿着"医护"白大褂的监狱工作者在上千万个家庭电视观众

---

1. 原文全称为"Deleted Individual"。——译者注(除特别说明外,本书脚注均为译者注)

的注视下，将致命剂量的毒物注入死刑犯的静脉。）

（我们家是不看这个的。尽管爸爸已经是"被标记分子"，他的种姓等级也易遭攻击，但每周播到《行刑时分》时爸妈都不让我们开电视。我哥哥罗德里克反对这种"审查"，理由是上学的时候假如老师让在课堂上讨论行刑教育的问题，他就没法参与，还会因与众不同而显得"可疑"——不过这一请求无法说动我们的父母在这种时候打开电视。）

"删除"的情形则完全不同，"行刑"意在公开讨论，然而哪怕暗指"删除"都算攻击联邦，可视同"叛国言论"而受到惩处。

我的父亲埃里克·施特罗尔在我出生之前就已经当了一段时间"被标记分子"。他年纪轻轻就获得了医学博士学位，当上了彭斯伯勒医疗中心的住院医生，却被看作科学思想分子受到监视。此类分子被指"为自己着想"——这种名声可不是为人喜闻乐见的。此外，爸爸还受到指控与某被锁定的"颠覆分子"有牵连，该分子后来被逮捕，判了叛国罪；爸爸不过是出于同情，在公园里听了他对一小群人发表的演说，而国土安全局就在此时发动了"扫荡"，逮捕了爸爸和其他人，爸爸的生活从此一落千丈。

他丢掉了住院医生的职位。他虽然拥有医学博士头衔且在儿童肿瘤治疗领域有过专门训练，但他只能当工资微薄的护理员，整个医院都必须对他"另眼相待"，他或许也不能"重操旧业"了。可是爸爸从未（公开）抱怨过——他运气好，他经常（公开）说，没有给关起来，还好端端地活着。

"被标记分子"时常需要重新交代自己的罪行及所受的惩罚。每逢此刻老爸便深吸一口气，又一次去换取他的灵魂，照他的说法。

可怜的爸爸！他在我们家是老好人，现在回想起来，我当时都没意识到他的心情会有多么糟糕。多么崩溃。

家里达成的共识是，不讨论爸爸所处的境地**本身**，但我们似乎可以——即没有明文禁止——像谈论某位家庭成员的慢性病那样谈到他作为"被标记分子"的情况，就好比说多发性硬化症或图雷特综合征，或其他什么偶发的怪病。当个"被标记分子"挺丢脸、挺难为情的，还是潜在的危险分子——不过比起更严重的犯罪，这算是轻微的了，承认"被标记分子"算不上是大逆不道。但即便如此，爸爸仍挺身犯了险。

有一段记忆浮现在我脑海，异常清晰且独立，宛若在青天白日下被突然唤起了一场梦魇。有一天只有我们俩在家，爸爸带我上了阁楼，那儿的门一直被用挂锁锁着，如果我没记错；爸爸掀开一块破毯子，从一块松动的地板下取出一包相片，有意思的是，相片上的人我看着感觉很熟悉，但想不起来是谁——"这是你托拜厄斯叔叔，你两岁的时候，他被'删除'了。"

此时我已十岁，两岁时的记忆已经丢失找不回来了。爸爸声音颤抖，解释道，他"心爱的、莽撞的"弟弟托拜厄斯在读医学院时一直同我们住在一起，后来他协助组织了一次五一节自由演讲游行，之后便被联邦审查局及联邦调查局注意到了。"你托比叔叔"二十三岁那年就是在这座房子里被逮捕、抓走的，接着被判了个莫须有的罪名，然后就被"删除"了。

也就是，"蒸发"了。

那是什么，老爸？——"蒸发"。虽然我知道这会是个伤心的答案，我还是得问。

"就是——走了，宝贝。就像火焰，给吹熄了。"

那时我太小了，留意不到父亲眼里深深的失落。

爸爸脸上常常挂着这种失落的神情。从医院下班时总是筋疲力尽，脸色苍白，右腿有些瘸，那是在某一场事故后腿骨没有正位造成的。可是，爸爸笑起来的样子总能让人觉得一切安好。

就只剩咱们了，孩子们！我们得挺住。

只是此刻爸爸没有笑。他略微转过头去，这样（也许）我就看不到他抹眼泪了。

"我们不该'回忆'托拜厄斯。肯定不可以向孩子透露信息。也不可以看照片！我会被抓的，假如——有人听见。"

爸爸说的有人就是指政府。但这个词不能说——"政府"。也不能说"国家"——"联邦领导人"。这类字眼通通要避讳，就像爸爸那样，话语含含糊糊，神情躲躲闪闪——假如有人听见。

或者，你可以说，"他们"。

你可以把"有人"或"他们"想象成阴沉的天空。低沉的天空下有一团团流云，有谣传说那些都是监控设施，被塑造成了庞大的船形，因空气污染而呈现出斑斓的色彩，时常呈青紫色，变动不居，却总挥之不去。

在楼下，我们那些电子设备附近，爸爸可不会说这种话。电脑是绝对不能信任的，无论其界面如何友好，声音如何有磁性。同样地，手机、笔录器，甚至是保温箱、洗碗机、微波炉、汽车钥匙以及（自动驾驶）汽车也都信不过。

"可是我想念托比。一直都想。瞧见和他同龄的医科学生……我就在想，他会是你还有罗迪的一个多么好的叔叔啊。"

我当时对此很困惑。我已经忘了爸爸刚才说的话了——蒸发？删除？

可我明白，眼下不能再向爸爸提更多问题，那会让他更伤心。

看到失踪的"托比叔叔"的照片，我很是激动，他看上去就像年轻版的父亲。托比叔叔笑起来时皱着眉头，眯着眼睛，跟爸爸一个样儿。他的鼻子也和爸爸很像，长且窄，鼻梁略微隆起。还有他的眼睛——深褐色的，晶亮灵动，和我的很像。

"托比叔叔看起来挺逗的。"

这么说是不是很蠢？我立刻就后悔了，可爸爸只是伤感地笑了笑。

"没错。托比很逗的。"

他设法警告过弟弟，不要掺和任何自由演讲或五一节游行，爸爸说。甚至是在国土安全局公共宣传部管制较为宽松的时期（相对而言）；在这种时期，政府会放缓公共安全强制措施，不过照爸爸的想法，反对派及潜在的"颠覆分子"仍在被监控之列，其信息会被存档，待日后处理。什么都不会被忘记，爸爸警告道。

每逢此时就会流行关于"解冻期"的传言——"新时代"——因为照爸爸的说法，人们总渴望相信好消息，总倾向于忘记坏消息；大家希望做"乐观派"而非"悲观派"；但"解冻期"不过是这一循环的一部分，很快便告一段落，那些鲁莽之辈，尤其是那些年轻幼稚的人，很快就暴露了，遭到了逮捕，以及之后的刑罚。

托比叔叔消失（就是这么说的）后，执法官员来抄家，抢走了他的医学课本、实验笔记、个人电脑及各种电子设备和个人照片，无论是电子版还是打印件，能发现的通通没收；但是爸爸仍冒着极大危险设法藏起了少许。

老爸说："我倒不是为自己感到骄傲，宝贝。但我知道明智之举是与我弟弟'断绝关系'——要做得正式一点。那时他已经被'删除'了，所以为他辩护啊保护啊什么的都毫无意义。我猜他们在很大程度上信了我，还有你妈妈——我们都发誓不知道家里窝藏了'颠覆分子'——一个'叛国者'——于是他们放过我们，只罚了款。"

爸爸用衣袖拂过脸。他揩了下脸。

"真是一笔要命的罚金。可是我们应该感恩戴德，房子没被拆得七零八落，他们有时惩治叛国罪时就会这么干。"

"妈妈知道吗？"

"'知道'——什么？"

"托比叔叔的东西。"

"不知道。"

爸爸解释道："妈妈'知道'我的弟弟被'删除'了。当然，她对他闭口不谈。她当时也许'知道'我保留了几样托比的物品，但她现在肯定忘了，就像她大概已经忘记托比长什么样儿了。假如你下很大的功夫**不去想**一件事，将自己的念头和这件事完全隔绝开，周围其他人也同样这么做，那你就能'忘记'——在一定程度上。"

我胆大包天地想，我可不是！我不会忘记。

我触碰着我那失踪的叔叔的一件柔软的深色毛衣，上面布满了蛀洞。一件泛黄的白色 T 恤，领口已经变得松松垮垮。一本生物实验笔记本，有一半空着。还有一只手表，表带有弹性，空寂的表面永远停留在了下午二点二十分，爸爸曾试着激活它却没能成功。

"现在你得保证，埃德莉安，永远不跟任何人提你失踪的叔叔。"

我点头说好，老爸。

"不能跟妈妈讲，也不能跟罗迪讲。不准说起'托比叔叔'。就算是我也不准说。"

爸爸看我满脸迷惑，亲了亲我，搞得我鼻子上湿乎乎的。

我们收拾起这些非法物品，重新放回地板及破毯子下面。

"咱俩的秘密，埃德莉安。保证？"

"好的老爸。保证！"

那好吧，那时我就懂得什么是"删除"了。我现在仍然懂得。

我不大可能去效仿我的托比叔叔。我不再对"与众不同"感兴趣，我不想把别人的目光吸引到自己这儿来。

我已多次发誓，我决心要安度流放期，不去触犯《指令》。我决心有朝一日要重返家庭。

我下定决心，不能被"蒸发"——不能被忘却。

不知道爸妈有没有在仓促间也在阁楼的地板下藏了一小堆我的东西：咬变形的牙刷、花袜子、有一个红色的 91 分的数学作业本。

逮捕令

　　兹于"北美合众国"二十三年六月十九日，在东大西洋诸州第十六联邦区颁布对埃里克·施特罗尔和玛德琳·施特罗尔之女埃德莉安·施特罗尔（新泽西州彭斯伯勒市第十七大街北三九一一号）的逮捕令，依下述犯罪事实将其逮捕，再分派并拘留：七起叛国言论；质疑当局，涉嫌违反联邦法第二条和第七条规定。据第十六联邦区大法官 H. R. 塞奇威克之令签发。

"好消息！"

原本大概是这么回事。

我在彭斯伯勒中学时曾被任命为毕业致辞代表。而且我是学校五个提名学生中唯一一个获得过联邦政府资助的"爱国民主奖学金"的。

我母亲跑过来拥抱我，祝贺我。

我父亲也是，尽管显得更加小心翼翼。

"我们女儿是好样的！为你骄傲。"

校长早先已把喜讯通过电话告知了我的父母。家里的电话响起来是件很罕见的事，因为大多数信息都是通过电子途径传输的，根本没有接不接的选择。

我哥哥罗德里克过来同我打招呼，表情很奇怪。他听说过"爱国民主奖学金"，罗迪说，但从不知道有谁得过。

他很确定，自己在彭斯伯勒中学上学时从未有人得到过什么爱国奖学金。

"嗯。祝贺你啊，艾迪。"

"谢谢！我也觉得可喜可贺。"

罗迪三年前从彭斯伯勒毕业，当时在北美合众国媒体宣传部彭斯伯勒分部实习，几乎拿不到什么薪水。我想，他很嫉妒。他上不了正规大学。

我一直搞不清自己有没有为我那高大笨重的哥哥惋惜过。他之前留过一点稀疏的沙黄色络腮胡和八字须，总是穿暗褐色的衣服，那也算是媒体宣传部低级员工的制服吧。其实我也搞不清自己是不是怕他。在罗迪的微笑里偷藏着一种专等着我的幸灾乐祸。

我们再小一些的时候，罗迪经常让我吃苦头——（他自己）美其名曰"逗"我。父母每天都要上十个小时的班，罗迪和我大多数时间都是独自在家。罗迪是老大，他的任务是"照顾好小妹妹"。真是笑话！可这是个残酷的笑话，我笑不出来。

如今我们都长大了，我也长高了（相对于我这个年纪的女孩，我已有五英尺[1]八英寸[2]），罗迪也不能把我怎么样了。但他的表情总让我觉得很难受——阴晴不定，皱眉眯眼，似笑非笑，让你感觉罗迪有着不可告人的想法。

那种似笑非笑只冲我一人而来——如同有一片冰插进心头。

我父母曾解释说：罗迪中学时成绩不好，连去国立州办大学的奖学金都没拿到，看着上同一所中学的我成绩这么出色，他心里不好过。都是同样的彭斯伯勒中学的老师教出来的，但妹妹拿到了更高的分数，这对他来说是很难堪的。而且罗迪被联邦托管四年制高校录取的希望也很渺茫，即便他可以修一些社区大学的课程，我们的父母也还支付得起学费。

罗迪在中学的最后两年出了问题。他开始变得胆小怕事——也许

---

1. 1 英尺约合 0.3 米。——编者注
2. 1 英寸约合 2.54 厘米。——编者注

是有原因的。他从未向我袒露过。

在彭斯伯勒中学——我猜在国内所有地方都是如此——存在一种对看起来很"聪明"（或许可以说"聪明过头"）的恐惧，因为会招来不必要的注意。真正的民主，所有个体都是平等的——谁都不比谁更优秀。考个 B 就行，偶尔考个 A-；得 A 有风险，得 A+ 则属于高风险。虽然罗迪智力条件很好，在初中时功课也不错，但到了高中，他尽量避免得 A，结果考砸了，得了 D。

爸爸解释说：好比你是个优秀的弓箭手。你必须在射箭时偏离靶心，而你内心有一种恣意妄为的东西偏要让你不但错过靶心，还整个脱靶。

爸爸摇着头大笑起来。类似的事情就在我哥哥的身上发生了。

可怜的罗迪。可怜的埃德莉安，因为罗迪在冲我发泄他的失意。

这不是校园里公开的话题。但是我们都明白。很多聪明绝顶的孩子却步了，为的就是避人耳目。国内安保公共安全监管局号称掌握着潜在的持不同政见者、"被标记分子"、"颠覆分子"的名单，其中据说就有高分段及高智商的学生。尤其值得怀疑的是擅长理科的学生，"国内安保公共安全监管局"认为，他们太喜欢对学校课程指南提出"质疑"和"怀疑"，于是科学课程里不再安排实验课，只有需要记忆的"科学事实"（"重力导致物体掉落""水在 212 华氏度[1] 沸腾""癌症由负面思想引发""女性的平均智商相较于男性低 7.55 分，按肤色等级调整后所得"）。

当然，假如最后真拿了 C 和 D，同样是严重的错误，那意味着你头脑不聪明，或意味着你也许是在蓄意破坏高中学业。"却步"做得太

---

1. 即 100 摄氏度。

露骨有时会很危险。毕业后你或许会落到一所社区大学，你希望修习课程并转到州办大学提升自己，可事实是，一旦进入了低端门类的劳动力队伍，就像在媒体宣传部上班的罗迪，永远也别想翻身了。

什么都不会被忘记，谁也别想去往未达之地。这是任何人都不能道明的警句。

于是爸爸永远地陷在地区医疗诊所的"二级医疗技工"的岗位上，那儿的内科医生有什么医药问题都照例找他咨询，尤其是关于儿童肿瘤的，而他们的薪水是爸爸的五倍。

爸爸的医疗福利同妈妈一样少得可怜，他在自己工作的诊所都看不起病。我们都不愿去想，如果他们需要治疗重疾时将意味着什么。

我不像罗迪那么谨小慎微。我很享受学校生活，那儿有我亲如姐妹的闺密。我喜欢小测验和考试，就像在做游戏，只要够用功，记住老师教的，就能考得好。

可有时候，我会用力过猛。

或许有风险。某种带有反抗意味的小小火苗激怒了我。

可或许（我们有人想）对女孩来说，学校没这么险象环生。近年来，针对彭斯伯勒学生的"反破坏民主训导行动"只发生过几起，而且处置的都是肤色等级为三级或更低的男生。

（ST[1]等级，即肤色等级，最高级为一级："白种人"。彭斯伯勒当地的人大多为一级或二级，也有一些是三级。邻近地区有四级的。当然，所有地区都不乏黑皮肤的工人。我们知道他们的存在，但大多数人从未亲眼见过十级的。）

---

1. ST 原指 Student Status，学生的状况、等级，而此处为 Skin Tone（肤色），是一种讽刺性变体。

学校里有些学生显露出某种写作及文艺天分，我就是其中之一，而如今回首，那简直是最可悲的虚荣，最愚蠢的天真。我学得很快（老师说的，并非全然赞许），可以很轻松地记住大段的散文。我觉得自己谈不上是班级里"拔尖"的学生。那是不可能的！我得刻苦学习才能搞懂数学和科学，我得一遍又一遍地读家庭作业，预先巩固测验和考试的知识点，而这对我的某些同学来说是轻而易举的。（二级和三级学生多半为亚裔，在我们这个地区属于少数族裔，他们非常聪明，但并不冒进，也就是说，不喜欢铤而走险。）不知怎的，埃德莉安·施特罗尔最终拿到了二十三届班级中的最高平均绩点——4.3分（满分5分）。

　　我的好朋友佩奇·康纳的父母警告她要适可而止，于是佩奇的平均绩点只有4.1分，妥妥地处于安全区。另一个显然很聪明的男生乔尼和我一样有个是"被标记分子"的爸爸（以前是数学教授），他也明显有所保留——或者说也许考试摧残了他的精神，总之他没有全力以赴，自然也没有考好，拿到了一个平淡而安全的3.9分。

　　与其当壮志未酬的英雄，不如做苟且偷生的懦夫。我不明白那时的自己怎么会觉得这些不过是小孩编出来的鬼话。

　　实际情况是，我偏偏没这么想。在日后，抑或说在我生活的下一个阶段，在大学攻读心理学（至少还算是最基本的认知心理学）时，我会学习到需要"引起注意"的现象。"注意力"内在于意识，却是尖锐的、坚决的、聚焦的。睁着眼看仅仅是最低限度地意识到；而去关注某事则要更进一步。在学生岁月里，我有意识到什么，却没有去关注。我专注于作业、考试等学习任务，忙着和朋友们约饭、在体育课上玩耍；我对周遭的氛围浑然不觉，对老师的警告视而不见，那都是不可言传的，只是投向我、本应让我有所警醒的眼神——对某种东西……

　　在后来的日子里我将认识到，我之前的生活全然处于最低限度地意识到的状态。除言语外，我父母其实一直在想方设法向我传递信息，而个中深意，我却没怎么花心思去揣测。我亲爱的爸妈对此可是敏感得很。我把一切都认为是理所应当的，我想当然地过着自己的泡沫人生……

于是就这样，埃德莉安·施特罗尔被指定为毕业致辞代表。好消息！祝贺呀！

如今想来，够资格的学生除了我，谁也不想获此"殊荣"——就像没人愿意拿"爱国民主奖学金"。据说若非有些争议，学校行政部门原本更想把毕业演讲的荣誉留给一位男生而不是埃德莉安·施特罗尔，他平均绩点有 4.2 分，也是校优秀美式足球运动员，获得过"卓越民主公民奖"，据说他父母的种姓等级比我父母的高，父亲不是"被标记分子"，而是个"流放精英"（颁发给流放分子的一种特别荣誉，他们服完了流放期，并且得到了百分之一百一的改造）。

我对这个争议有所耳闻，学校里一直有流言蜚语。这位"流放精英"父亲的儿子学习成绩不如我，但据说他的告别演讲会更流畅，也更能活跃气氛，因为他修的是"电视公共关系"，而不是主流课程。或许主管部门担心埃德莉安·施特罗尔非但不会活跃气氛，反倒会冒出让人"不能接受"的言辞？

反正我从未意识到，几年下来，我在师生中得到的名声是"语出惊人"——那些其他同学不会说的"意外"之言。我一时兴起便会举手提问。准确地说我也不是满腹疑问——只是好奇，想知道个究竟。例如，"科学事实"总是如此一成不变的吗？水一直是在 212 华氏度沸腾吗，还是取决于水的纯度？还有，从学校里的实际考试以及分数上看，男生一定比女生聪明吗？

有些老师（男性）会拿我开玩笑，引得全班同学因为我的傻问题而嘲弄我；还有一些（女）老师则为之气恼，或许是害怕。我的声音通常是安静、谦和的，但似乎给人感觉很任性。

有时，我那副困惑的表情会让老师们不安，他们站在教室前面时总是得小心翼翼地保持神色自若。如要表达有兴趣、惊讶、（温和的）异议乃至严厉等情绪，则要通过官方允许的方式才行。（我们的教室和所有公共场所以及不少私人空间一样，"为保证质量而受到监控"，但是成年人对此相较于青少年更为敏锐。）

每个班级都有密探。当然我们不知道是谁——据说假如你认为你知道，那你一定是错的，因为密探都是经"民主公民志愿监控处"精挑细选的，这就好比某种翅膀拟态的飞蛾，能和某种树皮浑然一体。按爸爸的说法："你的老师们都身不由己。他们不能偏离课程体系。理想的状态就是按部就班——每个老师在每间教室里像机器人一样工作，永不偏离脚本，违者，你懂的。"

是真的吗？我们班——在"北美合众国"二十三年——多年来一直隐约流传着关于一位老师的流言，也不知是多久以前的事——也许是我们还在上中学的时候？有一天，这位老师"偏离"了脚本，开始胡说八道，大笑着朝那"眼睛"（实际上在任何教室里都可能有很多只"眼睛"，隐藏着）挥舞拳头，他/她遭到逮捕，并连夜被"删除"，于是一位新教师应聘接岗；很快就没人记得这位被删除的老师了。又过了一阵，我们甚至都记不清我们的老师中有这么一位曾被删除。（又或者不止一位？我们学校某些教室里闹鬼吗？）在我们大脑本应存放＿＿＿记忆的地方，现在成了空白。

我在班里肯定不算是冒进分子。我可不这么想。但我的同学们都太服服帖帖了，其中一些缩在课桌里，活似可以半折叠的纸偶人。结果埃德莉安·施特罗尔可能就显得格外突出——很不幸。

例如，在"爱国民主历史"课上，我有时就问过关于历史"事实"的问题。我问了那个谁也没问过的话题——二〇〇一年九月十一日的"恐怖袭击"。我其实并没有表现得很自大，只是出于好奇！我当然不想让任何一位老师惹上"教育监管局"，那下场很可能是被贬职或开除或——"蒸发"。

我当时的心思是，哎，我还是很讨大多数人喜欢的。我是个头发硬直的姑娘，忽闪着深棕色的大眼睛，说话时有一点吞音，还喜欢问这问那。就像幼儿园里的一个精力过剩的小顽童，只想一圈圈地跑到跑不动为止。我就这样没心没肺、一不小心拿到了好成绩，于是满以为虽然爸爸还是"被标记分子"，我也够格上一所联邦政府认定的州立民主大学。

（这意味着，我有资格就读于规模庞大的州立高校。在那里，一千个学生可以同上一节课，很多课程都是线上的。）

非公共大学则要小很多，地位显赫，除小众群体外普通人根本进不去；这些高校尽管没有列在在线列表或任何一本公共名录中，但确实存在于剑桥、纽黑文、普林斯顿等非公共地区的"传统"校园里。我们不但不知道这些学习中心的确切位置，而且从来没见过有谁是在那儿取得学位的。

当我在课堂上举手回答老师的提问时，我经常注意到同学的目光——还有我的朋友，甚至——都是一副惴惴不安、忧心忡忡的模样——埃德莉安现在会说出什么话来？埃德莉安怎么啦？

我没有任何问题！我还很笃定。

实际上，我还暗自得意。可能有点小小的虚荣心吧。也不想想，我是埃里克·施特罗尔的女儿。

逮捕

语调干脆、公事公办："施特罗尔，埃德莉安。把手放在背后。"

这么快就发生了。在毕业典礼的彩排上。

这么快！我惊讶极了，害怕极了，根本想不到要反抗。

我猜我当时还是很幼稚地"反抗"了一下——绝望地企图从抓捕官粗暴的手掌里挣脱开来——他们把我的双臂扭到背后，蛮横地让我得咬住嘴唇才能不叫出声来。

出什么事了？我不敢相信——他们在抓我。

可即便很震惊，我也不会叫出声。我不会求饶。

我的手腕被从后面铐住了。片刻间，我成了国土安全部的阶下囚。

我刚刚完成告别演讲，离开演讲台，准备走下阶梯，就在此时，校长麦凯先生来了，他神情怪异——说不出的气恼、义愤，也不乏恐惧——指向我，仿佛那些抓捕官需要他就近指认我。

"就是她——'埃德莉安·施特罗尔。'你们要找的造反女孩。"

麦凯先生的话里透着古怪的僵硬。他看起来对我很恼火。可是为什么？因为我的告别演讲？可演讲完全是由问句组成的——没有回答或谴责。

我知道麦凯先生不喜欢我——他并不十分了解我，只是从我的老师那儿知道了我。但从一个成年人的脸上看到真实的仇恨，还是令我很震惊。

"我们警告过她。他们都得到过警告。我们尽全力想把她培养成爱国者，可是，这姑娘天生就是个破坏分子。"

破坏分子！我明白这个称谓是什么意思，可此前我从未听说过这样的指控，还是针对我的。

后来我才意识到，逮捕令准是在彩排之前就签发了——当然是。麦凯先生及其学校顾问肯定在听我做告别演讲前就向"青年训导处"举报了我——他们已猜到我的演讲里会有"谋反"言论，决不能允许我在毕业典礼上说出来。而那笔"爱国民主奖学金"，简直就是个残酷的恶作剧。

在灯火通明的礼堂前端，众目睽睽之下，那个女抓捕官向我宣读了逮捕令。我惊愕万分，其中大部分话都没听进去，只有一些指控钻进了耳朵里：逮捕、拘押、再分派、判决——谋逆言论及挑战权威。

那之后不久，麦凯先生召开了高中班的"紧急集会"。

我的同学们嘀嘀咕咕、激动不安地坐进礼堂。班上有322名学生，我被捕的消息如同野火燎原，几分钟就传遍了全班。

面色凝重的麦凯先生在讲台上宣布，埃德莉安·施特罗尔，本班"原"毕业致辞代表，因被指控"谋逆"和"挑战权威"而遭到逮捕；现在需要就该行动在其同学中间进行"信任投票"。

也就是说，高中班所有成员（埃德莉安·施特罗尔除外）必须投票，肯定本次逮捕或提出质疑。"请大家举手表决，"麦凯先生说，他的声音因情势严峻而颤抖着，"这是完全公正、毫无偏见的民主制度的体现。”

此时我被带到了舞台最边缘，手被铐着，满脸汗渍和内疚。就好像需要提醒我的同学们，被捕的埃德莉安·施特罗尔是何许人也。

扭住我上臂的是两个来自"国土安全部青年训导处"的"青年训导员"，一男一女，身体强壮，穿着深蓝色制服，配备了警棍、电击枪、狼牙棒，腰间沉重的皮套里还有左轮手枪。我的同学们睁大了眼睛，既感到害怕，又觉得刺激。逮捕！就在学校！还有举手表决，虽然本身并不新鲜，但在这么激动人心的场合还是头一回。

"男孩女孩们！请注意！因为谋逆和挑战权威，埃德莉安·施特罗尔被剥夺本班毕业致辞的荣誉，同意的举手——嗯？"一阵短促的愕然和停顿。很短促。

几只手犹犹豫豫地举了起来。接着又有了一些。

毫无疑问，穿制服的"青年训导员"那凶神恶煞的目光正催促着同学们赶紧表态。整排整排的人举起了手——同意！

仍有个别学生在座位上不安地扭动着。他们没有表决，尚未。我与好友卡拉目光相接，她似乎也满面泪痕。还有佩奇，她只差向我招手示意了——我很抱歉，埃德莉安。我没有选择。

如同身陷梦魇。最终，一片手的海洋将我淹没。如果有谁没有表决而是将手紧扣着膝头，我也看不到他们。

"那反对的呢——没有？"麦凯先生声音里的犹豫显得有些夸张，仿佛在清点举起的手，但其实整排的高中生里没有一位举手。

"看来我们领略到了民主机制的优异，孩子们。'少数服从多数——真理就在数字中。'"

第二项表决几乎就是第一项的翻版：

"我们，彭斯伯勒中学班全体成员，肯定并支持该'谋逆及挑战权威'之罪名。所有同意的……"

到了这个时候，被捕者已闭上含泪的双眼，满脸羞耻、厌恶和惊惧。不需要再看一次举手表演了。

训导员从后门把我拖出了学校，全然不顾我的抗议，我被紧铐的双手和钳制的上臂传来一阵阵剧痛。我立刻被强行塞进一辆没有标志的警车里，这辆车活似一个小型坦克，前端装配有犁一样的格栅，可用于冲击并碾压示威者。

他们将我粗暴地扔到警车后部。后门被关上并上了锁。训导员都坐在车前部，与我隔着带栅栏的有机玻璃屏障。不论我如何苦苦哀求，根本无人理睬，就好似我不存在。

训导员的肤色等级貌似在四级和五级之间。有可能他们出生于"国外"或是受到教化的"北美合众国"公民，无权学习英语。

我心想——会有人告诉我爸妈我在哪儿吗？他们会让我回家吗？

在一阵恐慌中我想——他们会让我"蒸发"吗？

随着尖利的警笛声响起，我被带进彭斯伯勒市中心一幢形如堡垒的大楼内，这里是当地的国土安全部审讯局总部。楼房的窗户全部被用砖封堵，显得空洞单调，据说这里原本是邮局，在美利坚合众国重建为"北美合众国"之前，而后邮政业务被私有化并逐渐消亡。（旧美国时期的很多楼宇都被保留了下来，有着各种非常不同的用途。例如，我母亲念小学的大楼已被改为"儿童诊断与外科修复所"；在被重新划分为"被标记分子"之前，父亲还是年轻的医科学生时住过的居民楼，如今已成为"青少年拘留及再教育所"。哥哥罗迪供职的媒体宣传部在一栋褐色的砂石大楼里，过去曾是彭斯伯勒公共图书馆，那个时候的"书"还能拿在手里——还能读！）他们带我走过这栋通风良好的大楼，来到青年训导处的审讯室，将我按在一张很不舒服的椅子上坐下。刺目的灯光打在我的脸上，摄像机也冲着我，有个陌生人审问我，而我几乎无法看清他长什么样子。

我被反复盘问——"是谁给你写的那篇演讲稿？"

没有人，我说。没有人给我写或帮我写，是我自己写的。

"是你父亲埃里克·施特罗尔给你写的吗？"

不是！我爸爸没写。

"你父亲有没有告诉你写什么？对你产生了什么影响？这些问题，是你父亲提的吗？"

不是！是我自己提的问题。

"你父亲或母亲帮你写过稿子吗？影响过你吗？这些问题是他们提的吗？"

不，不，不是。

"这些谋逆思想是他们的想法吗？"

我惊恐地想到，我父亲，抑或双亲，也已经被捕，正在受审，关在这鬼地方的别的房间里。我惊恐地想到，我爸爸可能不再是"被标记分子"，而是要被重新划分为"颠覆分子"或"叛国活跃分子"——也许会遭受与托拜厄斯叔叔同样的厄运。

审讯官一行行、一个字一个字地抠我的告别演讲——虽然不过是两张双倍行距打印的稿子，其中夹杂了少许潦草的注释。他们还没收了我放在学校柜子里的电脑，正仔细检查着。

我储存柜里所有的物品都被查抄了——笔记本电脑、写生簿、背包、手机、燕麦棒、脏兮兮的校服、皱巴巴的纸巾——一件不留。

审讯官如同机器一般麻利且铁面无情。要不是他们会眨眼、吞咽，或（不是怜悯便是厌恶地）盯着我，或挠挠鼻子，我还以为他们也许是机器人审讯官呢。

（即便如此，就像爸爸说过的，这些角色仍有可能是机器人；最近的 AI 设备正在被编写程序以模仿具有人类特质的自发行为。）

有时候某个审讯官会换换位子，离开刺眼的灯光，于是我短暂又清晰地瞥见了一张脸庞——让我震惊的是，这张脸看起来很平凡，在公交车或街坊里随处可见。

我的告别演讲时长不超过八分钟。那是我校的传统——简短的告别演讲以及一段更短的毕业致辞。我的英文老师窦森夫人被指派来"辅导"我，但我并没有给她看我写的东西。（我也没有给爸爸妈妈或我的朋友们看——我想在毕业典礼上给他们个惊喜。）我写了五六个开头均半途而废，绝望之余想出了一个绝妙的点子，问一连串问题——共十二个——都是我的同学们想问但不敢问的（有些我问过老师，但从未得到过满意的答案）。例如，比"时间"更早开始的是什么？

"9·11"恐怖袭击之前又发生了什么？

我们的"重建北美合众国"日历始于那次袭击，那时我还没有出生，但我的父母已经出生，所以他们还记得北美合众国之前的年代，那时的日历与现在不同，不是用两位数计量的，而是四位数！（根据那部现已禁用的旧历，我父母出生于所谓的二十世纪。套用旧历计算出生日期是违法行为，不过爸爸告诉过我，假如日历照旧，我则出生于所谓的二十一世纪。）

NAS 意为"北美合众国"——更加正式的说法是 RNAS[1]，即"重建北美合众国"，组建于恐怖袭击数年之后，是袭击的直接后果，我们上课的时候是这么教的。

遭袭后有一段"踌躇间奏期"，一场角逐在两种势力间展开——维

---

1. Reconstituted North American States（"重建北美合众国"）的缩写。

护"权利"（宪法、权利法案、民权法等）派与"反恐战争急需爱国者警觉派"针锋相对。总统发布行政命令叫停宪法和权利法案后，"反恐战争急需爱国者警觉派"或简称"爱国者警觉派"取得了胜利。（是的，相当费解。这样一句话才读完就已经忘了开头！）

居然还有一段时期，像（重建）墨西哥和（重建）加拿大这样的地区曾是独立的政体——竟然是与合众国分立的，想想都觉得不可思议！比方说，从地图上看，广袤的阿拉斯加州显然就应该与合众国大陆连为一体，不应被先前的"加拿大"分出去。这真是太难理解了，给我们上"爱国民主史"的老师没有一个能解释清楚，或许因为他们也并不清楚史实。

那些老旧、"过时"（也可以说"不爱国"）的历史书都被销毁了，父亲说。犄角旮旯都不放过——南、北达科他州不起眼的乡村图书馆、庞大的高校图书馆里的地下旧纸堆、曾经的国会图书馆。"过时""不爱国"的资讯一律被从电脑和可获取的记忆储存设备里删除——只允许保留重建后的历史及资讯，就像只允许使用重建后的日历。

只有这样才合乎逻辑，我们被如此教导。学习无用之物达不到任何目的，这些废物充斥在我们的脑子里，如同垃圾箱里多得塞不下的破烂货。

可是在此之前总该还有个时期吧——在重建之前，在恐袭之前。我问的便是那个。五年级开始，我们每学年都要修的"爱国民主史"——这是"基本守则"一成不变的核心内容，信息量也越来越大——仅涉及恐袭之后的事件，多为"北美合众国"与世界各地诸多"恐怖主义敌人"之间的关系，并记载了"北美合众国""打赢"的诸多战争。战争真不少啊！现在都是远程打仗，无须士兵亲自上阵，而是使用遥控导弹，据说其威力巨大的弹头有原子核的、化学类的和生物类的等等。升入高中后，我们有一门必修课，叫"自由战争"，讲述了很久以前的战事，包括独立战争、美西战争、"一战"、"二战"、朝鲜战争、越南战争以及年代较近的阿富汗战争和伊拉克战争——我们国家无一不取得了"决定性的"胜利。我们不需要了解这些战争的时间和起因，如果真有起因，我们只需要记住战役地点以及高级将领、政治领导人和总统的名字；这些都被列在专栏里供考试的时候复习。"为什么"这种问题从未被提及——所以我才在班上、在毕业演讲中问出来。我从未想过这算"谋逆言论"，或者我这是在"挑战权威"。

严厉的声音换了一种讯问方式：是某个老师给我写好了发言稿吗？某个"影响"过我的老师？

我想出了个点子——麦凯先生！我可以怪在他身上，他会被捕的……

可我绝不会这么做，我心说。就算他恨我，还让我因谋逆罪被抓了起来，我也不能扯他的谎。

长达两小时的讯问后，经决定，我是"拒绝合作者"。我戴着手铐，被"青年训导处"的工作人员押往国土安全部的另一层，这里散发着医疗单位才有的压抑气息；我被绑在一张可移动的操作台上，并滑入一台滚筒状仪器中，机器就在我头顶铿锵作响，同时发出呼呼声；滚筒内很狭小，其表面离我的脸只有一英寸左右，我不得不紧闭上眼才能不张皇失措。审讯官的声音通过机器传出，被扭曲得不像是人能发出的声音。这是一台脑成像仪——我原先只听说过——能够判断我是否在说谎。

是你父亲——或任何一个成年人——为你写了这篇演讲稿吗？

是你父亲——或任何一个成年人——对你的演讲稿产生了影响吗？

是你父亲——或任何一个成年人——将其谋逆思想渗透进你的脑子里吗？

我几乎无法回答，只能舔着干渴的嘴唇——不。不，不是！

这些问题一遍又一遍地重复着。不论我给出什么答案，问题仍旧被反复提出。

可是更险恶的是这些问题的变体。

你的父亲埃里克·施特罗尔刚向我们承认他"影响"过你——所以你也老实交代吧。他是用什么方式影响你的？

这一定是圈套，我想。我结结巴巴地说——不可能。永远不会。老爸肯定没有。

问话还在继续，变得更加严厉了。

你的母亲玛德琳·施特罗尔已经向我们交代，她和你父亲都"影响过"你。他们是用何种方式影响你的？

我抽泣着表示抗议——他们没有！他们没有影响我……

（当然，这不是真的。做父母的怎么可能不会"影响"子女？父母对我的影响贯穿了我的一生——主要不是通过言行，而是他们的个性。他们是善良、有爱心的父母。他们教导罗迪和我：内心里是有灵魂的。内心里存在着"自由意志"。假如一个国家没有了灵魂，你也就看不到什么"自由意志"。相信内心，而不是外界。相信灵魂，而不是失了魂的国家。可我不会重复这些离经叛道的话出卖我的父母。）

我准是在审讯的某个时刻失去了知觉——因为一阵震耳欲聋的声音惊醒了我，使我陷入恐慌。这也算是一种刑罚吗？噪声刑？剧烈得足以击穿鼓膜？将受审者逼疯？我们都听说过此类刑讯——尽管所有人都心照不宣。有时候罗迪从媒体宣传部下班后会带着颤抖又兴奋的语气给我们讲国土安全部正在开发的"试验技术"——用灵长类动物作为实验对象——直到妈妈捂紧耳朵求他别再说了。

震耳欲聋的噪声戛然而止。审讯继续进行。

可很快他们就确定我已经神志散乱——脑电波过于起伏——说的话已难辨真假，于是他们把我移出滚筒形脑成像仪，转而将针头刺入我的手臂静脉，注射了一种强力"吐真"剂。同样的几组问题又被问了一遍，我也依原样照答不误。即使在极度疲惫、萎靡的状态下，我也不会吐露他们想听到的：我的谋逆行径曾受到父亲或是双亲的"影响"。

抑或是我老师们的影响。连我的敌人麦凯先生也不能说。

我被架出了令人憎恶的"媒体宣传部"并绑在了椅子上。这是一把厚重且又矮又宽的"线圈"椅——一种电椅——可以让电流席卷我的全身，让我疼得如被刀刺了一般。此刻我哭出了声，膀胱也失去了控制。

审讯继续。基本还是老一套，不时地变一变花样来找出我的破绽。

是谁为你写稿子的？是谁"影响"的你？谁是你的谋逆同党？

举报你的是你哥哥罗德里克。你哥哥揭发了你，"传播谋逆思想，挑战权威"。

我哭得更凶了。我彻底绝望了。在所有审讯官告诉我的——或要我相信的——事情中，只有这条——罗迪举报了我——在我看来是有可能的，不那么意外。

此刻我记起来，当罗迪捏着我的手、祝贺我获奖时脸上浮现的微笑——他那专等着我的幸灾乐祸的笑。

祝贺你啊，艾迪。

"训导措施"

次日早晨，我又被提出牢房返回"青年训导处"的审讯室。

我非常非常累，身体状况很差，几乎没有知觉，还戴了手铐脚镣，是被半抬着出来的。

我心怀希望，爸爸妈妈正等着我呢——他们被叫来接我，带我回家。我能接受禁止参加毕业典礼，甚或禁止毕业；要是被遣往"青年复原营"，我也能接受，据传彭斯伯勒中学有被"青年训导处"抓走的男孩子去了那种地方。我只求能见到爸爸妈妈，能朝他们扑过去，一头扎进他们的怀里……

几个月前，父母和我一起庆祝了我的十七岁生日。多么快乐的时光！——可现在看来却是逝去的、孩子气的时光。那时我真不觉得自己有十七岁，而此时，拼命想找爸爸妈妈的我甚至都不像是个已经十几岁的孩子了。

当然，父母根本不在眼前。他们大概并不知道我出事了。我也不敢问他们的情况。

相反地，我被严正告知：昨天下午在"青年训导处"的一次"扫除"行动中，几个"爱国学者"与我同时被捕。此前一个多季度的时间里，扫除及抓捕行动相对较少，而现在"青年训导处"要把"潜在颠覆分子""镇压"下去。

这几个"爱国学者"是本地其他几所中学即将毕业的高中生。他们的名字也是由校长提交给"青年训导处"的。讯问单刀直入：我，埃德莉安·施特罗尔，是这些学生的同党吗？我是共谋者吗？

我被告知了他们的名字：我一个也没听说过。

他们的面孔出现在头顶的三块电视屏幕上：我一个也没见过。

一架摄像机在刺眼的灯光下对准了我。我不得不忖度，我那惊恐万分的脸也正被投射到别的审讯室，那些被捕的"爱国学者"就被羁押在那里。

他们不厌其烦地问我：我与这些人中的一个或多个是同党吗？我是共谋者吗？

我的回答只有"不是"。

虚弱且无望地回答——不是。

陈，迈克尔[1]是个相貌非常英俊的亚裔美国男孩，留着齐衣领的黑亮头发，深色的眼眸中满是恐惧。他在罗巴克高中，也被提名做毕业致辞。只消瞧一眼陈，迈克尔便知，他很聪明，"肤色等级"多半为三级。

帕杜拉，劳伦是个体态敦实的姑娘，颧骨凸出但面色苍白，眼圈湿漉漉的，肤色等级大概是二级。虽然镣铐缠身，她也尽可能笔直地坐着；她来自东劳伦斯高中。只消瞧一眼帕杜拉，劳伦便知，这是个能独立思考的女孩，很可能像我一样喜欢在班上问这问那。

卓尔，约瑟夫·杰伊是个身材颀长的小伙子，深金色头发，一脸

---

1. 原文中多次出现这种姓在前名在后且用逗号隔开的、类似文献或名单的排列格式。

雀斑，戴着厚厚的眼镜，上唇还留着淡淡的八字须，和我一样"肤色等级"为一级。他在拉姆斯菲尔德高中被提名做毕业致辞，貌似是个数学／电脑天才——只消瞧一眼卓尔，约瑟夫·杰伊便知，这是一个你很愿意交朋友的男孩，友好、有耐心，还擅长电脑，都是很难得的品质。

我们四个人出现在电视监控画面上，看上去可不怎么样。我们的眼睛都充血了，嘴唇颤抖。不论我们做了什么，我们都懊悔万分。我们看上去并不无辜。我们不再像高中生的模样——看上去要年幼很多。不过是一群小孩。受到惊吓的小孩。想要爸爸妈妈的小孩。对于自己的遭遇完全理不出头绪的小孩。

一个让我惊骇的念头冒了出来——万一其中一个"爱国学者"交代说与我们其他人是"同党"怎么办？我们都得伏法吗？

一个清脆的声音提示道，我们有三十秒时间准备口供。三十秒一到，假如没有人交代，其中一个"爱国学者"将受到"内务无人机打击"的"训导"——就在摄像机前。

我们吓得面如土色，动弹不得。谁也没作声。

头发黑亮的陈，迈克尔张开嘴想要说什么，却只字未吐。

帕杜拉，劳伦满脸泪水和痛楚。同样一言不发。

接着我听见自己以微弱、犹豫的声音申辩道，我们并非"同党"——我们互不认识，从未谋面，连姓名都不知道……

画外音仍在无动于衷地计时：十一、十六、二十一……二十七、二十八……

我心脏狂跳，好像要爆炸了。我的目光在几个电视监视器画面之间扫来扫去——"爱国学者"们坐在椅子上发抖并缩成了一团，眯起眼却无法完全闭上。

其中一台屏幕闪过一道耀眼的光。留八字须的男孩——卓尔，约瑟夫·杰伊——被从侧面猛击了一下，仿佛有一道激光束像流火般打入他的头颅一侧，爆裂开来并吞噬了他的脑袋，接着是他的躯干和下肢，前后不过三秒钟。

卓尔，约瑟夫·杰伊残余的肢体颓然倒地，扭动着，还闪着磷光，转眼间也消失殆尽……我瞥见其他的"爱国学者"都惊恐地瞪着荧屏，接着四台屏幕悉数关闭，我的耳朵里响起几乎要将我震聋的咆哮。

当我从一阵难受欲死的眩晕中醒来时，他们正把我从椅子上架起来。可我还沉浸在惊骇中，不敢睁开眼睛。

流放：第九区

"埃德莉安。我是你的'青年训导顾问'。"

她跟妈妈年龄相仿。她的脸光鲜闪耀得几乎让我无法直视。也可能是经过前一天的审讯，我的视力开始对强光过敏。

她叫 S.普拉茨。她的举止简直称得上欢快，就好像她和我分享了一个笑话。

"努力抬起头来看着我，亲爱的。要表现得你没什么好遮遮掩掩的。我们正被'调查'和'录像'呢——你得明白。"

在感受过恐怖与绝望后，S.普拉茨令我很吃惊，我一开始无法相信她，我认定她又是一个刑讯逼供的。每次我闭上眼睛，就会看到卓尔，约瑟夫·杰伊像牲口一样——或是像电子游戏里的"敌方"一样——被打倒。

那恐怖的场景永生难忘，我想。

永远也不想忘却，为了那个被处极刑的男孩。

S.普拉茨与别的审讯官不同，她并没有继续问相同的问题，说话时的嗓音也没有那么冷淡且毫无人性。

她让其中一个穿制服的军官解开我的镣铐。将我的手腕和脚踝都松开了。她问我手腕和脚踝有没有受伤，我是不是"很累"，是否很想在真正的床上"不受干扰地睡上一觉"，这样有助于"治疗"。

我回答是，声音低得几乎听不见。

（我很想知道，"不受干扰地睡上一觉"是不是表示很可怕的意思？）

然而 S.普拉茨看起来多么和善！泪水涌进了我的眼睛，我十分感激她的同情。

是的，谢谢您。哦是啊，我好想睡一觉……

"我有好消息带给你，埃德莉安。'青年训导处'已做出裁决，针对你触犯联邦法的处罚是——流放。"

流放！我当然听说过流放。这种处罚经常和"删除"混为一谈，因为众所周知（包括流放者的家人），流放分子实际上就是——失踪了。

据说那是一种带有高度实验性和危险性的处罚。流放分子是被远距离传输的——将他们体内所有的分子分解后，再在别处重组。（谁也不知道是何处。另一个星球上的殖民地？这是最常见的说法，罗迪说的。可在哪个星球上呢？假如政府在哪个星球上开辟了殖民地，普通老百姓也是无从知晓的。）可常有的情形是无线远距离传输失败，流放分子或受伤，或致残，或死亡，或实际上就是"蒸发"了——谁也不能再见到他们。

只有当流放分子在多年以后刑满释放，重新露面，人们才能假设他其实一直活着，只不过是在遥远的地方。通常流放分子可以获许继续生活，但必须提交申请，通过一个"再教育"及"再改造"的程序。

流放被认为是"仁慈"——"宽大"——的处罚手段，适用于年纪较轻、还没有犯重罪的人——尚未。

老师在"爱国社会研究"课上教导我们，成功服完流放期返回当下并经历过"再教育"及"再改造"的人员都会被标记为"流放分子1",常常会成为卓越的"爱国公民",一些知名的"流放分子1"在国内安保公共安全监管局以及疫病控制局被委以联邦职位;声望最高者则擢升入国会做行政高官,成为联邦讯问局局长的助手。

有谣传说,总统本人也是个"流放分子1"——曾经的天才"叛国者",如今已完全归顺"北美合众国"及其民主传统。

此刻,只听 S. 普拉茨说:"好几位教师都为你求情来着,后来你的案子被仔细裁决。他们声明你太'天真'——'非常年轻'——'不是要搞破坏'——也'不算激进'——如果脱离开你那'被标记分子'父亲的影响并获准自我再教育,还是会对社会有价值的。因此,我们把你送到'第九区'。你将在那里就读于一所优秀的四年制大学,在一个对社会有用的专业里培养自己。强烈推荐你读师范。或者理科学得好的话,也可以申请医学院。'第九区'跟我们东部区不能比,没有那么'城市化',也不像西北区那样'农业化'。在任何'北美合众国'地图上都找不到,是一个只能通过特殊途径到达的'存在',因为当今的北部—中西部诸州包括了'第九区'时期的'威斯康星',情形与现在差别很大。"见我一脸困惑和惊恐,S. 普拉茨说:"这些你都不用担心,埃德莉安——你不过就是被传输到'第九区'大学,在那儿当个'新生'而已。你会获得一个简化的新身份。你将和你现在一样,也是十七岁。你的名字是'玛丽·埃伦·恩赖特'。如果有必要,当你回到我们这儿时,你的培养可以得到更新。你需要知道的一切都在《指令》里,我现在给你。"

虽然 S. 普拉茨口齿清晰,但我还是难以理解。我太想问一句:我还能再见到父母吗?就一次,在被送走之前……

S. 普拉茨递给我一张硬邦邦的如同羊皮的纸。可当我试着读时,眼睛却湿润得无法看清文字。

"是真的没什么需要问我的了——对吗？"

S.普拉茨顿了下，冲我微笑。

而此时，我看到这位训导顾问冷酷如钢的眼睛里并无笑意，只是凝视着，评估着。

我回过神了——假如应对不当，我是会被当场蒸发的。这个女人有这种权力。

我木然地勉强说了句"谢谢"。

没有提及我的父母，或是我即将离去的生活——我将于此生活中"销声匿迹"。

II

第九区

快乐之地

她是个古怪的姑娘。一开始我们并不喜欢她。

她从来不朝我们笑。她的脸就像一张面具。她跪着祷告——我们看见了！她每晚都和我们一样独自哭泣，只是哭得更厉害。

我们都很想家，在韦恩斯科舍的第一个学期。我们好想父母和家人！可这姑娘难过起来和我们不同——好像心都碎了。而且不想让人安慰，显得很反常。

我们这群女孩都是基督徒——大多信新教。我们周日都去小教堂。（她从来不去——我们注意到了。）我们笃信祈祷——很正经的！

我们笃信相互帮助。我们相信在泪水中欢笑。破涕为笑嘛——打开母亲捎来的一盒布朗尼蛋糕，然后与室友，或任何进到屋子里的人分享。

哭泣，揩掉眼泪——又能恢复如初。

她却无视我们母亲的布朗尼蛋糕，无视有机会和我们一块走在通往校园的陡坡人行道上，几乎从不和我们去餐厅坐在一起。她一个人去上新生导论课，然后独自悄然离开。她是阿奎迪舍唯一一个不参加唱晚祷歌的女孩。

大概她也是唯一一个说自己"丢失"了那顶绿紫色新生小圆帽的人。当高年级学生命令她,"新来的靠边站"时,她就跟没看到似的,目光则穿透了他们,如同梦游般硬挺着背继续向前走,让人心生怜悯,不忍叫醒她。

我们称她为无名姑娘。因为假如你高高兴兴地跟她招呼:"你好啊,玛丽·埃伦!"她却似乎浑然不觉,对这名字也无动于衷,不过与此同时她也会加快步伐匆匆离去。

我们对她几乎一无所知。不过我们知道她像我们一样是拿奖学金的。

阿奎迪舍是获得奖学金的新生的女生宿舍区,这意味着我们大部分人都付不起韦恩斯科舍州立大学的学费,除非有资助或在校园里做兼职。

(她在地质图书馆兼职。)

奖学金女孩们都很节俭!我们用的教材大多是二手的,其中有的已经很破烂了。

我们穿的衣服有的是别人送的,有的是母亲、祖母或我们自己缝制的。

我们中有不少"四H"[1]女生。在阿奎迪舍有三个人拿过威斯康星州一等奖学金。

阿奎迪舍与校园其他地方那种覆满常青藤的石砌宿舍楼不同——只是一幢房子,褪成灰色的屋瓦饱经风霜,住不起别处的女新生可以住这里。

---

1. 分别指更清醒的头脑(head to clearer thinking)、更博大的忠心(heart to greater loyalty)、更全面的动手能力(hands to larger service),以及更能颐享生活的健康(health to better living)。

可阿奎迪舍精气神十足！

唱晚祷歌时，阿奎迪舍比其他宿舍楼表现得都要好，尽管我们人数少，只有二十二个女孩。

二十二个女孩中包括了"玛丽·埃伦"——那个独来独往像是被隔离了的姑娘。

在韦恩斯科舍的头一周我们都很想家，但都尽量表现得快活些——"友好些"。

可她不是——"玛丽·埃伦·恩赖特"。

她尽力避开我们。还有她自己的室友！——这可不容易。

我们四个人住在三楼的屋子里，空间很狭小，只有两扇（老虎）窗[1]。

她要了远在角落里的床位。她的写字台从墙根突出来，遮挡住了部分床铺，将其隔绝起来。那个角落里没有窗户。

她在我们面前显得缩手缩脚的。她试图微笑——一张古怪的笑脸，笑意却到不了眼睛里。

而当她以为我们睡着了，看不见她时，便双膝跪地，在墙角里祷告。

再默默地抽泣着睡去。

她如同一个长途跋涉者，还没缓过气来。

我们也纳闷——她是外国人吗？

可她是哪国人呢？

她说话的口气也很奇特。要是能截住她打声招呼，问她近来如何，

---

1. 开在屋顶上的天窗。

而她也避无可避时，她便会结结巴巴地回答，我们大致可以听懂她在说什么。我们可以分辨出英语的节奏和元音发声，因而如果我们不知道她确切地说了什么，我们也还是可以猜的。

她说话说得又快又紧张！阿奎迪舍的女生没有一个人像她这样。

当然了，我们都来自中西部，多数是威斯康星人。我们得知玛丽·埃伦的家乡是东部的一个州。显然那儿的人语速更快。

我们这里通常被称作"快乐之地"。（中西部！）而韦恩斯科舍就在"快乐之地"的心脏地带，是一所很特别的大学。

这个叫玛丽·埃伦的女孩，我们不得不问：她是基督徒吗？

她是——犹太人吗？

我们威斯康星人来韦恩斯科舍上学之前从未见过犹太人。不过学校里有犹太人——据说教授、学生都有。有那么几个。

甚至还有犹太兄弟会和女生联谊会。这样他们就可以和自己人在一起了。对我们来说真是不可思议！

在威斯康星的大城市，如密尔沃基和麦迪逊，是有犹太人的——我们都知道。但是我们大多来自威斯康星州北或农村地区。都是德裔、斯堪的纳维亚裔、苏格兰裔、爱尔兰裔的家庭——当然，还有英格兰裔的。

还有，"玛丽·埃伦"看起来也与我们不同。很难说得清，但我们的意见相当一致。她的头发呈暗金色，硬且直，好像没有好好地梳理过，也从来不做成鬈发或大波浪，洗得也不勤。她的头发需要好好修剪、打理一下。而且她上床睡觉的时候不用发卡或发卷。从来不用。

从来不收拾头发。根本不知道发卷是什么！

（就像她看起来也不懂怎么打电话——用食指拨号。阿奎迪舍所有人里，只有玛丽·埃伦在身边电话响起时会畏惧得不敢接听，所以我们不得不想——或许她家里没有电话？）

（而且她还不抽烟！我们一抽烟她就咳个不停——一阵阵剧烈的咳嗽，直到把眼泪都咳出来——不过她从不像不吸烟的人那样抱怨。她一声不吭。你可以从她的脸上看出痛苦的神情，但你也可以说那是长时间逆来顺受导致的。）

她可能很漂亮——几乎算是——只是她从不涂唇膏。男人看一眼，目光便会越过她，没有什么能吸引男性眼球的。（我们都涂着红红的——极其鲜红的——唇膏！）她连眉毛也不拔，这是女孩最起码可以做到的，要是想引人注目的话。

她貌似大病初愈，元气受损，面黄肌瘦，皮肤带着几分颗粒状，感觉就像摸到了砂纸一样粗糙。她的眼睛原本可以很美——深棕色如液状的巧克力，而且睫毛浓密——但她喜欢眯着眼睛，好像在看着什么炫目的光亮。她也不直视你——像是罪人。

除了不抽烟，她还不吃炸薯片、糖衣甜甜圈、芝士饼干、M&M 糖豆，还有玻璃纸包装的绅士牌花生，这些都是我们在做功课时最爱吃的零食，吃得手指上沾满了盐。她不吃猪、牛等有嚼劲的肉，有时连鸡肉也不吃，只吃焙盘鱼。

因此她才会那么皮包骨头。还平胸，屁股上也没肉，就像个男孩，她也用不着像我们其他人那样要使劲裹束腰带。

她连"束腰带"是什么都不知道——特蕾西去兄弟会派对前穿衣打扮时，她瞪着她的束腰带，就好像从没见过这么吓人的东西！

在阿奎迪舍，奖学金女孩们都很刻苦。我们连续数小时伏案用功，因为必须把平均等级保持在 B 以上，否则就拿不到奖学金。可是玛丽·埃伦·恩赖特更加刻苦，在学习上比我们花的时间都要多——据我们所知，玛丽·埃伦除学校功课以及地质图书馆的兼职外，其他一概不做！

她趴在书桌上，背对着屋子及室友时，安静得不合常理，一动不动地专注于学业，如同一个人体模型，却是紧绷着的。从她的肩颈能看出她在紧张。

似乎要忍着不叫出声，或是在忍住不哭。

可她仍纹丝不动地坐着，曲颈灯在桌面上投下一轮光圈，她可以一直坐到忍耐的极限——假如室友谁也不反对灯光的话。

（一开始我们并没有提出反对。屋子里单单就这么一束光也不会影响睡眠。可时间一长我们越来越对这位不合群的室友感到不耐烦，我们提出了反对，于是玛丽·埃伦把作业拿到了楼下的自习室，在那儿她不会打扰到谁，也不会有人打扰她。有时候她会睡在那里的长沙发上。这样我们也不用听她啜泣着入眠了！）

很难讲清玛丽·埃伦出了什么问题。她那样张望着我们，接着视线又移开——就像是看到了什么吓人的东西——让我们觉得是我们自己出了问题。

我们（有点）希望她退学算了。或者转学。我们这种态度很冷酷，也缺乏基督徒的教养——这可不是什么引以为豪的念头。可我们也只是刚从高中毕业没几个月的女孩，或许是玛丽·埃伦把我们吓坏了，让我们变得极端，有些身心崩溃了。有时想想，这可是我们头一次出远门，来到这所有九千四百名学生就读的位于威斯康星的韦恩斯科舍大学啊。

在韦恩斯科舍的头一个学期的头几周，总有一定比例的新生退学。总能听说谁——大部分是女生，但也有男生——就这么"停摆"了——"睡不着觉"——"不停地哭"——"感到失落"。

然而玛丽·埃伦似乎铁了心不与她们为伍。她有着深深的忧伤，而且在我们看来——（至少在我们一些人看来）——濒临精神崩溃，但她身上又有一股子倔劲——好比瘸子浑然不觉自己瘸，或是口吃的人似乎不知道自己说话结巴。

还有一件怪事：在阿奎迪舍的女孩们中，玛丽·埃伦·恩赖特从未收到过信。

但更奇怪的是：玛丽·埃伦·恩赖特似乎也没有期待来信，走过信箱区时，她对自己的那个盒子看都不看一眼。

我们向宿管员斯特德曼小姐请教，怎样才能让玛丽·埃伦不那么孤单。斯特德曼小姐建议眼下别去打扰她，因为"玛丽·埃伦"远道而来——来自东部州，纽约、新泽西或马萨诸塞这类地方——所感受到的乡愁比我们的要强烈得多，我们的家人都在本州，周末坐大巴就可以回去探望。

"玛丽·埃伦"是犹太人吗？我们问。

斯特德曼小姐说她觉得不是。"恩赖特"据悉不是犹太姓氏。

可她貌似来自别的什么地方，似乎不是美国人——某种程度上。

斯特德曼小姐皱了皱眉，显然她不爱听这个。

斯特德曼小姐只会告诉我们，在阿奎迪舍，只有玛丽·埃伦·恩赖特的全套档案未向她这个宿管员提交。女院长办公室只交给她一份有关玛丽·埃伦的文档，但非常简短，有的地方被用黑墨水涂掉了。

希尔达·麦金托什讲述了开学第一周发生的事情。有一天下午她回到三楼宿舍——玛丽·埃伦·恩赖特站在她的书桌前怔怔地看着她的打字机。

那是希尔达的雷明顿牌便携式打字机，她带到大学里来的最值得骄傲的家当。阿奎迪舍不是每个人都有打字机的，没有的就很羡慕希尔达！

而玛丽·埃伦直愣愣地盯着打字机，希尔达说："那眼神简直不能光用羡慕来形容。"

就像从没见过打字机！就像是在看什么新发明。

于是希尔达说——你可以试试，玛丽·埃伦，要是你想试试的话。这儿有张纸！她轻言软语，以免吓到她（可还是吓到了她，她跳了起来，颤抖着，眼睛眨个不停）。

希尔达把纸插进打字机，指给她看该怎么打字——飞快地逐次敲击数个字母键。

那女孩只是茫然地看着。

就像这样，明白了吗？当然啦，你得记住键盘。结合练习。我是在高中学的——不难。

女孩碰了下其中一个键，轻轻地，好像没力气按下去似的。

她用虚弱的声音说，不……不灵啊……

希尔达笑了。当然灵啊！

女孩往打字机后部张望了一下，似乎在找什么丢失的部件。

又以虚弱的声音说，可是——这里也没有什么东西连……连着机器……

希尔达又笑了。这就好比向一个乡下亲戚介绍，嗯，室内用抽水马桶！真是滑稽。

瞧好了，希尔达说。

希尔达在书桌旁坐下，键盘像机关枪开火一样噼里啪啦地响开了：

SEPTEMBER 23, 1959

ACRADY COTTAGE

WAINSCOTIA STATE UNIVERSITY

WAINSCOTIA FALLS, WISCONSIN

USA

UNIVERSE[1]

　　新来的女孩玛丽·埃伦瞪着这如同魔术般的展示——飞舞的键、打出来变成词句的字母——好像一句话也讲不出来了。就好像喉咙被堵住了。仿佛咔嗒作响的打字机让她感到害怕了。仿佛她看不了这样的情景——嗯，是怎么回事？希尔达想象不出。

　　希尔达鼓励玛丽·埃伦再次尝试打字，可玛丽·埃伦向后退去，似乎这一切压得她无法承受。接着突然，她眼睛翻白，皮肤也变得惨白，紧接着跌倒在地，昏死了过去。

---

1. 9月23日，1959年／阿奎迪舍／韦恩斯科舍州立大学／韦恩斯科舍瀑布城，威斯康星／美国／宇宙。

打字机

"玛丽·埃伦?"

她们中间的一个正在同我说话,是从背后过来的。

我感到很恐惧。我知道有像我哥哥那样的告密者——当然会有。可是我不能理解自己有没有表现得像个罪人,抑或处在流放分子状态中的我,在此情境下是否举止适当。

是那个叫"希尔达·麦金托什"的女孩。她的圆脸温润如满月,微笑的样子很友善。她留了个栗色的齐肩鬈发。我没有勇气直视她的脸,更不要说眼睛了,看了我会受不住的。

空洞的凝视。种子大小的眼睛虹膜。

我很困惑:这个人是告密者吗?她知道玛丽·埃伦·恩赖特实际上是谁吗?她跟踪过我吗?

在"第九区",有人跟着我走是家常便饭。但从实际情况来看,我并不能确定他们跟着我是刻意还是凑巧。

我不得不从小教堂旁边的那栋楼里的报告厅——亨德里克礼堂——里逃出来,无论在哪里都得这么做。屋子里其他人正在吸氧——(我数了数,一共有六十六个学生坐在椅背陡直的座位上)——而那个充当教授的人体雕像还在讲台上大谈逻辑学基础。某 Y 为 X。X 为 M。则 M 与 Y 的关系是什么？

我没有穿过绿地。那片空旷、脆弱、宽阔的绿草地。我像只受伤的野兽，贴着楼宇的边缘，穿过狭窄的通道，以免引人注目。

我不敢抬头四处张望，看有谁在"看着"我。

流放分子在流放期内随时都受到监控。

违抗指令的必然后果是，流放分子将立即遭到"删除"。

我，"玛丽·埃伦·恩赖特"，被分配藏身于阿奎迪舍三楼的房间里。在距离阿奎迪舍约一英里处坐落着一段连绵的山丘，山势走向大体往下。

那里便是"第九号禁区"的中心地带。我的囚禁地。可在那儿我反倒觉得很安全。

我从侧门进了小屋，吃力地从后面的楼梯爬上去，希望别被那些冒充女孩的人察觉到。我也避开了一楼宿管员的套房，那儿的门总是敞开着，有点表示"欢迎！"的意思，但我却担心又是告密者的把戏。

每每想到哥哥罗迪告了密，我便心如刀绞。那些在"青年训导处"接受审讯的恐怖时刻，有很多我已经回忆不起来了，但我能清楚地记得罗迪告密这件事，以及知晓真相时的震惊与意料之中，因为罗迪一贯憎恨我。他巴不得我被流放——或更糟。

我很期望，有朝一日我还能再见到罗迪，而我会原谅他。可罗迪不要我的原谅，我受不了这样的想法，泪水又刺痛了我的眼睛。

但如果能和罗迪正面对峙，这也就意味着我还能再见到爸爸妈妈。我在绝望中期望着！

此刻，下午刚开始，阿奎迪舍的住宿新生大多不在。

我只求谁也别看见我。如果知道自己处于他人的视线中，我就不能正常呼吸。

起初在"第九区"，我并没有想过还有其他流放分子——肯定有类似我这样的人。我如同被诱捕进了一个狭小的笼子里，绝望之下丝毫没有同病相怜的念头，一心只想着自己的处境。

我飞快地奔上楼，喘着粗气，出了汗。此地正值炎热干燥的九月，阿奎迪舍没有空调。

"第九区"的楼舍鲜有安装空调的。显然在这个时代空调还很稀罕。而且令我吃惊和厌恶的是，空气里弥漫着烟味。

我感到非常惊讶，我的室友们都抽烟！无一例外。好像她们对于吸烟致癌一无所知，或是不在乎。更糟糕的是，当我咳得喘不过气来时她们一脸不悦，可是——我怎么忍得住？"北美合众国"二十三年时早就禁烟了，在我生活的年月里都是被禁止的。（提倡用尼古丁静脉注射作为替代。）

我琢磨着，这是对我的惩罚吗？吸二手烟。

得搞清楚我这些室友的真实身份。我为何会和这些人分配到阿奎迪舍 3C 室。在"北美合众国"二十三年，人们都这样说——"没有意外结果，都是演算所得。"我不敢想象国土安全部的谋划还存在什么偶然因素。我同样也不敢想象室友中至少有一个，甚至也许全都是负责监视玛丽·埃伦·恩赖特的线人。

她们之中或许还有个机器人。不过是哪一个呢？

总算松了口气，当我独自待在宿舍里的时候。

（不过我真的有过"独自"待在宿舍的时候？）

弥漫于屋子里的烟味如同体臭一般刺鼻。

现在我有机会察看一个室友桌上的那台黑黢黢、带键盘的笨机器——"打字机"。

我当然听说过打字机。我见过打字机的照片，我的父母也提到过曾经有一台，我想。（或许是我祖父母的？）但是我从未亲眼见过电脑时代以前生产的打字机。

我略带恍惚地看着这台奇怪的机器。它有某种东西让我心神不安。

太想念我的笔记本电脑了，想得要昏过去了。想念我的手机，放在手掌里是那么贴合，就像是从手心长出来的，就是一只亮晶晶的长方形眼睛。

无法理解这台机器的逻辑。难道原始的只能用于——打字？

没有互联网？没有电子邮件？没有短信？就只是——打字？

打字机的里面和它的周围都没有什么能看的！没有屏幕。

这台傻乎乎的机器没法与任何一个除它以外的东西相连，想想真够玄妙的。只是——一台机器。

在打字机前，你被束缚住了，无法逃到网络空间去。在"第九区"，网络空间是无路可通的。

难以理解：在一九五九年，网络空间还不存在。

然而这不可能，不是吗？我们被一而再再而三地教导说，二十一世纪的一项伟大成就便是网络空间作为独立且独特的实体被建立起来，并且（假定）不依赖于人类，也就不受时间和空间的制约。

倒不是说我很清楚这件事。要真想弄明白，就得学数学、物理、天文物理等尖端计算机科学，而事实上在"北美合众国二十三年"，这些都属于机密资料……

"玛丽·埃伦？"——声音就在背后。

那个笑眯眯的姑娘悄无声息地走到了我身后——她的名字是"希尔达"。她吓坏我了，我的心脏像被击中的鸟儿在胸膛里扑腾。

希尔达自然是很友好的。她们都非常友好。

她们的眼睛啃噬着我，像饥饿的蚂蚁。记忆着，评估着，斟酌着写给国土安全部的报告用词。

希尔达说机器是她"九成新的雷明顿"，她对此似乎很自豪。她的中西部口音平淡得在我听来带着嘲弄的意味。

"你可以试试，要是你想试的话。这儿有张纸！"

希尔达将一张纸插入机器并卷到位。她指示我该怎么打字——逐次敲击字母键——用她灵巧的手指随便敲了几下。

可我只是瞪着眼看。我感到头重脚轻。

原本我是可以开口的，但感觉舌头像是一大团棉絮，嘴里根本放不下。

希尔达说："就像这样，明白了吗？当然啦，你得记住键盘。这样手指敲的时候都不用脑子想。结合练习。我是在高中学的——不难。"

我碰了下其中一个键。什么动静也没有。

"不……不灵嘛……"

希尔达朝我笑了。

"当然灵啊，玛丽·埃伦！像这样。"

玛丽·埃伦。说这个名字是在向我示好，还是在讽刺我？

我很希望这个叫"希尔达"的女孩角色其实就是一个和我差不多的女孩，是真心对我友好。我不愿意去想这个女孩角色是国土安全部的注册特工，或者（有可能）只是一个大学本科女生的虚拟成像，（遥远的）国土安全部特工在屏幕上操控着她，嘲笑着身处"第九区"流放地的我。

希尔达站得如此贴近，使我心乱如麻。阿奎迪舍很多女孩都会站得都离我很近，使我退却。在"北美合众国"二十三年，人与人之间的行为方式则与这里有显著不同：心照不宣的准则是**不靠近**。自从被捕并在监视器屏幕上看到了那个男孩被处决的可怕场面后，我变得更害怕有陌生人靠近。危险的临近会让我的皮肤感到刺痛。

希尔达亲切友善得似乎全然没有注意到我的谨小慎微。可以说希尔达是个"长相漂亮"的姑娘（正如可以同样说——我敢肯定——我是个"长相平平"的姑娘）。她比我至少矮两英寸，也更丰满些。我瘦得简直就像个男孩，而她的身体则姣好如成熟女子。希尔达和其他姑娘一样上衣里面还穿了一种很结实的胸罩——"罩子"——好似能自行撑起来，内含坚硬的金属圈，这种"罩子"就像多长出来的附属物一样兀自突出。我有意无意地往后缩，希望希尔达——她似乎是无意识地——不要用她那翘翘的乳房蹭到我。

希尔达在书桌旁坐下打起字来，姿态完美得近乎夸张，宛如广告里的女郎；她打得既快又准，向我展示了"打字"是件多么容易的事：

SEPTEMBER 23，1959

ACRADY COTTAGE

WAINSCOTIA STATE UNIVERSITY

WAINSCOTIA FALLS，WISCONSIN

USA

UNIVERSE

"看到了吧？现在你来试试，玛丽·埃伦。"

1959 年 9 月 23 日！不可能是真的——可能吗？

这里是"第九区"——毫无疑问。是我的流放地。我必须接受流放，我必须适应。可是——

恐惧袭遍我的全身：这里可是八十年前的过去，还不止。我还没出生。我的父母也还没出生。这个世界里没有人爱我，甚至没有人认识我。没有人认领我。我彻头彻尾地孑然一身。

　　"玛丽·埃伦？你怎么了？"

　　希尔达手伸向我，带着真挚的——姐妹般的——关切，即使我不停地向后缩。

　　"别碰……碰我！不……"

　　我害怕极了，恶心得想吐。可我虚弱得无法躲开——一个黑洞在我脚下张开，将我吸了进去。

迷失之人

救我！救救我——妈妈，爸爸……

我多么想念你们……

想回家的渴望咬噬着我的肠胃。渴望如此强烈，好似有一只手攫住了我的颈背，驱赶着我在绝望且眩晕的下跌中前进。

我完全孤身一人。我会死在这儿。

他们把我五花大绑。手腕、脚踝、脑袋——以防我"自残"。

一根分流管被插进肘部柔软的肌肉里，令我疼痛难忍，冰凉的液体从管子里注入静脉。这是他们早已重复过多次的机械性步骤。

一个平淡的声音宣告：**主体下行。**

我看见自己有如一道即将消逝的光。打着旋，自我追逐着，越来越渺小，越来越透明。

突然，我消失了。

对象非物质化。对象的分子构成将被远距离传输。在"第九区"重组。

"'玛丽·埃伦·恩赖特'。是她？"

问题不是冲着我来的。可我能从一个稍高的位置反观这具毫无生气的躯体，心里充满了怜悯。

如同一具僵尸。被流放了。

我很想知道——僵尸知道自己是僵尸吗？僵尸是怎么认知的。

好好笑！可是笑声像脓痰般卡住了喉咙。

置身严寒之地，血液流淌缓慢，沉滞如水银。

我感到极其困惑，头脑无法清醒。我的脑子被打坏了。我听到过他们开这种玩笑。

所谓的 NSS[1]，即神经外科安保服务部。上中学时我听到过此类传言。这个话题是禁忌。

在被远距离传输之前，他们先将微芯片植入我的大脑，一个叫海马体的特定部位，记忆在此得到处理后才被储存到大脑的其他区域。至少我觉得肯定是有这一步，我觉得不是在做梦。

他们将我的部分头皮剃掉，取下一块状如比萨的楔形头骨，再植入微芯片。（显然）我没有感受到任何疼痛。僵尸是没有痛感的。即便天灵盖被锯开的部分以及撕裂的头皮都是那么冰冷且麻木，离我越来越远。然而我却感到了一阵汹涌的感激之情，说不定我哭了——他们没有把我的父母从记忆中移除。他们至少把父母留给了我。

因为大脑中承载了所有我对父母的记忆的那部分很有可能被移除。

在流放地，你只能紧抓住你有的、尚未被从你身边夺走的东西。

在这冰冷的天地里，我和其他被远距离传输的人一起坐在一辆形似救护车的运载工具里。

---

1. 原文全称为 "Neurosurgical Security Services"。

车开得不快。没有警报器。

不是什么紧急事态，是常态。

在到达我的终点之前，车停靠了几站。在半清醒的状态下，对于发生了什么我几乎没有意识。我很想和爸妈说话，他们关切的脸庞清晰地出现在我眼前。我想对他们说四年后见。别忘记我！

我肯定不能问我是不是十七岁，还是七岁。

我肯定不能问这是哪一年。我完全搞不懂我在哪里。

我们离开了城市的华灯，行进在广袤的乡村夜色中。那景象让我惊讶，头顶的夜空中群星璀璨，在我已失去的旧日里绝不会见到。

空气更清新些，在"第九区"。呼吸得多么畅快！也没有漫天的污染物来糟蹋夜空，那种浑浊是我们在已失去的旧日里早已习以为常的。

在这个夜晚，我们这一干人被绑在担架上，乘着厢式货车，无法扭头相互张望。我们非常疲劳，已经跋涉很长一段路了。

然而也许情况是，并非所有被远距离传输的人都能生龙活虎地走完这段旅程。一开始我甚至都不清楚自己是否还好端端地活着。

其他被远距离传输的人中，有一个惊惶得呼吸过度。对他的药物处理一定出了差错。我无法转头去看。或者说，我的头被绑得很到位。我保持静默，平静地呼吸着，像爸爸教我的那样面对敌人。我想——他们会蒸发掉他。这是个绝望的想法——他们会蒸发掉他，而不是我。

下一站到了，我被搬下厢式货车。

他们把我从担架上松了绑，并让我站起来。

"自己用腿走，小姐。你的腿没问题。自己用脑子发信号——左腿，右腿。还有你的脑袋——抬起来。"

我还真走出去了几码，然后便瘫倒在地。

早晨醒来时，我正躺在一张高低不平的床上，盖着单薄的毯子。

头上的绷带已被除去，手腕和脚踝的捆绳也不在了。昏昏沉沉的感觉基本消退了。

给我的解释将是这样的：我是威斯康星州韦恩斯科舍瀑布城韦恩斯科舍州立大学的新生。前一天晚上报到迟了，发了高烧。我被送去了校医院而没有去宿舍。而现在，到了早晨，因为高烧退去，我可以出院了。

"你的物品已经被送到了宿舍楼，恩赖特小姐。"

"好的。谢谢您。"

"你住在阿奎迪舍。在大学南路。"

"谢谢您。"

阿奎迪舍。大学南路。得靠自己去找了，我也会这么去做。

我感觉看到了希望！不时有小小的奇妙感受一阵阵涌来，即便恐惧仍令我几乎无法动弹。

重要的是：我爸妈还活着，四年后我会重返他们身边。即使在我的记忆里，我的父母也没有被"蒸发"。

还有一点很重要："玛丽·埃伦·恩赖特"显然是个健康的样本，没有在远距离传输中丢掉性命。就算大脑有损伤，也不是什么重伤。

如果是轻伤，说不定会痊愈。

然而当我企图从床上爬起来时却感到头晕目眩，要不是一个穿护士服、肌肉强健的年轻女人一把抓住我，我就要摔倒了。"站稳啊，'玛丽·埃伦'！走好。"

她大笑着。一瞬间，我们目光相接。

她有一头金发，被用发夹夹到脑后，浅得几乎呈白色。左胸上方挂着一张塑料姓名卡——伊尔玛·克拉辛斯基。

她知道我是谁。不过，她并不是敌人。

之后我常想——或许她跟我是一路人，会怜悯我。

宿舍楼的前厅里，有一只大纸箱子正恭候着 M.E.恩赖特。

"你是——'玛丽·埃伦'？东西刚到。"

箱子约有3英尺×4英尺大小，塞得满满的，有一边几乎要爆裂开来。

而且箱子磨损得厉害，像是受过风吹雨淋，历经坎坷，被用透明胶带层层包住，纵横交叉如同迷乱的蛛网。阿奎迪舍的宿管员拿大剪刀来拆也很难打开。

"天哪！谁包得那么仔细，这箱子怎么运也撕不开口子！"

里面都是衣服：几条短裙、衬衣、毛衣、休闲裤、一件海军蓝羊毛套头衫、羊毛衬里夹克、法兰绒睡衣、棉内衣、棉袜、运动鞋，另有一双棕色鞋，宿管员称之为"轻便鞋"。还有"百慕大短裤"以及"夹克"——这些样式我从没见过。还有透明的长"丝袜"——我也没见过。所有衣物都是皱巴巴的二手货，散发着霉味。

我盯着箱子里面的东西。我感到头昏眼花。我想——这些都是从死人身上扒下的。

"要不要我帮你抬上楼？干脆把箱子留下，我们把你的东西抱上去更实际一点……"

"不用了。我能自己拿。谢谢您。"

宿管员斯特德曼小姐表现得非常和蔼。可是我连一眼都不想看她。我不想和她说不必要的话，我也不愿意和她单独待在分配给我的房间里，哪怕只有几分钟。

我不愿意让她凑近了看。其中一些衣物我并不熟悉，她要是觉察到了，我会感到很不自在。衣服已经散发出一股酸味了，我可不想让她再闻到些什么。

我不想让她为我难过。那个可怜姑娘！——真的，很可怜。

还有，斯特德曼小姐的语言，她讲话的方式，于我而言都很陌生。她英语吐字清楚，但说得很慢，带着奇特的鼻元音，听她说话会让我感到烦躁不安。

箱子底部有个印有"M. E.恩赖特"字样的信封。我直到独自待在3C号房间时才打开信封，发现里面有一张崭新的二十五美元钞票，仿佛刚被印刷出来，另外还有一张硬纸卡，题头为《指令》。

没有私人小条子。失望的情绪小小地刺了我一下，我还以为——我是说我情愿相信——S.普拉茨还是比较喜欢我的。

我双手捧着新物品上到3C号房间。很快我就气喘吁吁了，毕竟还没有从长途跋涉中恢复过来。斯特德曼小姐关切地注视着我，但不再试图来帮我。

新生将在第二天来韦恩斯科舍校园报到。我被遣送流放地的时机堪称完美，我着实认为S.普拉茨与这个时间安排是有关系的。

3C号房间位于宿舍后部。房间很大，倾斜的天花板上开了两扇老虎窗。地板没有漆油漆，墙壁上也是光溜溜的，只零散地留了几个孔用于挂画和钉小钉子。

四张床，四张书桌：四个室友！

对我而言这很意外。我得和其他三个女孩同屋，而不是独自居住。

但这也很令我宽慰，屋子一切正常。除了斜屋顶，如果我不当心，可能会撞到头。

我飞快地环顾四周。这在"第九区"是个不自觉的反应：确认新的空间不构成（显在的）危险，其中不存在（就我所见）会恐吓、威胁或是蛊惑我的东西。

这是一间并非唯独"第九区"才有的屋子，这种屋子随处可见。

我选了远在角落里的床位，在斜屋顶下方。我把窗户、朝向更好的床以及最大的柜子留给了室友，我不希望她们不喜欢我。

"'玛丽·埃伦'！你确定要屋角那个床铺？"——于是，当我的室友来到房间时问我，显然很真诚。

这几个姑娘不错。（是吗？）她们用好奇的眼神打量着我，但她们并非无礼，或者有意要无礼。

她们虽然长得像三姐妹，但彼此并不认识。"白种"女孩——肤色等级为一级。她们都来自偏远的威斯康星州的乡下，上的都是威斯康星州本地的中学。她们都有一口浓重且平直的北部–中西部口音。她们的名字立刻在我脑子里混成了一团，像嗡嗡乱飞的虫子。

我想——说不定其中一个就可以处决我。

"你什么时候到的，玛丽·埃伦？昨天晚上？"

"你是哪里人，玛丽·埃伦？"

"你父母带你来的吗？他们还没走吗？"

"抱歉，玛丽·埃伦！我们把东西摊得到处都是，我想……"白天大部分时间，房间里挤满了父母、亲戚、孩子，都是来帮我的室友们搬家的。

我走出去躲开她们。这些陌生人声音洪亮、自信，一副兴高采烈的模样，那些浓重且平直的元音令我感到压抑。可我没有哭。

傍晚时分，我回到顶楼的宿舍房间，我没有别的地方可去。阿奎迪舍现在是我的家了。

当我终于开始穿用纸箱子装来的衣服时，我发现没有几样是合身的。

有的太小，太短，太紧——多数是太大。

毛衣的腋下依稀可见半月形的汗渍。纽扣有的已经很松了，有的干脆掉了。拉链也是坏的。一条短裙子上还有污渍，或许是食物弄脏的，希望别是血迹。

阿奎迪舍的女生看见我穿得这么寒碜——穷酸得像个乞儿，衣服都是慈善会捐来的——肯定会聚在一起窃窃私语，不过我一点也不在意，给我这些，我已经很感激了。

我最喜欢的几件衣服是：苏格兰高地军团式样（还是一位室友帮我看的）的百褶格子裙，配了一只超大号铜质装饰别针，把整条裙子都带得活泼起来——设计得很巧妙；有黑玫瑰图案的高领毛衣，让我想起了家里的一件，不过这件要大很多；长袖白色衬衣，"蕾丝"领口很适合我，让我看上去严肃、庄重，我特别喜欢这件衣服，因为它似乎在暗示说，这是个好姑娘，乖巧姑娘，腼腆姑娘，从不捣乱也不大声嚷嚷的姑娘。拜托对她好一点！

在已失去的旧日里，我从来不穿什么衬衣。从来不配什么"蕾丝"——就我所知，也没人有这种衣服。

长裙、短裙一概不穿。我只穿牛仔裤。其实我只有两三条牛仔裤，也没花多少钱，就一直这么不假思索地穿着。

"第九区"的女生穿短裙上学，有时还穿连衣裙。她们有"毛衫套装"——开衫以及与之相配的套头衫。有时，她们会用尼龙长袜把腿包起来，我觉得自己穿的时候肯定会把袜子扯破，尽管还是得试试。

我那些朋友看我穿着蕾丝衬衣会怎么笑话我呢。还有尼龙长袜。穿着苏格兰高地军团式样的格子裙，还用铜质大别针固定着褶边——哦上帝啊，艾迪怎么啦？那还是她吗？

着实有碍观瞻，我室友们脑袋上的"电极"。

嗯，不是"电极"。我其实知道。

"就像这样子，玛丽·埃伦。我没法相信，你从未'做'过头发！"大家都冲着我乐。并没有什么恶意。（我情愿这么想。）

可是我做不来：上床睡觉前用塑料"发卷"把头发卷好。

先用某种难闻的特制卷发剂把头发打湿，然后梳理好头发。把头发分成好些股，再一股一股地卷进"发卷"里（有三种型号：最大的是粉红色的，中号是蓝色的，小号是薄荷绿色的），最后用发卡尽可能紧地固定在头皮上。

是的，有发卡在，又得睡在枕头上，还要顶着发卷，所以头皮可能会很痛。

说不定还会轻微地头疼！但很值得啊，就为了第二天那油光顺滑的内卷童花头的效果。

我只试过一次，到了半夜仍睡不着觉。刚飘然入梦，便做着脑子里被装了电极的噩梦大汗淋漓地醒来。早晨起来，发卷大多松脱了，我用手捋了捋，头发几乎和以前一样柔软散乱。

希尔达说："下回啊，玛丽·埃伦，我来给你上发卷。看你敢说个'不'字。"

女大学生

好孤单啊！就好像我的身体被从里面掏空了。

仿佛原本心脏的位置被空洞取代，什么也填补不了。

其他的新生也很想家，宿舍里初来乍到的其他女孩会时不时哭鼻子。然而她们的思乡之情不过是一场精致的折腾，是衡量她们对家庭的热爱程度的方式。她们会给家里打电话，通常在周日晚上（该时间段资费较低），也能接到家人的电话。她们写信回家，也能收到家信。她们的母亲会给她们寄来烘焙食物，让她们和同屋及朋友分享。况且她们的家也"触手可及"——区区几小时车程。

我开始感到难为情，也很沮丧，我收不到家里的任何音信——没有电话，也没有包裹。阿奎迪舍的姑娘们都很同情我，在我背后一惊一乍地议论着，让我难以忍受。

只是这世上必定有真正的孤儿，无亲无故。"恩赖特，玛丽·埃伦"所隶属的范畴，总不会空无一人。

我很想知道，我会不会发现某个类似我的人？或者——某个类似我的人会不会发现我？

一个在威斯康星州韦恩斯科舍州立大学的"女大学生"，就读于人文艺术学院，十有八九是教育专业的，一九六三级的学生。

如果这是"流放"，那还不算是最残酷的"流放"。

我知道：最残酷的"流放"是死亡。

我多么渴望让爸妈知道我（尚且）还活着。（可我算还活着吗？我常常自己都不确定。）

我渴望能知道，"北美合众国"二十三年的父母（尚且）还活着，再过四年，我们就可以团聚了。

韦恩斯科舍州立大学位于威斯康星州东北角的韦恩斯科舍瀑布城，占据了大片半农业用地，从南部的密尔沃基开一天车就能到。九千名在校学生大多来自威斯康星州的小城市或农场。农艺及畜牧学院是该校最大的院系之一。

其他强势院系还包括教育学院、商学院、护理学院及机械学院。

仅仅是一座四处蔓生的校园将这好几千人维系在了一起！不过多数时候，校园还是显得很宁静的——清晨，学生们行色匆匆地走在山坡小径上，赶着去教室，同行者三四人，或结伴成双，或独自一人——小教堂响着洪亮的钟声。你必须朝前走。必须摆正位置。你有自己的名字，有自己的身份。你别无选择。

其中自有一份兴奋感！也能从无动于衷中获得一丝安慰。

我选了五门课，其中三门为"导论"——英国文学、心理学和哲学。都是上大课，每周有一次小测验。我混迹于大讲堂中，想象着谁也不会注意到我，这并非不可能。

假如在校园里或课堂上看见了阿奎迪舍的女生，我的视线便模糊起来，不做任何表示。假如有女生朝我招手或冲我笑——我也视而不见。只要有可能，不管在哪里，我都情愿遁入无形。

最终她们就会随我去了，我相信。我很快就要学到心理学导论中所说的操作性反应消退现象：当不再施加强化举动时，反应的发生便会逐渐减少。

我只想活下去。熬过前几周的挑战，第一学期，第一年；熬过四年；服完流放刑期，再被远距离传输回家。

我不愿去想，对《指令》绝对服从也未必救得了我。我不愿去多想未来，除了最基本的措辞：行为、奖赏。

我几乎认为 S. 普拉茨已经亲口承诺我——我的流放期总有一天会终止。

在此期间我必须遵从《指令》。拿到《指令》后，我当场就背了下来，尽管我不太明白其中的警告：不得在禁区内提供"未来知识"。

据我所知，我脑子里的微芯片封堵住了很多对过去的记忆（当然，在一九五九年，这里指的就是对"未来"的预知）。我无法很自信地"预见"，更别说先知先觉了。我试图回忆中间这几十年的经典发现，如 DNA、分子遗传学的发展、脑"成像"——除"爱国者历史"外的任何一段现代史，但感觉就像是在隔着毛玻璃张望。

或许能看到那头影影绰绰的形状，却看不真切。

真是讽刺，就在那残酷的短短几天里，我还算是我们高中班的毕业致辞代表呢！

至于不得寻访"亲属"的警告，更是无从说起了。

在我读初中时，"文化迁徙运动"席卷全国，成千上万——抑或是成百万——的人被迫离开家园，到人口相对稀少的地方落户。那些地方都是政府想要"重建"的区域。这些移民当中就有我爸妈的父母——罗迪和我的祖父母，他们分别被撤离至内布拉斯加州西部和缅因州北部，但我完全不知他们先前的家在何方，更别说一九五九年的时候他们住在哪里了。

而且我也不敢离开距"震中"半径十英里的地带。

我要当一名理想的学生——一名模范"女大学生"。我不去招惹任何闲杂的关注。我不会流露出甚或感受到一丝一毫的好奇。我不会——几乎不会——与任何人有"亲密"关系！我意已决。

开课的第一周，老师通过点名来查考勤。在一连串陌生人的名字中神不知鬼不觉地藏着那个分配给我的名字——"恩赖特，玛丽·埃伦"——如同杜鹃蛋下在了其他浑然不觉的鸟的窝里，听着颇为令人兴奋。我觉得这是个彻头彻尾的虚构的名字，完全没法使人信服，我挺直腰杆，同时害羞地举起手讷讷地说了声"到"。可是谁也没在意。大多数名字都像"恩赖特"一样被立刻忘记了，尽管其中有很多鼻音，之后我才发现原来这些都是瑞典、挪威及德国的姓氏。

老师的注意力不大可能停留在"恩赖特，玛丽·埃伦"上。

实际上，我所有同学，甚至我所有教授，肤色等级均为一级："白种"。除了一些员工（餐厅服务、校园保洁、运动场维护），可能有属于五级或者更黑的级别的人。

我想知道班上还有没有别的"流放分子"。能相互认出来吗？敢认吗？怎么认呢？要担多大的风险？

我们都伪装着。穿二手衣服，用二手名字，一心只想活命。

对于自己的伪装，我怀着一种冷酷的自豪感：从那只磨损严重的纸箱里拿出来的毛衣和短裙、寒冷天气里穿的羊毛衬里夹克、运动鞋，甚至"轻便鞋"——可配上白色棉袜，袜子的脚趾部分有补过的痕迹，但补得并不牢靠。我的课本和文集都是二手货，书脊上盖有"旧书"印章。我在学校书店买了一册螺旋软抄本，并为了节省纸页发疯般地用小字记笔记。在讲堂上，我就是那个前排就座、面孔毫不起眼的女生，弯着腰，埋头记录着教授的话，很少敢抬头看。

动笔写字真是太奇怪了。这个所谓的手-眼协调技能，在我出生的时代几乎已经绝迹——虽然爸妈还坚持教罗迪和我写字。拿着一本书阅读也同样很奇怪，捧着纸质的"书页"，还得用手指翻，任性一点的话都可以撕掉；倒是用不着"电能"驱动，也不需要电子媒介。

最奇怪的莫过于大学图书馆了——宏伟的砂岩大楼，分很多层，并且直通地下；每层都摆满了一排排的"藏书架"，架子上装着可以用手触碰、翻阅的"书"。阅览室里也是气派非凡：高悬的天花板，形色各异的灯光，磨得锃亮的地板——还有人头攒动的学生！

仅仅登上大楼的石台阶——就像古庙前的那种——就已经让我头晕目眩，心生忧虑。

在"第九区"，我常常发现自己气喘吁吁的。我的心跳很不正常，就像——（我记得的这一点属于被抹去的大部分记忆）——在我目击内务无人机行刑的那一刻——（可那男孩叫什么来着？卓尔——姓这个）——那一刻对我来说似乎已经过去很久了，逐渐退去。我眼睛后面的大脑的某个部位还会作痛，是插入微芯片的地方。若是企图去想——（是什么词来着，家？父母？）——便会出现类似有机玻璃似的障碍物。我竭尽全力想要冲破障碍物——就像困兽奋力要穿墙逃走。

然而，要是我放弃努力，转而将注意力投向我的课业，读课本和文集上的一行行铅字、画重点、做笔记、写论文初稿——就像一个"第九区"的"正常"的大学生该做的那样——那么脑袋里的压迫感就会减轻，呼吸也能平静不少。

这就是你现在的生活。这就是你该有的样子，现在。

失去的朋友

有时我抽泣着醒来，想念的不是父母，而是朋友们。

那种情感会来得很汹涌——我爱我的朋友们！

我有时不把她们当回事，现在我后悔了。

我试着回忆她们的名字：卡拉、梅拉妮、德博拉，还有……是叫佩奇吗？

像是要透过某种凝块才能看到。浓雾。回忆需要积聚力量。当我拼命想看清朋友们已然开始消退的脸庞时，双目便在眼窝中疼痛起来。

我们自打初中就在一起了。到了高中，在某种郁结和压力之下，我们变得更加亲密。只为了和其他人一样。可是——怎么可能呢？没有人会和其他人一样。

彭斯伯勒中学存在着一种丑恶的、不可告人的社会等级制度：政府官员的子女居于顶层，我们其他人都趴在下面。我的爸爸是"被标记分子"，因而我的种姓等级在妈妈带我去幼儿园的第一天就已经决定了。

十年级时，卡拉有一阵子极为忧郁，还厌食，是她的朋友们帮助她度过了危机；高二时，格伦娜一度处于无休无止的焦虑中，她那位当科学研究员的爸爸因"科学叛国"的指控被赶出了实验室。还有那可怕的十个月，德博拉的爸爸被拘押在"国土安全部审讯局"，谁也不知道他还能不能出来。（最终奥尔布赖特先生获释了，但永久处于良性僵尸的状态，等于德博拉终究失去了她的父亲。）我们自创了一套短信密码，而且相当机警，每隔几周就更换一次，这样我们能够日复一日、年复一年地相互短信联络。从某些基本方面来说，我们之间比和父母之间更亲密，作为父母，他们没法和我们把事情都摊开来说，我们彼此间当然也比和其他男生更亲密。（"女性"和"男性"应当相互猜疑。高中毕业前与异性密切交往是伤风败俗的。）

在我受损的记忆某处还依稀残留着这样的感知，即我的朋友曾就毕业致辞警告过我——佩奇曾建议我和英语老师商量一下演讲稿，她觉得稿子应该效仿以前那些没有触犯过青年训导审查机制的毕业演讲，可是我竟完全置若罔闻——实际上，我还感觉遭到了侮辱，被伤害到了。

我是多么愚蠢啊！佩奇是想保护我的，而我却满不在乎。

我很想知道高中毕业典礼后来是什么情形。麦凯先生是希望那个男生运动员代替我致辞的。反正另有人被提名。除了我的朋友，没有人会想念我。

难道不是应该另有人做致辞代表吗？

另有人？谁啊？

那个女生……叫什么来着……

那个女生？我记不得有什么女生。

你知道的，那个——我猜是褐色头发的……

哦天哪！我想起来了——她有点……

她因为"谋逆"被抓起来了。现在给带走了。

带走了——带去哪儿了？

就是走了。

他

　　然后，就在这个全然孤独之地，我恋爱了。

　　在"第九区"，还是有些人会用和善的眼神看待我。或者说有要保护我的意思。甚至还带着些好奇心。他并不是第一个这样的人。

　　他是第一个知情的。他凝视着我，在一瞬间，他明白了我是谁。我是什么身份。

　　而我想到的则是——现在是我们了。他，以及——玛丽·埃伦。

沃尔夫曼

"'恩赖特，玛丽·埃伦'"——那双眼神带着好奇，淡定地转向我。

我几乎无法呼吸，只是将指甲深深地嵌进掌心。

老师正在发还期中试卷。他微笑着，尽管眼中并无笑意。他的目光不安地扫视着我们，不近人情且漠然算计着。

我想知道：我们算是他的"研究对象"吗？沃尔夫曼是个心理学研究者，心理学助理教授。

几周的课下来，他知道了班上一些学生的名字，但直到现在他才认识我。

我犹疑地从座位上站起来，去接沃尔夫曼发的测验本。他先前并不认得我。我不怎么举手回答问题或提问题，因此在测验环节里并不突出，不像那几个比玛丽·埃伦·恩赖特更有进取心的学生。可现在，沃尔夫曼正瞧着玛丽·埃伦·恩赖特。

"做得不错，恩赖特小姐。你除课本外还读了斯金纳？"

"是……是的。"

他继续盯着我看，可不止一会儿。

课堂上的沃尔夫曼直率、开朗、机智——如开了刃的刀锋，你不会粗心到去触碰。此刻，他那挖苦般的笑容消退了。他的神情似乎表达着惊奇——由衷的惊奇。仿佛意欲再问我什么又改变了主意，他飞快地移开了目光，叫了下一个名字。

一种虚弱感裹挟了我。不过我还是设法回到了课桌前，抓着测验本却不敢打开。

他知道了吗？

他——不知怎的——认出了我？

他也在流放吗——像我一样？

在这节课剩余的时间里我就好似半死不活一般。我无法让自己直视这位测验课老师。他随意地坐在一张桌子边上，我顺从地埋头在本子上记笔记。沃尔夫曼也没瞥我一眼。耳朵里一阵喧嚣声，反而听不清他讲了什么心理学原则。下课铃声响起、其他人结伴走出去时，我仍瘫坐着。当我终于敢抬起眼时，艾拉·沃尔夫曼已经走过来了。

只剩我一个人安稳地待着时，我才打开了蓝册子。红墨水打出的分数夸张得令人惊叹——99%。

接下来也是一段用红墨水写下的潦草字迹——没有人是完美的。

　　　　流放分子禁止表明身份，除非国土安全部流放训导局认可。
　　　　流放分子是被实时监控的。

一个被流放的人。我确信，我遇到了同病相怜的人。

在众人眼里，我们这些分到沃尔夫曼测验课的学生既走运（沃尔夫曼很有意思），又不太走运（沃尔夫曼不好对付）。他可以令人望而生畏，也能逗得你乐不可支。对中西部人的眼睛和耳朵来说，他显得"与众不同"——甚至不乏"异国情调"。

比起在"第九区"遇到的其他大部分成年人，沃尔夫曼说话更流利、更快，总体而言也少了些耐心。他浓密的黑发恣意地打着卷儿飞扬在额前，让我想起了猫头鹰厚实的涡状羽毛。（心里想的是自然史标本集里那种漂亮的大角鸮。）沃尔夫曼的胡子刮得很干净，但仍可见其下巴和咽喉周围连片的青楂。他来上课时大多穿运动外套，黑长裤，内配白色或浅蓝色衬衫。时常打领带，但并非总是如此。眼睛是深色且略带潮润的蓝，透射着疑惑与不安，有时候真让人感觉他的注意力——那最沉郁、深邃的注意力——已投向了别处。

我在这里，却并非真正在这里。你全然不知我在哪里。

沃尔夫曼惯常的做法是抛出一堆问题，就像给属下撒钱一样——有的学生态度积极，响应机敏，有的裹足不前，生怕中招，还有的则大惑不解，无所适从。尽管沃尔夫曼和蔼的微笑容易让人亲近，但我们一般都会谨慎小心。

测验课有二十五名学生，其中包括三名女生。我很少想要回答老师的问题，因为我害怕可能会被他嘲讽，就像锋利的刀片刮过一个单纯的本科生的指关节。

本周的科目是"神经行为学分析"——这是斯金纳提出的假定，即神经系统多数时间处于不活跃状态，只会在外界刺激下以"条件反射"的形式得到激活。这种行为学假设认为动物从本质上说就是机器。人类也是动物，因而本质上也是机器。个体、群组乃至大众行为都可以被编程、设定条件，可期且可控。激进行为主义是这样一种科学，它认定实验结果都能够被图像化。人类并非内敛的心理世界，而是外显的肉体存在——是（可测算的）行为总和。人类就是行为，可以为他人所观察并记录。环境无法控制的是遗传学的自我。但基因也能被决定。僵尸也可以有各种各样的大小、形态、类型。

我宁愿相信这些都不是真的。可在"第九区",在韦恩斯科舍州立大学心理学系,这样的"真理"占据着主导地位。

A. J. 阿克塞尔教授讲的这门课——"二十世纪心理学导论"——是人文艺术学院里最热门、最有声望的,选课的学生超过了两百人,其中不少学生是医学院预科班的,这门课对他们来说是必修课。沃尔夫曼的测验课是每周五上午,其任务是将阿克塞尔教授深奥的授课内容进行解说,如灯塔一般照亮我们思想里黑暗的无知区域。看得出来,年轻气盛的沃尔夫曼喜欢在让我们搞明白之前先把我们带得更晕。他乐于随手在黑板上画图表——"学习曲线",来阐明教授的观点。阿克塞尔教授点到为止的实验设计,沃尔夫曼会对其加以详尽说明,这项工作他做起来很有干劲。

偶尔沃尔夫曼也会修正阿克塞尔教授的说法,不过总是表述得很巧妙:阿克塞尔教授原本的意思是说……

A. J. 阿克塞尔据称是美国最杰出的学院派心理学家,曾在哈佛与二十世纪最伟大的实验心理学家 B. F. 斯金纳合作。他也是名头很响的沃尔特·弗里曼的门徒,曾在二十世纪五十年代协助弗里曼在中西部施行了多台前脑叶白质切除术。他是韦恩斯科舍社会工程研究中心的主任。阿克塞尔身材高大、鹤发童颜、风度翩翩,永远穿着花呢大衣配白衬衫和领带,一派庄重而博学的宗师风范。然而阿克塞尔所使用的密码般的高度专业化的词汇,并不总为听众所理解。那些神秘莫测的术语,如操作性条件作用、强化程序、效果律、强化物、惩罚、逃避学习、回避学习等,听起来是那么高大上。

对本科生来说,沃尔夫曼就是"沃尔夫曼教授",他拥有博士学位。对沃尔夫曼而言,我们不过是一群"小姐""先生"。

他对我们总是彬彬有礼的,虽然时而带着些许揶揄的意味;他好像并不相信我们能懂多少他的玩笑话。而他似乎有很多玩笑话。他机敏且诙谐。他貌似漫不经心，却出手如电，把对他表示怀疑的学生像打苍蝇似的拍掉。

沃尔夫曼每周二和周四上午十点来听阿克塞尔教授的课，与其他几个助教和本系研究生坐在报告厅前排。他们基本都是男性，只有研究生中有少数几个例外：实际上韦恩斯科舍根本就没有女教师。

阿克塞尔教授的年轻助手当中，艾拉·沃尔夫曼是最值得信赖的，每当教授赶不及自己的课时，沃尔夫曼就会替他上。每逢此时，报告厅便涌动着期待，因为比起早已成名的 A. J. 阿克塞尔，学生们大多更喜欢年轻奔放的艾拉·沃尔夫曼。

有时候沃尔夫曼讲完课时，报告厅内会零散地响起掌声。我坐在不起眼的位子上，也同其他人一样既兴奋又激动地鼓着掌。

在课堂上，沃尔夫曼描述了他参与过的心理学实验："习得性无助"的系统性突发，这是一个相当于"崩溃"的专门术语：对鸽子、鼠及小型灵长类动物（猴）实施一连串随机且不可预期结果的刺激，起先，实验对象试图弄清楚刺激的意义，从随机性中认知一种模式，然后实验对象试图"控制"自己的处境，但当然一无所获，最终陷入崩溃。

在"习得性无助"之后，实验对象又可以通过一连串新的、具备可预期结果的刺激来得到重组。

与动物一样，人类希求秩序、统一和可预期的结果。假如对此有失败的体验，便会陷入崩溃。

这便是行为心理学揭示的真相。是不争的（也是残酷的）事实。

我想——这便是我们所处的境地。如果我们走运的话。

孤独

在沃尔夫曼之前，我一直都很孤独：有件事我做得太鲁莽了。

很愚蠢，而且徒劳——我事先其实就明白。相当鲁莽。

我跪在我那阴暗的宿舍角落里，靠在床边，额头贴着墙，拼命地想唤回记忆——我那旧有的已失去的记忆——咬着下嘴唇尽力不哭出声，但我无法做到，我无法回忆起妈妈的音容笑貌、爸爸的音容笑貌、我自己的脸、房间衣柜镜里的自己。我从小就住在那间屋子里，爸爸将它刷成淡玫瑰色，妈妈把穿衣镜框漆成她称为乳白的颜色……我感觉到，当我这样努力回想时，我的头好似要爆裂开来；植入大脑的微芯片堵塞了所有可以滋养我的回忆，我就像得了精神哮喘，透不过气来……

你不可以这样。你不能这么做。你在流放期。这是对你的惩处。

于是我放弃了。连续几回下来，我放弃了。

于是有一天，当我放弃回忆，当孤独感使我窒息时，我裹上那件羊毛衬里夹克，在傍晚时分再次出了门，其他同学此刻正准备离开校园返回宿舍吃晚饭。我徒步朝校医院走去，医院远在校园的最东边；我要去那儿找初到韦恩斯科舍时——即刚刚完成远距离传输时——遇见的那位护士。我不记得她的名字了，但还记得她的长相以及梳到耳后的暗金色秀发，她那友善而又谨慎的眼眸——什么也别问我，玛丽·埃伦·恩赖特。快走吧。

我问前台值班员有没有和描述相符的护士，或许三十出头吧；值班员摇摇头说没有；她完全不明白我说的是谁。我又说："那我能不能四下找找——我真有事情要问她。"

值班员告诉我，这会儿校医院里除了她当值外没有别人了。有住院医生"带班"——但不用现场值班。

我瞥了眼候诊室，的确空荡荡的。屋子狭小逼仄，只放了三把椅子。（很奇怪，我居然在校医院候诊室里看见了烟灰缸！）这里有某种沉闷、腐臭、闭塞的药味，让人反胃，此外还夹杂着香烟味。不远处邻近的病房里传出沮丧的咳嗽声。此时此刻我想起来了，流感席卷了校园，阿奎迪舍里有好几个女孩中招了。

看我在沉吟不决，值班员又道，她并不知道我说的是谁，她认得校医院里所有的护士。

听到这话，我直截了当地表示异议。不可能。

"您肯定吗？我能——四处看看吗？这里是不是有护士站？"

值班护士看着我，仿佛认准我是在开玩笑。

"护士站？这里？"

"她的名字好像叫——"我勉力回忆着，尽管脑袋里有什么盘根错节的东西阻塞着思绪，"类似伊莫金？伊尔玛？"

"'伊莫金'……'伊尔玛'。没有。"

值班护士飞快地说。答得太快了吧，我想。

然后我想——是这位护士吗？这个女人，正在同我说话的这个？

我现在看出来了。她比我记忆中的要老一些——约莫母亲的年龄。

她（暗金色）的头发被全部掩藏在浆白的护士帽里。她在白色尼龙护士服外面套了一件超大的羊毛衫，因为校医院里很冷，而她的塑料胸卡被毛衣遮住了。我看出来了，她就是那个女人——那位护士——将我从初到"第九区"的第一个小时的惊骇中唤醒。

"我想你认得我？'玛丽·埃伦·恩赖特'？我被送过来时，你待我很好……"

此时，值班员带着冷笑厉声道："小姐，我说了没有。我从未见过你，你也从未见过我。你该走了。"

"可是，你不是'伊莫金'？或'伊尔玛'？求你——"

"快走。"

"'伊尔玛·卡拉辛斯基'……'克拉辛斯基'？"

"再不走，小姐，我就要叫保安了。我警告过你了。"

她的目光落在我的脸上，毫不友善。她一字一顿地说出保安时，我明白了，她的意思并非指保安，而是杀伤力要大得多的东西——删除、内务无人机打击、蒸发。

一时间我站在那里动弹不得。我无法想象我能独自离开校医院，返回阿奎迪舍。

"这里没有人……认得我。我过去叫……我叫……埃德莉安·施特罗尔，我不叫'玛丽·埃伦·恩赖特'。我是被人送过来的……带过来的，从'北美合众国'二十三年。你对我有了解吗？哪怕一点点……可以跟我讲讲吗？"

伊尔玛护士的脸紧绷着。她眼睛中的虹膜细若胡椒粒，仿佛失明了一般。她生气得扭曲了嘴角。

"你在胡言乱语什么，肯定发高烧了。可我们不能收留你，得流感的人已经把这儿占满了。你难道不知道流感在横扫校园吗？还是趁能离开赶紧离开吧。趁你还能走路。趁你还没生病。趁你还没病得那么厉害。恩赖特小姐，这是你的名字吧？走的时候要确保门关紧了。懂了吗？"

"求你了……随便跟我讲点什么，就……随便什么……讲讲那边的情况——'北美合众国'二十三年？有改变没有？国土安全部和那个总统还在吗？还有军队，'自由之战'呢？你有我父母的消息吗——玛德琳和埃里克·施特罗尔？我们住……过去住在新泽西的彭斯伯勒。别打发我走，我太孤独了……"

伊尔玛护士现在已是怒不可遏。

"我已经说清楚了，小姐——你懂不懂？"

我不懂，不过好吧，我撤。我听她的话离开了校医院。我在身后关紧了门。尽管我很失望，也感觉受到了伤害，我还是认为这个名叫伊尔玛、有暗金色头发、在我到"第九区"的第一个小时里照看我的护士，对我仍是仁善的：她并没有向当局报告我违犯了《指令》，那会要了我的命。

我还活着，这就是明证。

可能

在我孤独难熬之时，我可能有好几周是爱着艾拉·沃尔夫曼的。在我们期中考试交谈之前。

可能，永远地爱上了。

那是一种比我对伊尔玛·克拉辛斯基护士的感情更为强烈的情感。

从在格林会堂，我们的教室里，初见他的那一刻起。他轻快地走进来，把皮包往讲台上一放，扫视着一排排课桌，以及一张张专注的脸，好似将一张细密的网向我们撒了过来……大家好！我叫艾拉·沃尔夫曼，你们"心理学101"课程的单元指导老师。

这个男人阔步迈向报告厅讲坛，给阿克塞尔教授代课。作为给德高望重的前辈代课的年轻教授，沃尔夫曼没有显出丝毫踌躇和怯意。他就像一位跳水运动员，站在高台跳板上向观众愉快地微笑致意，然后才完美地纵身一跳。他将我们认作结伴的同行者，一起出发，去进行一次激动人心的旅程；这可不是白发苍苍的阿克塞尔教授的做派，老先生多少有点照本宣科，也懒得抬头看我们是否还在那儿。

在沃尔夫曼向我透露他也与我一样是被"流放"的人时，我似乎知道了些什么。

他就是那个人。他会把我救出"第九区"。

正如我对横行校园的流感毫无反应一样，我也不像同龄女孩那样容易坠入爱河。我可以为此感到骄傲。

我的室友们兴奋且不厌其烦地说着她们正在谈或希望谈的男友；还有兄弟会里的男生，她们或爱上了他们，或渴望着他们的音信，她们的快乐就寄托在下一个电话上……可我不是她们中的一员，我已不再那么年轻。

我对沃尔夫曼的感觉不一样。那是一种溺水者的绝望之感，拼命想抓住靠近的人，一个有能力将我从可怖的死亡中拯救出来的人。

院长的名单

"玛丽·埃伦？"——声音近得吓了我一跳。是斯特德曼小姐。

上了七周课了，期中考试刚结束。此时是十一月初。在天色暗淡、雨雪交加的黄昏时分，我冲进宿舍楼，穿着那件连帽羊毛衬里夹克，走过邮箱墙直奔楼梯，而宿管员像是正等候着我回来。

当然不会有玛丽·埃伦·恩赖特的信。不过我的信箱里时常会有宣传册和通知单，就像是有邮件到了，这景象格外残忍。

我不再羡慕其他姑娘的来信。不再动这样的念头。

我白天所记挂的事情都集中在课程作业上。我有五门课，五位老师。其中一位是艾拉·沃尔夫曼，这纯属偶然。

我尽力不去想别的事情。每逢有人关心，我便唯恐避之不及。只是我不能对大人无礼。我不能就这么从斯特德曼小姐身边闯过去，她正在门口朝我微笑。

我暗自哀求着这个女人——别烦我，好吧！你们所有人！求你们了。

如此喧嚣的思绪在我脑海里奔腾。我都觉着很吃惊，怎么别人会听不见，怎么还不知难而退。

"玛丽·埃伦？我能跟你说说话吗？就一会儿？"

我无法光嘟囔一个"不"字来打发掉斯特德曼小姐。我顺从地跟着她走进客厅，那间朝向阿奎迪舍两间娱乐室中较小的一间屋子，屋里摆着一台落地电视，"飞歌"牌——这是我见过的最小的电视，只能算是迷你屏幕，画面是灰白色的，还在不停地颤动，仅有三个频道。

到了晚上，居然还有好些个阿奎迪舍的女生来看这台小得离奇的电视！而渴望有人陪伴的斯特德曼小姐有时也会守在这里。

阿迪斯·斯特德曼身材高瘦，头发、眉毛、皮肤都呈沙黄色。她面孔朴实，神情真挚。她热忱地微笑时会露出淡粉色的牙龈。她眼睛很大，棕色，充盈着诚恳。阿奎迪舍第一次开会时，她称自己是女院长办公室的一名助理。她是公共学院管理专业的博士候选人，约莫三十岁，或许更年轻，因为斯特德曼小姐属于那种"少年老成"的类型——"有担当"——"领袖之才"。我的室友们谈起斯特德曼小姐时都说要躲着她，因为她虽然人很好，却很无趣。

尤其是她们怜悯她单身未婚：老姑娘。

（诸如老姑娘、老处女之类的词汇对我而言都很新鲜，因为在"北美合众国"二十三年，离婚与结婚一样寻常。但我能理解这些词的含义，以及在"第九区"其意义背后所隐藏的恐慌。）

斯特德曼小姐愉快地冲我微笑着。她用温暖热切的语调问我过得好不好？课上得怎样？我讷讷地说着些客套话回应。我想尽力显得快活、积极向上些：这是韦恩斯科舍的一个特色——"积极向上"。不过我并不擅长表现得"积极向上"，我也知道这瞒不过斯特德曼小姐。

她详细问了我的课业，因为我是奖学金女孩——她对此尤为感兴趣。（我已经知道，在韦恩斯科舍，我得到的是"高校奖学金"——并非"爱国奖学金"。显然在一九五九年，"爱国奖学金"尚不存在。）我的授课老师斯特德曼小姐大多都听说过，对他们都很有好感，尤其是对和哈佛大学伟大的 B. F. 斯金纳有过合作的 A. J. 阿克塞尔教授——"阿克塞尔教授研发了他自己的实验项目，旨在消除反社会行为——'畸变的''反常的'以及'破坏性的'。韦恩斯科舍将要创建这个新领域的研究中心——'韦恩斯科舍社会工程研究中心'。每到十月，我们都期望阿克塞尔教授能获诺贝尔奖。很快就会的，我预言！"

我问斯特德曼小姐，她说的"畸变的""反常的"及"破坏性的"行为指的是什么？

斯特德曼小姐停顿了片刻，淡淡的红晕飞上脸颊。她皱眉道："哦——那种见不得人的行为，你能想象的，玛丽·埃伦。或者还不如说——你都无法想象。我也想不出。"她使劲摇摇头，"大部分都是男人干的，我觉得。男人之间。不过阿克塞尔教授将要改变这一切。"

阿克塞尔教授怎么改变这种行为？我问。

"哦，我觉得——电击疗法。"斯特德曼小姐含糊地说。

不知沃尔夫曼有没有参与这个中心？我得假设他参与了，作为 A. J. 阿克塞尔的助手。

可这多么讽刺啊，一个"流放分子"参与治疗反社会行为！

斯特德曼小姐对哲学系主任迈伦·考夫兰教授赞不绝口，他的理论是，哲学和语言学的历史自希腊以降直至现在——二十世纪中期的基督教美国社会——一直处于持续稳固的演进中。"与此相关联的是'切实可行的'——'实用主义的'——伦理学，以及'民主'，'为最多数人追求的最大利益'，当然还要加上基督教的影响。这是我们美国人在'人造卫星'时代里自己的信仰，和苏联多么不一样！考夫兰教授从国家科学院那里拿到了十万美元的研究资助。他上过学生报纸的头版，你肯定读过。"

我含糊其辞地应了声是。我也许看过那些文章。自流放到"第九区"以来，我一直试图填补自己在历史知识上的重大空缺——我们的"爱国民主历史"课上极少提及，苏联曾在早期成功地向太空发射了一颗小型无人人造卫星（"斯普特尼克"号），以及他们对核武器的开发，中学的"爱国民主历史"课关注的重点是对美国民主制度的持续性威胁，还有美国民主如何战胜了世界上数不胜数的"恐怖分子"的敌手。

　　"显然，确切无疑的是，我们美国的哲学是几千年来的高峰，而人类也比以往任何时候都'更加文明'——你不觉得吗？听过考夫兰教授一席话的人，有谁会不同意吗？他指出，我们美国的总统制是政治史上的'高点'，德怀特·艾森豪威尔则是迄今为止最伟大的世界领导人。"

　　我对一九五九年时的总统知之甚少，只听说这位笑容可掬、喜欢打高尔夫球的总统曾是"二战"时的将军，并且和我们"北美合众国"二十三年时的总统一样深受美国人的喜爱，后者的民众支持率每天早晨都显示在互联网上，总是在百分之九十五到百分之九十九之间。

　　一九五九年貌似有两大政党：民主党和共和党，为了夺取统治地位而争斗不休；到了"北美合众国"二十三年，只有"爱国党"当政，它得到了"北美合众国"顶级富人的支持，该党可以任命所有的政治领导人，同时也把持了司法机关。CV[1]——"公民选举人"，取决于收入的阶层，可以把票投给"爱国党"候选人，用一个微笑表情符号代表，与之相连的是一个名字，这个选举既是初选也算终选，因为不会有人对"爱国党"的候选人有异议，因而他必然成为总统。（爸爸曾说过，在他的记忆中还有过选票上不止一个表情符号，而是有两个表情

---

1. 原文全称为"Citizen Voters"。

符号的选举。选举人躲在私密的投票站里，可以"自由"选择。）

（"爱国民主历史"课曾向我们解释过，在过去几十年里，数以亿计的美元被用于"竞选"——基本上是无谓之举，因为总统宝座无一例外归于竞选资金最为雄厚的候选人；于是选举程序被修改了：看哪个"爱国党"成员能够积聚最多的钱财，此人便作为党的候选人印在选票上，而无须真的把这笔钱花掉。）

我多么希望能信赖斯特德曼小姐，向她袒露我所失去的对她而言是"未来"的岁月；可即便我胆敢违犯《指令》，斯特德曼小姐也不会相信我，反倒会觉得我有精神病。

我已经从心理学课上知道，一九五九年已有了让"叛逆"分子失去声誉的手段：暗示其为精神病患者——情绪上不稳定。

"边缘性人格障碍"——这让我很疑惑，是谁控制并定义了"边缘"。

斯特德曼小姐以其愉快但固执的方式问我是否觉得逻辑课"很难，很烧脑"，她还是本科生时就很犯难。我说是啊，很难。斯特德曼小姐说："女生学不来逻辑。就像数学、物理、机械——我们的脑子不是用来搞这些计算的。"

我相信这个说法吗？这样的想法是自毁前程，因为想错了。在"北美合众国"二十三年，"一切性别平等"已然成为公理——即没有任何一种性别允许"存在缺陷"——任何一个性别的个体都不应享有特殊关照。不过我的异议没什么说服力，斯特德曼小姐忽视了我说的话。

其实自从来到"第九区"，我经常觉得我的脑子出了什么问题。微芯片和远距离传输损坏了我的思考能力。我使劲思索着逻辑课本上的问题，并深感苦闷，仿佛"逻辑"是一种病毒，我的身体被侵染得已无法复原；几小时下来我便被搞得精疲力竭，快快不乐。我留意到哲学系里没有一个教授是女性，"哲学导论"课的文集里也没有一部女哲学家的作品。似乎女性是不存在的。我想知道，沉浸在逻辑之中会不会引发强烈的自杀愿望。

我没有和斯特德曼小姐讲这些，但我的确告诉她说，在所有课程里，我最担心逻辑课会挂科。

"哦，玛丽·埃伦——你不会挂科的！我敢肯定。"

（大概是吧，我还不至于不及格。几次测验下来的最低分也是 A-。可我还是为有可能挂科而苦恼，因为在逻辑学里，在仅为可能性的范畴之外，还存在着很多可能的不快乐。）

斯特德曼小姐继续絮叨着，作为行政管理人员，她列数韦恩斯科舍在科研领域"前沿"地带的成就，兴奋得似乎要透不过气来。哲学、数学、社会学、物理学——"听说过阿莫斯·斯坦吗？他原来在普林斯顿高级研究所？没听说过？"斯特德曼小姐好像对我挺失望的。"斯坦教授最近也上过学生报纸。他是'霍伊尔工程'的主管，该团队由一流的物理学家和数学家组成，致力于驳斥爱因斯坦的相对论。还有一种所谓'宇宙大爆炸'的理论——宇宙始于一次爆炸，并且'仍在迅速膨胀'。但我们的韦恩斯科舍团队却认为宇宙是无限且不变的——一种'恒定状态'。无始无终。如果你笃信上帝，那么只有'恒定状态'才是合理的。毕竟——谁能够先于上帝？教授们只需进行数学上的论证。据说他们正夜以继日地干——他们还在项目里征用了一台计算机，放在格林会堂里。计算机太庞大了，占了格林会堂一楼的一半！全球知识界都在翘首以盼——我们希望韦恩斯科舍今后成为世界级物理学家和数学家荟萃之地。爱因斯坦还提出'万物都是相对的'，还有'时间可以弯曲'——这显然不可能嘛。就好像说上帝可以'弯腰'一样！斯坦教授说，这种推论是'犹太人的逻辑'——混淆视听，而不是匡正视听。"斯特德曼说得慷慨激昂，飞沫沾湿了嘴唇。

不过她的话还是让我激动起来。我对爱因斯坦的理论一窍不通，尽管我听说过"状态恒定的宇宙"——（我不知道它是否起源于中西部？）——但这个我也不懂。我能感受到斯特德曼小姐的愿景，韦恩斯科舍州立大学终将载誉满满。

我回忆起 S. 普拉茨的描述，远距离传输的目的地大学堪称"优秀"——她的语气多么肯定，对我满怀希望！流放归来，我将是训练有素之才；如果成绩优异，我就有条件找份好工作，就能在经济上帮助父母了。

流放结束后的生活如同海市蜃楼般赫然出现在地平线上。如果现今的日子过得艰难而孤单，那只消想想今后的日子——那海市蜃楼——便还能够抱有希望。

斯特德曼小姐谈到了韦恩斯科舍"出类拔萃"的生物学家卡森·洛基特二世，他曾求学于牛津的"生命科学"系，是阿尔弗雷德·拉塞尔·华莱士研究领域内的世界顶级专家。华莱士作为维多利亚时代的科学家，曾预言过查尔斯·达尔文的进化论；不过他超越了达尔文，为人类大脑假设了一种"特别创造"：大脑不可能经数百万年的"自然选择"而产生。"洛基特和同事们的工作便是以最客观、科学、'进化论'的语言来驳斥达尔文的无神论。"斯特德曼小姐还提到了韦恩斯科舍的驻校诗人 H. R. 布罗迪——我知道他的作品吗？我读过他的诗句吗？"H. R. 布罗迪留着一头像罗伯特·弗罗斯特般的白发。他写韵体诗，写自然——像弗罗斯特一样。可不是'卡明斯'写的那些古里古怪的用小写字母写的小短诗。那个卡明斯——'c. c. 卡明斯'——还是叫'e. c.'？连押韵都懒得尝试。我不太懂现代诗，但 H. R. 布罗迪的诗写得真美，还很睿智。"

我尽力回忆在"北美合众国"二十三年的英语课上，我们有没有听说过 H. R. 布罗迪这个诗人。我觉得我没说过。八十年后，H. R. 布罗迪已经被彻底遗忘了。

"你对诗感兴趣吗，玛丽·埃伦？我想你肯定喜欢。"为什么斯特德曼小姐说这个？我只能结结巴巴地说了个"不"字。

实际上我上中学时尝试过写诗。英语课上，老师给我们作诗的公式，填上韵脚就行了——

我是无名之辈！谁是＿＿＿？
你是——无名之辈——＿＿＿？

以及

我想我永远也看不见了
如＿＿＿般可爱的诗。
诗是像＿＿＿这般傻瓜作出来的，
可只有上帝才能作＿＿＿＿＿＿。

我自己的诗作得可没这么顺溜。一首二十行的公式诗对我来说，很可能会漫溢到三十行，或者干脆十八行就早早收兵了。

我也尝试过写所谓的"小说"——遵循给我们的"九大基本线索"，所用词汇都列给我们了，还有推荐的标题。

我们不可以从公共图书馆里带走标记为 A[1] 的书——成人书籍；我

—————————

1. 即 Adult，成人。

们仅能阅读 YA[1] 标记的书——青年书籍，那也要经"青年娱乐委员会"的许可，而且必须是真正适合带到学校的书。我父母曾有过成人书籍，但我从未见过。

我还真尝试构思过一部连环画小说，讲的是动物而不是人。我的插图笨拙且幼稚，一开始劲头十足，后来渐渐地就像融冰似的不了了之了。

我记得哥哥罗迪在初中时曾用混凝纸制作风筝。都是些令人叹为观止的风筝：龙、鹰、大蝴蝶，你简直无法预料罗迪还会做出个什么。

有段时间我还帮他做过风筝。能和罗迪一起做些什么，而不是总想着躲他，这让我感到很兴奋。我们父母对此也很感动。可最终他失去了兴趣，或是气馁了，不知出于什么原因，他耸耸肩说了句有谁在乎呢？做手工就是浪费时间。

斯特德曼小姐笑眯眯地瞧着我，似乎很期望我能和她分享一些"诗性"方面的感悟，可我知道，还是三缄其口比较好。她接着问我和室友相处得还好吗？我告诉她，她们非常好，我很喜欢她们。

"嗯，不错！她们和你很不一样，玛丽·埃伦，我觉得。"

我觉得也是！我的室友都是僵尸。

为了掩饰惊讶，我笑了笑。（在"快乐之地"，我一直在不停地微笑！）没想到斯特德曼小姐会这么说。

"你的室友都有宗教信仰。"斯特德曼小姐说。

"就像阿奎迪舍大部分姑娘一样，我相信。但是你——我们也有人很想知道——你选择的教派是什么？"

你选择的教派。陌生且带着胁迫意味的语句。

---

1. 即 Young Adult，青年。

"我……其实……我不去'教堂'。可我也是个……是个……您可以称之为'信教者'"。

"嗯，我想也是，玛丽·埃伦。"斯特德曼小姐若有所思地皱皱眉，好像这个问题（玛丽·埃伦·恩赖特是否"信教"）是经过严肃思考的。"你是——基督徒吗？"

这也太唐突了！谁也不曾问过我这样的问题。在"北美合众国"二十三年，所有公民都被假定为"基督徒"，不过"基督徒"的意思和"北美合众国公民"没什么两样。当然也没有人提及"基督教的价值"——行善、扶弱，"无私忘我"。

"有时候啊，玛丽·埃伦，你显得有一点点——"斯特德曼小姐搜寻着合适的字眼，"忧郁。你室友说你一直很想家。"

"不是的。"

"嗯，很好！这样就好。"

室友会在背地里向宿管员说起我，这令我很不安，但同样使人不安的是，宿管员也让我知道了她们的所作所为。

"你是从很远的地方来韦恩斯科舍的吧，我想？"

斯特德曼小姐这么说是什么意思？我开始不安起来。

（斯特德曼小姐知道了多少关于我的信息？）

"我们初到一个新地方都会想家。连我们这些离家多年的人都是这样。"

斯特德曼小姐说话很轻柔，很暖心。她在鼓励我与她分享情感。我才不会呢！

宿舍楼前响起了说话声和笑声。我为此感到不解，是什么让我的室友和其他女孩们老是笑得这么高兴。

她们聚拢在邮箱墙旁，在门厅里闲荡，再慢腾腾地上楼进屋。那么开心！因为隔了一段距离，她们说的话我一个字也听不清。有几个在高谈阔论，有的则咯咯地笑作了一团。此时将近晚上六点：很快她们就要成群结队地去食堂吃饭了。（阿奎迪舍太小了，不能供应餐食。指定的餐厅要走两个街区，男生女生都招待。）喧闹的餐厅里，我通常独自一个人吃，同坐的都是我这样形单影只的。我埋头于书本，佯装没有注意到阿奎迪舍的女生，她们原本可以招呼我过去的。我这种隐形状态如同一件有魔力的大衣，既保暖，又加剧了我的孤独。

我穿着一件过大的海军蓝套头衫，里面还有一件灰色的松紧高领毛衣；脚蹬一双破旧的、带污渍的橡胶靴。我不知道斯特德曼小姐是否明白箱子里的衣服是二手货？不是我的，只是寄给了我？她了解我吗？伊尔玛护士在一定程度上是知道"玛丽·埃伦·恩赖特"的情况的。韦恩斯科舍的某些行政要员也是知道的。

但或许她不知道。或许"第九区"的居民对"北美合众国"二十三年及其规程一无所知。很可能他们只得到了最低限度的信息：一个"流放分子"，没有任何过去、背景、家庭、历史，依据政府指令来到了他们当中。

他们知道的只是："玛丽·埃伦·恩赖特"是个孤儿，父母死于自然灾害或某次战争中。他们何必要问这个？

当斯特德曼小姐谈到想家时，我就盘算起来——她希望我向她坦白，然后她就可以举报我了。

或许，也有可能——她希望我向她吐露真情，然后她会安慰我。

或许——斯特德曼小姐本人就在服流放刑！

只是我不相信。斯特德曼不像是那种会叛国的人。

哦，我讨厌这些！我陷入了自己纷乱的思绪中。

流放意味着除流放外心无旁骛。当其他人从不质疑自己的生存条件时，你却在不停地问自己。我为何在这儿，什么时候带我走，谁在注视我，谁在监控我，是这个恳请我信任她的人吗？她会报告我什么情况？将会总结和判断出什么？

斯特德曼小姐问我是从哪儿来的。一个很自然、友好的问题，而我却结结巴巴，躲躲闪闪。我拼命回忆着《指令》的内容——禁止做什么，因此允许做什么。

"我……我还是不说的好，斯特德曼小姐。"

斯特德曼小姐诧异地看着我。"可——为什么？"她问得诚恳坦荡。她真的感到很意外。

"想起这个我就很伤心。我很抱歉。"

"噢！该抱歉的是我，让你难过了。我听说你拿的是州外奖学金，所以我猜可能是东部大西洋州的哪个地方，比如纽约、新泽西……"

"我是'孤儿'，斯特德曼小姐。我其实不是从哪儿来的。我的父母，还有收养我的父母，他们都去世了。"

这些话让我自己都大吃一惊。我从来没有把这些话大声讲出来过。是的，我练习过。我觉得，假如有人在录音的话，我并没有说错话。

斯特德曼小姐的态度似乎表明，我的这段话完全出乎她的意料之外。如果她掌握了我的卷宗，那一定不够完整。或者，她希望我这么想。

（我也很想知道：一九五九年磁带录音机普及了吗？有没有可能斯特德曼正在录这次的谈话？在如此原始的文明中几乎找不到什么电子设备，不过政府探员或许配备了监听设施。）

越来越多的姑娘走进宿舍楼，像窜来窜去的小松鼠般聚集在邮箱附近。通常斯特德曼小姐会在这种时候跑到门口，抓几个女孩跟她聊聊，不过今晚倒没有。

"你是说你一个家人也没有了，玛丽·埃伦？你的话我能这么理解吗？"

"对。我的意思就是没有了，一个家人也没有了。我是被收养的，而且'养父母'也都死了。"

这些话我张口就来。看到斯特德曼一脸肃穆，我差点笑出来。

"多么令人悲伤啊，玛丽·埃伦！什么时候的事？我的意思是，你父母是什么时候去世的？"

什么时候？我完全没了主意。《指令》没有告诉我该如何应对此类询问。我就像个只拿到脚本梗概的演员，得临场发挥。

"很久以前了，我想。真记不得了。"

"嗯……太让人难过了……而且非常少见。"

是养父母双亡的孤儿少见，还是似乎记不得父母何时去世的孤儿少见？

"那么，难道没有人带你来韦恩斯科舍吗？你是一个人来的？"斯特德曼小姐听完我这段吞吞吐吐说出来的话后好像有点尴尬，但仍不肯善罢甘休。她那张平庸且认真的脸上几乎带着一种饥渴的神情。

"是的。一个人。"

"小小年纪就一个人出远门！我也觉得头一个晚上没见到有谁陪你来。你当时看起来非常的——独立。"

独立！我木然地笑了笑。

"我还想帮你搬那只扁皮箱子来着，但你告诉我不需要帮忙。是啊，你非常独立——早熟的独立，我是这么想的。"

扁皮箱子？这女人的记性怎么回事？

不知怎么的，她把一只被捆扎得乱七八糟的纸箱子和什么扁皮箱子搞混了。难道阿奎迪舍这几年有不止一个叫"玛丽·埃伦·恩赖特"的？

斯特德曼小姐安慰我道，她第一次来上大学时也很想家——不是在韦恩斯科舍，而是一个小学校，在威斯康星州北部。但她终于找到了自己的朋友——"你也会找到的，玛丽·埃伦。"

她的乐观说法让我无言以对。我一直在努力想象韦恩斯科舍校园里藏着哪些"朋友"，我必须发现他们，否则一切就都白费了。

我莫名地还怀念过那段过渡期。斯特德曼小姐谈到了食物。吃食堂？自己在屋里做饭？

我经常忘记吃饭。或者说，我在食堂里毫无胃口。（大量的油炸食品、又肥又油的肉、几罐大块的土豆泥、水果沙拉以及果冻甜点。）我的室友看出来了，起初还帮我从食堂带吃的回来，可是我却态度冷淡。

"你愿意和我一起吃饭吗，玛丽·埃伦？我是说——就今晚？"

我结结巴巴地说谢谢，但——"不行，我还有好多作业呢……"

"我的意思是就在我屋里。我喜欢做饭，会做点简单的小菜。"斯特德曼小姐不好意思地笑笑，"我很欢迎你来跟我一起吃，玛丽·埃伦，如果你愿意的话。"

"谢谢，不过——我想这次不行。"

"嗯。也许下次吧。"

斯特德曼小姐一副要透露内情的神情继续说，她从院长办公室得到了一份"预报告"，和我的期中成绩有关。

成绩？这让我担心起来。

处在如此紧张的状态下，一提到成绩，我不由得心跳加速。

"哦，亲爱的，别这么慌张啊，玛丽·埃伦！你的成绩很棒。院长很重视你们的学业，把教师们手里的期中成绩单过了一遍，看看有没有谁存在问题，好未雨绸缪，帮助他们解决问题。这个消息我希望你自己知道就行了，是机密哦。"

此时，我尽力表现出一副如释重负的样子，而不是忧心忡忡的。

"看来你的任课老师都给你打了 A。嗯——有一门是 A-，逻辑学。干得漂亮，玛丽·埃伦！祝贺你。"斯特德曼小姐冲我微笑。要不是我往后退了一步，她就该抓住我的手紧紧地握住，像小姑娘那样兴高采烈地嚷嚷起来了，"你现在是阿奎迪舍的最高分，而在阿奎迪舍里住的通常都是大一女生中的佼佼者。"

最高分。这意味着什么？我开始冒汗了，看来又欠考虑了，没能见好就收。

然而这次情况不同。现在得到表扬是件好事情，而不是警告。表扬我的只是这样一位友善的陌生人，她对我的身份一无所知。

我想，爸爸妈妈会为我骄傲的。

"哦，玛丽·埃伦！你没在哭吧——你哭了吗？"

"没……没有。"

我脸上热热的。此时我只想赶紧溜走。

斯特德曼小姐站在客厅门口问我是否喜欢室内乐，我说是，是的，我真很喜欢室内乐，因为我觉得这是个通情达理的回答；但其实我对室内乐知之甚少：是不是在特定的音乐厅里用乐器演奏的乐曲，比如用风琴、钢琴、拨弦键琴等。斯特德曼小姐说如有兴趣，周五晚上，音乐学院有一场室内乐四重奏，将演奏巴赫、勃拉姆斯和拉威尔的曲子；她打算去，如果我愿意同去，她还多一张票。

"演出之前，我们可以到摩尔街找一家餐馆吃饭。"

一看到我听说要去餐馆而显露出了惊慌的神情，斯特德曼小姐赶忙说由她买单——"假如你有兴趣，玛丽·埃伦。不过我明白，你把绝大部分时间都用在学业上了。"

我告诉她说好的，我挺感兴趣的。因为我想学习所有我能学到的东西，"室内乐"对我来说是全新的事物。

与此同时，我却不愿意再和斯特德曼小姐耗时间了。我不愿意冒险去和旁人亲近。我终究还是信不过斯特德曼小姐。

"晚安，玛丽·埃伦！终于跟你说上话了，我很高兴。"

终于。什么意思？

我跑上楼。谢天谢地，我逃回来了，而且没有说错什么可以罗织我罪名的话。

我一头倒在床上，筋疲力尽。感谢上帝，室友们都在食堂。

我寻思着——她想和我交朋友。我为什么不能相信她！

魔咒

　　事实是：在情感生活里，除了艾拉·沃尔夫曼，我已无暇顾及其他。除了艾拉·沃尔夫曼，我对他人再无幻想。

　　我中了沃尔夫曼的魔咒，如同一颗小小的彗星跟在一颗大彗星的后面，无法抵抗其引力场。

　　脑中的微芯片阻止我唤回对父母的记忆。我也唤不回失去的闺密。在无眠的长夜里，我不禁想念起沃尔夫曼。

　　他了解我。他会认出我的，很快。

　　可什么时候呢？期中考试过去一周了。接着又是一周。

　　在阿克塞尔教授的课堂上，沃尔夫曼坐在前排，若从报告厅后门进去，他的位置便是在最左边。我并不想坐得离沃尔夫曼太近，或进入他的视线而让他分心，于是挑了他身后几排的座位，能清晰地看见他的背影。实际上，我着了魔一般盯着沃尔夫曼的背影，与此同时，A. J. 阿克塞尔正在讲巴甫洛夫和斯金纳的"条件作用"的不同之处，以及在"社会乌托邦"的视角下"操作性条件反射"的重要性。我看到沃尔夫曼瞥向四周大多为本科生的听众——记忆中他以前没这么做过。

沃尔夫曼是在找我吗？我一派天真，一厢情愿地想着。

此处恰有个经典且纯粹的巴甫洛夫式反应：当沃尔夫曼向后扭头瞥向听众时，我的心脏便剧烈地跳动起来，惊慌中夹杂着狂喜，抑或是狂喜中伴随着惊慌，如电流般通体而过。我既感到晕眩，又觉得很快乐。

然而，假如沃尔夫曼的目光扫到了我——飞快地，且表情中带着沉痛——但他似乎并不愿意见到我。很干脆的拒绝。我生理上的症状也会因此立刻消退，就像跑了气的皮球。

巴甫洛夫式的反应，是无意识的。

我还留意到，沃尔夫曼在测验课上对其他学生都是彬彬有礼的，这些人的名字他肯定不知道；如果我们在报告厅或外面的走廊不期而遇，他似乎从不会注意到我。他似乎很执拗地无视了"恩赖特，玛丽·埃伦"的实体存在。

这一定是有意识的。刻意的。

在我们班，沃尔夫曼并不像这一学期刚开始时表现得那么气定神闲。他上课总是准备得相当充分：笔记、布满注释的课本，以及似乎取之不竭的实验心理学素材；饶是如此，他常常显得不太自在，像是有什么在场——是谁呢？还是什么东西？敌人？密探？他烦躁不安，点燃了烟，抽得很急。（在"第九区"，教授在课堂上抽烟是司空见惯的；到处都有学生在抽烟，仿佛那是天赋的权利。蓝色的雾霭慵懒而随意地飘荡着。难道无人知晓吸烟的危害？二手烟的危害？没有人把肺癌和所有这些抽烟行为联系起来吗？在抽烟抽得这么肆无忌惮的环境里待了几天后我便学乖了：早早到教室，尽可能挑靠窗的位置坐，或是靠着有可能开个小缝的门坐。我怎么也学不会的是忍住咳嗽：有毒的烟云沉沉地飘荡在空气中，将不吸烟的人困在其中长达五十分钟。

"第九区"的一个毛病就是不吸烟的人从不敢抱怨。如果我们把面前的烟拨开，那得带着歉意，因为这种无声的抗议就是在与吸烟者作对，而吸烟者是占绝大多数的。）

沃尔夫曼精力充沛，总是站着授课。他一边讲解，一边在一块"黑板"上写着，下笔果断，引人注目。教室左右的宽度大于前后深度，长长的一排排座椅直抵空间的两侧；当沃尔夫曼面朝学生时，他无须看见位于最左边的我，那里是他视线的边缘。

事实上，沃尔夫曼说的一切都让我着迷。是的，连冠词 the 和 a 也不例外。就好像他打开了人的头盖骨，端详着盘绕其中的大脑的运作。他说起千年以来动植物"数度进化"的特点——如"生物发光"。（"显然，'生物发光'很重要，"沃尔夫曼说，"不然萤火虫的交配就太没趣了。"）沃尔夫曼说，达尔文最初对雄孔雀的盛大开屏感到迷惑不解，后来达尔文才"搞明白"，如此招摇之举必然与自然选择相联系——"聪明如达尔文，也没能从十八世纪英国和欧洲男人的衣着上得到启发——假发饰带、绫罗绸缎，甚至还有化妆品。他是一个彻头彻尾的维多利亚时代的人，竟没看出雄性动物和男人的关联。"我的中学老师大多循规蹈矩、小心谨慎，既不是很聪明，受教育程度也一般，如今听沃尔夫曼这等才华横溢之人娓娓道来，不论谈什么都令我惊羡不已。

"做梦的人总是确信自己是醒着的，"沃尔夫曼在一节令人难忘的课上说，"无论梦境是如何超现实。这就是一种精神生活现象。不过有一项测试，如果你们在做梦的时候，在自以为醒着的时候还能想起来的话可以试试。如果可能，朝远处望望。朝窗外望，如果有窗子的话。在梦里，你是看不到你们现在能看见的细节。例如，从这扇窗向外看，你能看见树叶，比如错综复杂的由树叶交织成的网络。我敢肯定在梦境里不会有'云团'。如果你在梦境里试图阅读，会发现你根本没法读——你看到的不是铅字，只有一团乱麻，或者干脆什么都没有。去找一面镜子，如果能找到的话——你会发现没有镜像。梦里就没有你，只有兴奋的神经元。通过这些途径你就能完全确定你是在梦里，还是醒着——后者就是你们目前的状态：醒着。"沃尔夫曼打了个清亮的响指。

报告厅里的学生不安地笑起来。沃尔夫曼博士是在正经讲课，还是在开玩笑？不知何故，假如不细想，沃尔夫曼的玩笑话仅仅就是玩笑话。

还有一次沃尔夫曼对我们说："并不存在什么笑话，同学们。当你们哈哈大笑时，问问自己在笑什么？"

我开始不时地举手，主动回答沃尔夫曼的问题。有时沃尔夫曼会点我名——"嗯，恩赖特小姐？"——有时则不理我。

每次举手，每次开口，于我而言都是令人兴奋的。每次发言的时候我的声音都在颤抖，有时候嗓子还会哽住说不出话来。可是我还在坚持这么做。我感觉自己就像在代表全班致告别辞——我不会知难而退的。

在报告厅的课堂上，一个女孩如此频繁地发言或说得如此——精彩，似乎不太成体统。连沃尔夫曼有时都皱起了眉头。好了好了！暂时够了。

我不知道沃尔夫曼什么时候会请我课后到他的办公室里谈话？我不想不请自来。

我想——他害怕我。我们俩都命悬一线。

我想——可是他了解我！他是唯一知情的。

最初，在学期一开始，沃尔夫曼根本不理会我。就好像没看见我。

不是因为他认出,我和他一样是个流放分子。而是因为他对我,一个"女大学生",没什么兴趣。

他对待我们班三个女生的态度十分恭敬有礼。他从不恶言相加,也不会冷酷无情。其他教师在课上肆意发布性别歧视的言论——(我早就意识到,"性别歧视"这个概念在"第九区"闻所未闻,因为"性别歧视"像空气一样无处不在:只不过"性别歧视"的程度不尽相同罢了)——但沃尔夫曼不是这样,他绝不说侮辱人的话。只是在心理学领域,女性这一范畴充斥着一种让人啼笑皆非的无关性——变态心理学除外,女性与男性精神变质者得到了同样多的关注,但出于不同的原因。在我们的心理学课本里,有代表性的心理学主体实例清一色都是男性;行为主义者的样板也是男的。阿克塞尔教授在讲座里顺带提及的实验对象都是男人,只有一回讨论了特定的女性现象:没能"当好母亲"被认为会导致孩子患自闭症。

次日早晨的测验课上,我举手问沃尔夫曼:"这么说有科学证据吗?'坏妈妈'会导致孩子患自闭症?"

沃尔夫曼颇感意外。课还没开始。他别无选择,只得看着我。

他尽力挤出他那和蔼的微笑。可是他的姿态很僵硬。

他坦诚地说,他不是这方面的专家。儿童发展并非他擅长的领域。"弗洛伊德理论"也不是他擅长的。他倾向于认为阿克塞尔教授的随口之言也是有实证的,但他个人对此无法保证。

"不过这是个很好的问题,恩赖特小姐。"

其他人都瞥向我,很好奇的样子。在他们看来这简直是胡闹,女大一新生居然质疑 A. J. 阿克塞尔至高无上的权威。

"我只是无法想象这样的实验场景:心理学家能够观察'当母亲'这一行为一段时间。他们是不是仅仅在推测?难道与此同时存在着'当

105

父亲'的行为吗？我认为心理学家应该把自闭症儿童或他们认定患有'自闭症'的儿童挑出来，再尽可能地去判断他们的母亲是否'当好母亲'——可他们怎么才能知道呢？除非他们住到那人家里去，每天都要蹲点……"这下太过分了。说太多了！

屋子里泛起了涟漪，传递着不自在和不赞同。看得出来，让沃尔夫曼惊诧的不仅是我说了话，还有我说了这么多，与其他学生在班上的偶尔发言大不相同。

不过我还算长了心眼，毕竟是"一九五九年"的"第九区"，所以我用了轻柔、腼腆、"女性化"的语调，以避免公然跟老师叫板。

沃尔夫曼对此表示认可，说这个想法很不错——

"自闭症是一种不太为人所知的精神状态，我们只能推想有什么原因'导致'了发病，因而假设出一种动因。为什么不能是一种神经机能缺陷呢？为什么要怪罪母亲？你说得对。客观环境并不迁就于实验过程，这就像斯金纳的做法。这也就是为什么斯金纳，而非弗洛伊德，才算得上二十世纪伟大的科学家。"

沃尔夫曼会说出这番话也是不同寻常的。就像用他自己的袖子擦掉了黑板上的等式，并换了个话题。

"可是……可是……行为主义根本没试图去测量'主观性'，这是不是说'主观性'并不是一种很好的心理学研究方式？从来都不是？"

"'主观性'是'主观的'，它无法得到客观证明。行为主义关注客观具有的东西，起作用的东西。"

沃尔夫曼说得很简略。这是标准的斯金纳式思路。他觉得我们的交流应该到此结束了。

他也许会说课后来找我吧，恩赖特小姐。如果你有兴趣深入讨论。

可沃尔夫曼转而谈起了另一个话题。这节课的其余时间里他也没有再叫过我，我也没有再主动发言过。

然而我走的时候仍很得意——他很尊重我！我对他来说可不止是个"女大学生"。

得意得像只小小的气球。充的是氦气，却并没有充满，小小的气球不能高飞，只能沿地表悬浮着，任由风轻轻吹着。

最终被困在了灌木丛中。小小的气球被刺破了，氦气泄出，不过是个橡胶皮。

一只来路不明的气球。

得意、快乐、希望去了哪里？

B. F. 斯金纳什么也没说。

亲爱的教授，

我爱你。

你真诚的，

"玛丽·埃伦·恩赖特"

附：无须回复！

一个人的时候，我便被绊在了对沃尔夫曼的思念中。沃尔夫曼当然是希望我去找他的：他在等我主动走出第一步。

我写着各种致沃尔夫曼的荒唐的爱情小短笺。写这些短笺时，心情是多么快乐，写好后，我把它们折成小巧的正方形，藏在书桌抽屉的后面。

沃尔夫曼魔咒如同麻醉剂。在这个状态中，你没有什么不快乐的，因为魔咒附体，被附体时你不会觉得不快乐。

可是我对沃尔夫曼的热爱并不是无私的。不是的。我总在想，假如沃尔夫曼也在被流放，他就可以帮我了——总归有什么法子的……这我很愿意去相信。

他看见我时，目光中总带着审慎——这一点，我尽力去忽略。

他不想和你有什么特别的关系。

难道你看不出来，他甚至都不想"见"你。

以前下课后我从不磨蹭，不和其他学生多啰唆，也不想听他们说什么，现在我却渴望听他们谈艾拉·沃尔夫曼。哦，谈他什么都行！连名字我也爱听——沃尔夫曼教授。或者，就是沃尔夫曼。光一个名字，就已经让我神魂颠倒。

令我惊讶的是，沃尔夫曼并非人见人爱。事实上，似乎有不少人仇视他。他的打分，他的嘲讽，他那"花哨"的用词。沃尔夫曼不如某些其他教授那样踏实，只会讲笑话，拿学生打趣，并求不他们能学到多少。

当然，在一些方面，他还是备受钦慕的。"聪明人"——"脑子好使"——"酷酷的"。（值得注意的是，"酷"作为赞语早在一九五九年就有了。）连一些女同学的傻话也让我如获至宝，她们评价沃尔夫曼的长相、衣着、风格——"他是纽约人吧，看得出来。真帅。"

"要是不那么自高自大就好了，可以做梦中情人了。"

"自高自大。"

（不好笑。其他人哄笑起来，我却没有笑。）

"很明显沃尔夫曼是犹太人。"

"哦——犹太人？他吗？"

"肯定的。他们的脑门上应该都长着小犄角——现在只剩一块凸起了。经过好几千年的进化。"

犹太人！我从未这么想过。

沃尔夫曼。艾拉·沃尔夫曼。我的爱。

因此，在沃尔夫曼的测验课上，我能当第一，就决不做第二。我希望能当"心理学101"课程的第一名——在注册该课程的两百多名学生中成为分数最高的那个。

恩赖特小姐！阿克塞尔教授和我——嗯，老实说对你的表现非常满意……我们鼓励你选择心理学专业。

有多少次我都想斗胆趁他在的时候接近他的办公室。里面总是有学生：配毛玻璃窗的房门总是关着的。我好想把耳朵贴在窗上，听听访客是男生还是女生。

动了这么多傻傻的念头，幸好没有人发觉，我感到既庆幸又失望。

格林会堂的一层走廊里人来人往。我被赶往教室的学生推搡着向前走。我特意看了看公告栏，那儿贴满了海报和心理学系的活动公告：讲座、研讨会、暑期奖学金申请、外校硕士招生广告。我想——我可以找一个试试。可以吗？

我不知道自己是否真擅长心理学。是否有朝一日也能读研究生。（可是什么时候呢？在哪里？）在流放期间，我是否还有希望做些生命中值得做的事情。

我一直记得S.普拉茨的话：韦恩斯科舍是一所"优秀"的大学。我毕业后会被从流放地遣回，政府会安排我进一步培训，为在"北美合众国"就业做准备。我很想相信这一切。

然而来到沃尔夫曼办公室外的走廊上，我却感到了一种无望。是什么将我带到了这里？我觉得可以从沃尔夫曼那儿得到什么？他的尊敬，他的友谊？他的爱情？他的援助，让我逃出流放地？（可是——去哪里呢？"埃德莉安·施特罗尔"还没出生呢。）没有那么多"他的"；我对他其实毫无所知，除了他在教室里表现出的超凡的人格魅力，而（我必须明白）这只是公共场合的操演。我感到茫然、犹疑。我被抛弃了。如果有个陌生人拍拍我的肩膀说，跟我来。对你量刑改变了，你现在必须被"删除"。若果真如此，那我也没什么好抗拒的。

我也不确定我可不可以在这里等着见我的测试课的老师，就像其他选报"心理学101"的人一样，抑或就这样站在走廊里，希求不要被人流推来搡去。无眠的夜晚及过度用功的白天使我精疲力竭，如同一只皮球被狠命扔了出去，滚了很远，但终究失去了动力并停了下来……

一个学生从沃尔夫曼的办公室里走出来，手里抓着论文，怏怏不乐地离开了。接着沃尔夫曼出现在门口，打着哈欠看看还有没有学生在等他。

他的目光瞥向我，吃了一惊，一副痛苦的神情。"恩赖特小姐，你好。"沃尔夫曼平日里飞扬的声调变得谨慎、冷淡。

他是在恳求我——不。请你走吧。

我也点头致意。忽然间，我感到非常害羞。羞怯就像一种身体上的残疾，让我动弹不得。

"你要见我吗，恩赖特小姐？"

"不……不是。谢谢您。"

"不是？刚才也不是？"沃尔夫曼又气又觉得好笑。我飞快地扭头走开了。泄了一半的小小气球，被沃尔夫曼踢了一脚的橡皮球——溜喽！

这次相遇随后，我一直惴惴不安。我不由得想到，沃尔夫曼是否也感同身受。

孤儿

　　虽然很难为情，但我坦白：我跟踪艾拉·沃尔夫曼了，隔了段距离（我希望是），以免引人注意。我不想让他烦恼，或惹他生气，可我无法不去接近他。

　　我确信他认出我了。我们在"第九区"属于同类：流放分子。

　　在英国文学课上，我们读浪漫主义诗作。我们学习了浪漫主义口中的灵魂伴侣。对我而言，艾拉·沃尔夫曼显然就是我的灵魂伴侣。

　　有一回，艾拉·沃尔夫曼从靠近他办公室一侧的门出了格林会堂，同行的还有两个男的，两个年轻人，肯定是心理学系的同事。他经常在课堂上提起他的"实验室"——由 A. J. 阿克塞尔主持的——这两个人也许就是他在那儿的同事。沃尔夫曼和他们在一起时看起来轻松愉悦；多数时候都是他在说话，其他两人乐呵呵地笑着；沃尔夫曼在这样的场合总是处于主导地位。可一旦离群独行，他的表情便如同冰块消融般变得严肃、沉郁。

　　如同一个流放者。远离家乡的人。

　　我站在入口处，保持足够远的距离，好让沃尔夫曼看不见我。我渴望喊他一声，"沃尔夫曼教授，你好！我和你一块儿走走吧。"

当然，我永远也不会这么口无遮拦。

我注视着沃尔夫曼走向格林会堂后面的自行车棚，将公文包往铁丝篮筐里一丢，开了锁，骑车而去。

他没有汽车？这可能吗？

我又跟了他约莫一个街区，但没有跑起来，目送着骑车人消失在学院大街的车流中。

在"第九区"，骑车的人从来不戴安全头盔。可让我感到惊讶的是，像沃尔夫曼这样对人类大脑了如指掌的人，深知大脑的脆弱和神秘，居然将大脑暴露在可能的伤害之下。

这就伤脑筋了。我对此感到困惑：沃尔夫曼究竟是不是这个时代的人。难道关于他的一切都是我想象的？是我昏了头吗？

我转了个弯，没看路，一脚踏到了一辆汽车前面。汽车一个急刹车，差点撞倒我。

一个粗犷的男人的声音声嚷道："你走哪儿去了，蠢蛋！"

这喊声是对我幼稚的渴念的斥责。可这并不会劝住我放弃渴念。

我试着在韦恩斯科舍的电话簿里查找"沃尔夫曼，艾拉"，但没有这个名字。就没有姓"沃尔夫曼"的。

这意味着：沃尔夫曼没有装电话。或者，沃尔夫曼没有私人号码。

在一九五九年，人们是多么奇怪地彼此孤立着。假如在电话簿里"查"不到某人，那就根本无法找到他。

假如我想知道沃尔夫曼住哪儿，就得徒步跟着他。如何能做到这一点我完全没有底。而且就算我跟到了沃尔夫曼的家又能怎样？我可以敲门吗？在街上等他？

要在街上等多久？

我正变得绝望而狂热。与此同时，我心里有一部分很清楚自己是多么不理性。就像一只迷宫里的老鼠，奔跑着，左冲又突，总是向前窜，永远不回头，驱使它的是永不满足的欲望。然而我确信，沃尔夫曼是我的灵魂伴侣，这一点不会动摇。

　　沃尔夫曼应该住得离校园很近，可能租了一套公寓。因为他似乎没有汽车，反正我没看见过。

　　我寻思着，他是不是和谁住在一起？说不定是和一个女人同居，这个念头让我顿生寒意。或者更糟，他也许已经结婚了。

　　一个丈夫？一个父亲？然而——也是流放分子？

　　这貌似不太可能。

　　肯定不可能，不是不太可能。**生育**是被禁止的。

　　（一个多么冷冰冰的临床术语——生育！想想我的妈妈，她生了罗迪和我，生了孩子，相较之下，这是一种多么富有温情的表述，多么富有母性。）

　　（想到妈妈，我又不由得失落、伤心起来。我很想哭——妈妈！爸爸！很抱歉，我让你们失望了。）

　　（他们知道我还活着吗？我很想知道。也许罗迪知道，可以告诉他们。或者暗示他们。）

　　在"第九区"，一个人了解另一个人的途径很有限。艾拉·沃尔夫曼并非公众人物，也不太可能名列学校图书馆目录。我仍决定到那儿去查一查，在狭长笨重的木抽屉里，在题头为"心理学，二十世纪"的条目中找找。令我颇感意外的是，我发现"沃尔夫曼，艾拉"是 A. J. 阿克塞尔主持的几篇期刊论文的作者之一。

　　但没有关于沃尔夫曼的个人信息。

　　这幢庞大的建筑里满是书籍，在我眼里真是太奇怪了！在我先前的生活中，所有人使用的都是这样或那样的电子书，很少有人读"纸质"书；在"北美合众国"二十三年，国家控制着一切电子通信和传输，因而未经国土安全情报局批准的书籍是不可能搞到手的。在"北美合众国"二十三年，能够通过审查过滤系统的所谓的"杂志"和"报纸"全部为在线版本——这与一九五九年遍地开花的出版物大相径庭。

多么奇怪，多么美好：政府无法控制所有出版物！然而仍令我感到不可思议的是，"第九区"有这么多自由，可这些自由并没有让人感觉到。

作为一名大学生，我常常泡图书馆——储存书籍的大楼。"北美合众国"已经没有这样的"图书馆"了——以前的那些大楼有了更加务实的用途。

大学图书馆是一幢略带浅桃色的红砂岩大楼，建有巍峨的圆形大厅、庄严的廊柱，以及宽阔的石砌台阶，台阶往下通往一条宽敞的石板路；灯火通明时，数英里外都能看见圆形大厅。图书馆隔着校园绿地面朝小教堂、行政楼以及亨德里克斯人文馆：这就是所谓的历史文化校园，初建于一八三一年，由联邦政府赠地。附近还矗立着麦凯布科学大厦及其新修的各个翼楼，那里有物理系、化学系、数学系和心理学系，都是"后人造卫星"时代里学校发展最快的专业。

校园里种了很多树，我学过它们的名称：橡树、榆树、松树、桦树。有一种特别漂亮，名字也特别美：杜松。林间小道有的铺了水泥，有的就是土路。校园边上还有一座植物园——一块数英亩的丘陵地。（我的室友从不去植物园——她们干吗要去呢？太远了，除了走路什么也干不了。校园里的陡坡已经走得够多了！而我不去则是出于一种非理性的担忧，去植物园要走一英里左右，我可能会离那个"中心"过远，从而毫无必要地引起那些看不见的监控器的注意。）

韦恩斯科舍州立大学的在册学生超过九千人，不过校园周边却是一派乡村景象。一大早就有鹿群在吃草，还能见到野火鸡、野鸡、狐狸和浣熊。传言还有黑熊出没。

这些动物我都是知道但从未见过，只见过仿真或"虚拟"影像。

刚来韦恩斯科舍时，这种场景对我来说就像梦境——虚幻、令人困惑。我想：这是幻境，是不真实的。在我哥哥工作的媒体宣传部就有技术高超的黑客，他们被收编后为政府做事，能够造出完全逼真的"内在虚拟场景"——你就没法相信那不是真的。"内在虚拟场景"的一个研究分支，是要设法让"虚拟"的声音听起来像是出自大脑之外而非大脑里；我想，对"虚拟"景象而言也是如此。（北美的自然景观大多已遭到破坏，人们意识到了对虚拟景观的实际需求。高种姓阶层也投资了这一领域。）在韦恩斯科舍，有一种感觉总是挥之不去：当我扭头离开这片"历史文化"校园时，我只怕它就像墨滴入水中般慢慢消散了。

我不知道假以时日，这个不真实的存在是否会对我而言变得"真实"起来。是否可以给我带来些许安慰。

起初，书本在我眼里真是太陌生了。

用纸张和硬纸卡制成的物件，用来阅读。这看起来好浪费啊，还显得笨拙——非得拿在手里（因为得依靠翻动书页来阅读）。你只能抱得动五六本书，而在任意一本电子书里都能够存取数千本书。不过我接着意识到，如果碰上断电，你还能继续"读书"——因为捧在手里的书并不会消失，还可以继续存在。书的奇妙之处在于，当你执卷"阅读"时，你能感觉到与之有某种亲密的联结，好似书是个活物，而读电子书就不会有这样的体验。读完电子书，你要么存起来，要么删除；你体会不到什么情绪，或那种特别的拥有感。书架或桌子上不见其踪影，你也无法领略其装帧设计的精美。实际上，它就是被"删除"了。

我多么想问问艾拉·沃尔夫曼他对这些事的想法。这个地方曾有过慰藉和快乐吗？

"哦，沃尔夫曼教授！是啊。他的确是，"她压低了嗓音，只让我听得见，"是个特例。"

我以咨询兼职工作为借口来到心理学系办公室，系里的秘书让我填写申请表。她叫贝萨妮，一位很友好的少妇。我对贝萨妮赞叹说，与那么多大牌教授在系里共事真好啊，比如 A. J. 阿克塞尔和他的助手沃尔夫曼。我向她问起了沃尔夫曼教授，他是我的测验课老师，贝萨妮告诉我，大家普遍看好沃尔夫曼教授，认为他是年轻一代教员中最有前途的，他和阿克塞尔教授合作发表论文，还在学术大会上发过言。

她那推心置腹的语气仿佛在说，她并不觉得我忙着打听沃尔夫曼而不怎么提阿克塞尔这件事有什么奇怪的。她告诉我，沃尔夫曼来韦恩斯科舍心理学系已经有五六年了；他一个人住，据说"总是在工作"；系里搞活动邀请他参加，他也很少来。"我知道阿克塞尔教授有时会请他去家里吃饭，沃尔夫曼教授也会接受——他可不敢拒绝阿克塞尔教授！"贝萨妮顿了顿，压低了嗓音，"他还没订婚呢。除了系里的人，他谁也不见。他总是独自一人。"

或许贝萨妮已经看出来我爱上了自己的心理学老师。这种情感对一个花季少女而言很难掩饰。我看到这位年轻女子瞥了一眼我的（没戴戒指的）左手，神情中多了一份姐妹间的关怀。

于是我斗胆问了问沃尔夫曼的背景：他的家里人住在哪儿？她——或是别人——见过他的家人吗？贝萨妮严肃地答道："问题就在这里！艾拉·沃尔夫曼得有多难过啊。他是孤儿，我也是听来的，他对自己的妈妈一无所知。最令人难过的是，收养他的好心人也都死于一场车祸。他是从东部很远的地方来的——可能是纽约市吧。但他没有家，他说。他就是，住在这儿。"

突然

那个晚上，强烈的、如梦般的记忆冲入脑海。

在我得知艾拉·沃尔夫曼和我一样是个流放中的孤儿后。

有时在"第九区"，记忆会不期而至，如灼热的闪电般乍现，瞬间照亮夜空，之后又归于沉寂。

而那个晚上，突然降临的是很久以前的记忆：那是我三四岁的一天，外面飘着雪，父母带我出门散步。妈妈牵着我一只戴着连指手套的手，爸爸牵着另一只，雪片落到脸上，痒得我咯咯地笑。忽然起了风，爸爸嚷道"哇！"并弯腰护住我。妈妈整了整我头上的毛线帽。别动，宝贝！让妈妈给你理一下带子。

于是我站住不动，仰起头，然后——

（接下来呢？什么也没有！）

（记忆戛然而止，如同被按下了开关。）

（没有回溯的路径。没有回头路。我在阿奎迪舍三楼的床上醒来，屋子里一片漆黑，其他三个姑娘正在熟睡，轻轻地打着鼾或在梦里呢喃。我咬紧下嘴唇忍住哭泣。我告诉自己，不过是暂时失去了父母。与此同时，我还发现了我的灵魂伴侣——艾拉·沃尔夫曼。）

否认

"我不叫'玛丽·埃伦·恩赖特'。我叫——"

"不,别告诉我。"

沃尔夫曼用手指抵住耳朵。这个姿势让我想起了爸爸——一个既搞笑又很认真的手势。

"不要我告诉你?"

"是的。不要告诉我。"

我们正在沃尔夫曼的办公室。在一次课堂对话结束后,他终于让我去找他了。

(这并不稀奇。沃尔夫曼常邀请提问的学生课后去找他谈话。但他一直没有邀请我去。)

我想,现在他要承认了。

我很激动,也很不安。因为《指令》说得明白无误:流放分子禁止表明身份。

如有违规,对流放分子一概立即予以"删除"。

阿克塞尔教授本周的课结束后,沃尔夫曼将测验主题定为行为心理学中的"强化程序"——行为(人是如此,猴子、老鼠和鸽子也类同）是如何依循对刺激的行为反应而被制定的。沃尔夫曼在黑板上画了几个图表。他还草草地写了几个等式。就"操作性条件作用"而言，这并不足以说明生命体本质是机器，但条件作用的术语可以被简化成公式。

为什么（饥饿的）老鼠会按下能给它带来食物颗粒的杠杆？不是因为老鼠"很饿"——（"饥饿"是一种内在状态，因而无法测知）——而是因为它对刺激的反应已经被充分"强化"。

为什么（上瘾的）赌徒会乐此不疲地按下老虎机手杆，即使并不能频繁获得奖励币？不是因为赌徒赢钱了而感到"快乐"——（"快乐"是一种内在状态，因而无法测知）——而是因为他对刺激的反应已经被充分"强化"。

为什么任意个体——动物、人类——在一个时间段内会有如此行为？不是因为他选择了这些特定行为方式，而是因为他对刺激的反应已经被充分"强化"。

这里面的逻辑有点问题。我的心因抗拒而狂跳起来，尽管我还无法表述自己的反对意见。

上测验课的都必须是信基督教的本科生，就像阿奎迪舍的大部分住宿生。然而他们没有一个人举手对这种机械刻板、仿佛一切都没有灵魂的意识观念提出异议，只管埋头做笔记。

我终于开口了，声音颤抖，不知是出于紧张还是愤怒。"沃尔夫曼教授？您认为人类是没有'自由意志'的机器吗？"

沃尔夫曼礼貌地扭头转向我。他那蓝灰色的眼睛变得狭窄且谨慎。"这是行为学上的假定，因为心智状态无法测定，科学手段只能检验'客观'行为。B. F. 斯金纳其实并不像他的批评者所说的那样，他并不认为'意识'不存在，但考虑到行为主义的原则，属于'意识'的东西与我们对行为的理解无关。"

在我看来，他并没有直接地回答我这个直接的问题。

"可是——'自由意志'又怎么说呢？难道人类没有为自己选择的'自由'吗？"

沃尔夫曼耸耸肩说："'自由意志'只是个术语。只是种说法。一种习惯用语。它没有具体所指，因而也没有具体意义。而且它也是无法受到科学验证或反驳的。"

我很想大声说，我父母教过我，自由意志是存在的。人是有灵魂的，在人的内心。

沃尔夫曼继续冷冷地说："'自由意志'对我们大多数人而言不过是错觉。愉快的错觉，如同对天堂的企盼，尽管永不可及，存此念想却总是感到安慰。从更现实主义的角度看，'自由意志'就像在暗示截瘫病人，他有站起来、奔跑于奥运会赛场上的选择——是什么阻止了他？"

这不对劲。这根本不是一回事。但我无法解释。在那一刻，我蓦然涌起一阵对沃尔夫曼深深的憎恶——这个人不是同在流放的朋友，而是我的敌人。

我能听见父母的声音，他们也在反对——可是我听不清他们到底在说什么。

相信内心，而不是外在。相信灵魂，而不是失了魂的国家。

此刻我因情绪激动而颤抖起来，眼睛因泪水而感到刺痛。艾拉·沃尔夫曼是唯一的希望——他却用这些冷酷的话将我从他身边推开。

周围的同学都打着哈欠，记着笔记。

沃尔夫曼看见我的神色，缓和下来。

"好了，恩赖特小姐。课后来找我吧。"

于是就这样，我告诉了他。

一如我预演了很久的。一如我想象此场景时自己总是既兴奋又害怕。

我告诉他"恩赖特，玛丽·埃伦"不是我的名字。

于是他阻止我说出真名。

"可是……为什么？"

"'为什么？'你太清楚'为什么'了，恩赖特小姐。"

他表情痛苦。他眯着眼，不愿正视我的眼睛。

"我……我觉得……我想告诉你，沃尔夫曼教授。求你了。"

"目的何在？"

沃尔夫曼的脸因激动而有些泛红。他的目光不停地瞟向我身后，那道朝向过道开着的门。

他的提问冷酷得让我无言以对。目的何在？——我可以少些孤单，少些绝望。

还有，因为我爱你。

假如沃尔夫曼像我一样正在被流放，那么他在"第九区"算是站稳脚跟了。或许他刚遭流放时还是年轻人，一个学生——在此期间，他适应了新生活，并在竞争激烈的学术界获得了卓著的成就。他拿到了在韦恩斯科舍州立大学的任职。他是万众敬仰的前哈佛教授 A. J. 阿克塞尔值得信赖的助手。他的办公室很小，还要跟另一位助理教授合用，但那可是显赫的老格林会堂的办公室，有着高耸的天花板、繁复的装饰条、内雕楼梯以及硬木地板。

沃尔夫曼的书桌靠近屋子唯一的窗户。桌旁的书架上摆放着很多精装书及平装书，作者的名字都如雷贯耳：达尔文、巴甫洛夫、华生、桑代克、斯金纳。书桌另一边的墙上有一幅颇为艺术的招贴画，一直吸引着我的目光，有朝一日我会认出来，那是文森特·凡·高的《星月夜》的复制品。

（对一位行为心理学家而言，有如此的艺术品位是很奇怪的，这么美，这么莫测！）

此时，沃尔夫曼半是恳求地说："听着，我完全不知道你在说什么，恩赖特小姐。为你自己着想，我认为你现在还是离开我的办公室吧，忘掉这次谈话。你懂吗？为你自己着想。"

沃尔夫曼的眼中流露出恳求的意味，说出的话仍简短且冷淡。

沃尔夫曼还算是个年轻人，尚不到三十岁，比爸爸小多了。可是我却在他脸上看到了爸爸的某种特征——额头上淡淡的皱纹、焦虑的眼神，总试图用轻慢、嘲讽的幽默来遮掩什么。还有那倏忽而至又稍纵即逝的微笑。

"'为我自己着想'——这就是我为什么要到这儿来，沃尔夫曼教授。我需要从你这儿打听到……你是谁，还有是不是……你是不是……像我一样的那种人。"

"不，我不是'像你一样的那种人'。"

"但是——"

"不是。"

于是我又纳闷起来：沃尔夫曼是我的错觉吗？都是我想象出来的吗——这一切？出于孤独和哀伤，我想象着有个救世主藏在艾拉·沃尔夫曼的身体里？

然而，我确信他知道我，我深信。他认出我了。但他不会说，或许在相似的情形中，父亲为了保护我也不会承认我们之间的联系。

沃尔夫曼用纸巾擦了擦脸。他的手很有力，让人有安全感，指尖短而粗。他的指甲修剪得又短又圆润，相当干净。

左手中指没有戴戒指。不过我已经知道了。

沃尔夫曼拿起圆珠笔在左手掌心潦草地写了些什么。他把手掌朝向我，同时将右手食指放在唇边：

走吧，求你。

接着他将手握成了拳头。

我懂了。他不想和我说话，甚至也不想命令我离开。他有理由相信有人在偷听——我们正受到监控。

"谢谢你过来，恩赖特小姐。"沃尔夫曼说，他声音平静，是大学老师面对问题学生时所能采取的合情合理的声调，"继续保持在'心理学101'课上的楷模作用，还有你的观点，尽管与斯金纳的行为主义不相容，但这不会影响你的成绩——只要你仍然继续考出好成绩，知道所有问题的正确答案就行。但是我们这学期不需要再单独接触了，我觉得。当然——也不要跟任何人说此次谈话。"

我的双腿就像灌了铅似的。我的脑袋也很沉重，我的心也是。

我颤抖着起身，可是我现在得离开沃尔夫曼了。

"我能跟谁说呢，沃尔夫曼教授？你是'第九区'我唯一说得上话的人。"

听到我提及"第九区"，沃尔夫曼的神色僵硬起来。

走到门口，我压低嗓音，挑衅而无所顾忌地说："还有，我不叫'玛丽·埃伦·恩赖特'，我其实是'埃德莉安·施特罗尔'。"

现在，他知道了。他明白无误地知道了。而我也明白无误知道了他。

对于我，我们，现在会发生什么？

墙

接下来的几天，我一直发着高烧。席卷韦恩斯科舍的流感终于打倒了我。从白天到黑夜，又从黑夜到白天。我错过了沃尔夫曼周五上午的课。其他的课我也没法去了，因为我病得下不了床。我常常感到消沉。只有等室友们都出去，我跪于屋角，用前额贴着墙时，才能得到某种安慰。

额头顶着墙——然而墙纹丝不动。

我的室友们相互窃窃私语。她们相信，这个古怪忧郁的、从外地来的同屋是在祈祷。

她们很怜悯我。她们很忧虑。她们开始急躁起来。

因为她们认为这么多周过去了，我还是很想家，我是在跪着向她们的基督教上帝祈祷。

沃尔夫曼会后悔把我从他身边支开的！我情愿相信这一点。

斯特德曼小姐总想着能在屋子前面和我迎头碰上。可我总躲着她，悄悄从她旁边溜走。

我裸膝跪在地板上。推着墙。

如果我足够用力，说不定可以洞穿审查屏障呢——闪现的记忆就会如同眨一下眼般穿越而来。

我犹豫地推开一扇门。我已失去的曾经的家!

那是我们在彭斯伯勒市默瑟街的瓦片屋顶房子。

我看到了厨房里的父母,他们坐在餐桌旁。妈妈的工作台靠窗的位置上有一盆天竺葵——生长迟缓,因为是冬季所以没开花,不过待到它绽放之时,也能开出美丽鲜红的花儿。

我作为小孩的一项职责便是给妈妈的植物浇水,并剪掉枯枝败叶。

妈妈哀婉地说过,叶子枯黄时,绿色不复返。

记忆犹新,于我就如同发生在眼下。

而眼下我跪在地上,前额抵着墙,想缓解脑子里小小的缠结,眼下的。

爸爸在吹口哨。爸爸快活地吹着一首他喜欢的老调——"共和国战歌"。(爸爸对我解释道:这是十九世纪五十年代旧美国时期的一首有名的废奴/反奴颂歌。)我听爸爸吹过太多遍了,此刻想起来,仿佛这支曲子昨天还在耳际响起。

可是,曲子里透着些古怪。一听就能认出来——可就是有点不对劲。

爸爸欢快地吹着,吹得很响亮。是为了惹烦我妈妈(吗?),就像她在煮咖啡时,他会在炉子边上和她凑得特别近。

妈妈向爸爸耳语了一句,我听不见。爸爸苦笑起来。

(爸爸怎么了?他的脸被挡住了,我看不见,就像被遮在阴影里的半个月亮。他身着医护制服,他称之为苦工服:整洁的白色套头衫和大裤,白色工装裤,以及白色橡胶底运动鞋。)

妈妈正把碗搁到餐桌上——盛着麦片。

爸爸的碗被放在这张小小的方形防火板贴面的桌子的一头,罗迪和我的在另一头,妈妈的碗则最靠近炉子。

哦！我流口水啦：能闻到妈妈煮的燕麦粥的香气，我们最爱吃的早饭。

燕麦碎粒拌提子、黄糖和牛奶。

自打我孩提时起，妈妈就这样做。先前我没有意识到自己有多么想念她的早餐。

罗迪在走廊里。他头发剪得很短，一身初级"实习生"那种平庸的装束。他的脸瘦削且阴沉，眼窝幽深如骷髅。

我孩子气地希望哥哥不要出现在那里，在这记忆中。假如这是我的记忆。

罗迪对我做出了很无情的事情——我记不清是什么了。当我拿到"爱国民主奖学金"的消息传来时，他毫无反应地看了我一会儿——然后挤出一个笨拙的笑容。

祝贺你啊，艾迪！

一副皮笑肉不笑的模样。

我多么希望只有爸妈在那儿，在对我而言如此珍贵的记忆里。

可是对于记忆我不能颐指气使——能吗？如果我企图这么做，就有完全失去记忆的危险。

轻轻地，我说你们好！是我——埃德莉安……

爸爸没听见我。妈妈也没听见。如果罗迪听见了，那他什么表示也没有。

他们在谈话——我听不见他们在谈什么。老生常谈的问题——不新鲜了——既无聊又丢脸。大概是财务问题吧。或者是罗迪的什么毛病？罗迪在抱怨什么？或者——妈妈在单位和主管领导处不好？或者——（也许这种可能性更大）——爸爸在医疗中心和主管领导处不好。（这是埃里克·施特罗尔多少年来的奇耻大辱：自从他被从住院医生贬为医院护理后收入锐减；可是为了保住这份卑微的工作，他不得不向更年轻、更有职业头脑的内科医生传授经验，时常还得为他们做点外科小手术，如给化疗病人安装或取下"端口"，一种可移动的、类似导管的人工血管。他还能在抽血、影像诊断时打打下手。可是如此发牢骚，哪怕是开玩笑，也不大像爸爸的风格——所以这很奇怪。）

（同样奇怪的是：我在哪儿？在这段记忆里，我为什么没有和家人一起坐在餐桌上？从罗迪的年龄判断，我那时应该大约十六岁。可我在哪儿？）

我的前额抵着威斯康星州韦恩斯科舍大学阿奎迪舍三楼寝室的墙——"第九区"。

我唠叨着，哀求着——妈妈？爸爸？你们能看见我吗？我是——埃德莉安。求你们——看看我。

但他们没有看我，没有意识到我。

接着看到的情景让我升起一股寒意：父亲的脸比我以前看到的更粗糙。不只是没刮胡子，而是整个人都一副狼狈相，如同街上看见的野头野脑的流浪汉：灰色渐疏的头发乱蓬蓬的，脸上满是褶皱，嘴角自怨自艾地向下撇着。还有那双血红的小眼睛……

还有母亲：她怎么了？

一向苗条的妈妈肯定是发福了。她的脸很胖，显得火气很大，嘴边挂着嘲讽的笑。她浓妆艳抹，弯弯的眉毛画得相当夸张。

妈妈目光阴郁，神情颇多不满。有一种几乎难以抑制的愠怒，那是我在妈妈脸上从未见过的。

妈妈，爸爸——你们不爱我了吗？难道你们不想我吗？

我是你们的女儿埃德莉安——你们不记得我了吗？

妈妈漫不经心地把平底锅从炉灶上取下，把食物盛到碗里，似乎对给我父亲和哥哥做饭感到很厌恶。此时我看清了，桌上只有三个碗。我也看到他们的早饭根本就不是燕麦粥——他们正贪婪地吃着一种凝胶状物质，那东西黏糊糊的、半透明状，呈现出令人恶心的肉粉色，在碗里颤动着。我根本认不出这个早饭是什么——太可怕了，貌似是活物。

罗迪朝我的方向瞥来，他仿佛看见了我！

罗迪带着浅浅的邪笑，幸灾乐祸地说：不管她现在去了哪里，都活该。

妈妈说：她自以为我们都配不上她。

接着爸爸说：早走早好！

他们哈哈大笑着。那是一种既冷酷又凶恶的笑。厨房里泛起一圈光晕，似乎有机玻璃屏障反射了什么光亮扰乱了场景。我骇然发现事情完全不对劲了——这些人对我来说竟是陌生人。

那个草草算作我父亲形象的人不是我父亲。那个草草算作我母亲形象的人不是我母亲。还有我哥哥罗迪……

也不是罗迪。他们带走了罗迪，并用这个人代替了他。

我很想知道是否如此：告发我的不是我哥哥，而是这个取代他的人，是他把我打发去了流放地。突然，那碗颤动着像果冻一样的"燕麦"发出恶心的气味。突然，我作起呕来。有机玻璃不再透明。记忆被打破并消失了，只留我独跪空屋一隅，前额使劲地顶着墙，木板在我的皮肤上留下了按压后的红色肿块。

"玛丽·埃伦！"——有人在叫我。

荒谬的名字，我憎恶这个名字——有人在叫，拉着我的肩膀。

我醒了过来，又惊又怕。这里是哪里？什么时候？我肯定睡着或失去意识了，在床边的地板上，跪着，有个室友发现我靠墙昏睡了过去。

"玛丽·埃伦,你怎么啦?哭过了呀——很难过吧。一定是流感闹的。我扶你起来。"

我室友(叫什么来着,贝琪?)把我扶起来送到床上。她坐在床边,握着我冰凉的手。她安慰我,想让我安心。我仍感到困惑,但很清楚不能不打自招地道出我去了哪里。我的记忆把我带往了哪里。

另一个室友过来和她坐在一起。玛丽·埃伦出什么事了?玛丽·埃伦为什么难过?做噩梦了?伤心的回忆吗?

第二个女孩是——希尔达?我记得她的姓,很好听的:麦金托什。

贝琪和希尔达谈论着"玛丽·埃伦"——"玛丽·埃伦"怎么了?在"玛丽·埃伦"身上可能发生了什么。

我想:那些丑陋的记忆一定是错误的记忆。微芯片被编写了可以干预我记忆的程序。给我提供冷酷的、错的、丑陋的记忆。为了惩罚我。

可是,很难不去想,记忆中的父亲、记忆中的母亲、记忆中的哥哥不是"真的"。

失掉记忆太可怖了。失掉对记忆的信任。

除了记忆的总和,人还能是什么?观照内心,而不是外部世界。灵魂就在内心。

我信这个。可是,若记忆被剥夺,我会怎样?我的灵魂会如何?

我的室友相互争执着:该让我卧床,还是带我一起去食堂吃顿好的?贝琪和希尔达认为我严重营养不良,睡眠也不足;卡莉觉得我携带"某种流感病毒"。我皮肤湿冷,而非滚烫。但我的脸却异常的潮红,眼睛充血。

第三个室友刚才也进来找到了我们。

我告诉她们,我不是生病——我不想卧床休息。我晚上还要做作业,已经掉队了。于是贝琪、希尔达和卡莉扶我走进卫生间,用冷水帮我洗了洗满是泪痕的脸。她们还给我梳了头。（"哦天哪，瞧——一梳掉了好多头发。她得多喝牛奶！"）她们坚持要给我化妆：打底、扑粉。接着是唇膏，卡莉借我的。她们评论起我的长相来劲头十足——"要是多笑笑就好了，玛丽·埃伦。要是你别这么累，别显得这么伤感。"

"我们也想家呢——反正想过的。可是韦恩斯科舍那么好，该过了想家的阶段啦。"

卡莉借了我一件毛衣穿到食堂去：一件石楠色软羊毛套头衫，比我所有那些二手衣服都要漂亮很多。希尔达借给我一件真正的大衣——不是夹克——穿到食堂去。还有皮靴，而不是我那双丑丑的胶鞋。

她们和我坐一块儿，看着我吃，还帮我添菜。我们一起聊天，一起笑。阿奎迪舍的其他女孩也坐了过来。过了一会儿，我感到好受些了。这意思是说，玛丽·埃伦感到好受些了。

我们回到阿奎迪舍。天上下起了小雪，脚下的薄冰噼啪作响。亮着灯的图书馆圆顶在不远处泛着淡蓝色的光。我想——现在我没有亲人了。但我要活下去。我要回家，有朝一日。

我归还了皮靴和深森林绿的羊毛大衣，不过当我要还那件石楠色套头衫时，卡莉却带着亲切的苦笑说："哦，不用了，玛丽·埃伦！你穿着比我好看。归你了。"

（可是我没法做她们的朋友。因为我不是"玛丽·埃伦"——我是她们从未曾谋面的另一个人。）

走吧，求你。

只消闭上眼，那红墨水写的字便在我眼前晃荡起来。

郁郁寡欢的时候，我都不需要闭上眼睛。我仿佛能从眼前的空气中看到沃尔夫曼举起的手掌，他的掌心，他传递给我的警告——

走吧，求你。

那个手势像是在开玩笑——然而却是令人绝望的玩笑。沃尔夫曼真心希望我走。

他认同了我与他一样是被流放的。却也以同一姿势拒绝了我。

我当然明白：他与我一样面临着被判"删除"的可能。他得尊奉《指令》，我也一样。他没法像我那般莽撞。

艾拉·沃尔夫曼显然已经适应了流放生活。或者说他懂得要给人留下如此印象。他比我年长，比我聪明许多，也睿智许多——他知道我们是无路可回的。

我们可以被带回去。但我们不能自己一路摸回去。

这便是流放的诅咒：你无力改变生活，只会越弄越糟。其他人可以改变你的生活，出其不意地。

生病的时候我落下了一些课，但只有一节沃尔夫曼的课，是周五上午的。流感袭扰了韦恩斯科舍许多学生，老师们因此很通情达理，并没有因旷课或迟交论文而处罚我们。我决心补上所有错过的课，因为我决心要做韦恩斯科舍的学霸。

所有的课程都要好，尤其是"心理学101"。

我更加频繁地和室友一起出去吃饭。我对住阿奎迪舍的其他同学也很友好。我不再躲避斯特德曼小姐。（不过感恩节那天我还是让宿管员失望了：我先是待在学校图书馆里，然后又躲进几乎空无一人的宿舍楼里，借口作业太多，没法和她以及其他落单的韦恩斯科舍姑娘们共进晚餐。）我穿着那件石楠色羊毛套头衫。我穿起了苏格兰高地式样的百褶格子裙。我甚至戴起了一串淡粉红色的"珠子"——折扣店里的项链，我在校园人行道上捡的。在沃尔夫曼的测验课上，我是一名专心听讲的学生，但不再举手让沃尔夫曼点我的名，沃尔夫曼也不再有礼且淡然地请"恩赖特小姐"发言了。我甚至一时兴起，还答应了贝琪和她在兄弟会的男友一起去"双人约会"（这对我来说还是个新词）；我约会的对象是他在兄弟会里的哥们儿，人称"篱笆"，来自北威斯康星州的小城。"篱笆"话不多，脸很容易涨得通红，弄不明白他是习惯了难为情还是习惯了发脾气。他似乎不知道怎么和我说话，我当然也不知如何与他交谈。他主修机械工程，成绩大多为 C。他来阿奎迪舍接我之前已经喝过了啤酒，而他又要带我去兄弟会的"啤酒桶派对"，位于兄弟会那所杂乱无章的红砖房的地下室里，地毯因多年的践踏而污秽不堪。他继续和朋友喝，似是铁了心要尽快灌倒自己。傍晚，在震耳欲聋的音乐声中，在欢声笑语中，在比萨和泼翻的啤酒香味中不知不觉地过去了。贝琪喝得真多，这虽不令我意外但仍让我感到惊诧。我看着她用脖子"钩"着男友，和他醉醺醺地跳着舞。约莫一个钟头后，贝琪消失在了人群里，那晚再也没露头。"篱笆"脸色潮红，看来也想让我和他跳舞——或者至少说，他想在兄弟会朋友面前显摆一下他和我跳舞，哪怕只是笨拙地把身体靠过来。他醉得很厉害：像戳爆了气球似的打着饱嗝，散发出刺鼻的啤酒气。我得空躲进了标有"男生莫入"的洗手间。我在那里安慰酩酊大醉、呕吐不止的女新生。我想——但愿沃尔夫曼爱我吧。但愿沃尔夫曼能和我相认。我很想知道，假如我不管不顾地违抗了《指令》，是不是"第九区"的"内务无人机打击"就会把我"蒸发"掉，让我毫无痛苦甚至恐惧地消失。

我趁"篱笆"不注意时寻机从敞开的前门溜出了兄弟会，跌跌撞撞地一路跑回阿奎迪舍。

我就这么从我的第一次——（也是最后一次）——兄弟会"啤酒桶派对"上逃走了，真好！在盈盈落雪中跑回宿舍，喷吐着热热的气息，虽独来独往，但不再顾影垂怜，真好！室友们都去"约会"了——我可以在屋子里轻松地哭泣了。

轻松是没有快乐的人的快乐。但轻松也可以是一种精致的快乐，甚至是在流放期间。

贝琪再也没有跟我谈起过兄弟会的"啤酒桶派对"。

在以后的同屋期间，贝琪就没有跟我说过很多话，说得也不热乎了。

（不过我无意中听到了贝琪对我颇有怨词，因为我的"自私"行径让她在兄弟会的朋友那儿很没面子；过了段时间，我又听说那个啤酒桶之夜对贝琪而言可不走运，寒假时她离开了韦恩斯科舍，再也没有回来。）

时常还能在校园里看见"篱笆"，他也能看见我，每逢此时，我们便飞快地移开视线。

突如其来的、冷酷无情的念头会冒了出来——他们怨恨我又能怎样？他们俩现在都七十几岁了，如果还健在的话。

这便是"第九区"令人毛骨悚然的秘密，而此地居民还乐陶陶的，浑然不觉：在我的观念中，现在时是"重建北美合众国"的第二十三年，他们的生命差不多已成过往。假如他们还一息尚存。

自然史博物馆

十二月，我开始在范布伦自然史博物馆做兼职，这是一幢阴森的石砌建筑，临近格林理科楼。

自然史博物馆幽暗寂静，人迹罕至，在其昏黑的内室，时光仿佛在几十年前便已止住了脚步。陈列室里展出着数千年前的化石和骨骼。

我的职责是整理卡片和上架的图书，因为博物馆专门藏有自然史学善本。我要用打字机敲文字，制作文档以及用于贴在玻璃展示盒上的标签。

在"第九区"，很多工作时间是用于重复劳动的。办公室里的工作机械呆板，就像机器人该干的活。打字员就是一种机器人。你将字直接打在纸张上——一条喷涂有（黑）墨的"带子"被缠绕于打字机内的双重卷轴上，通过敲击墨带生成字迹。人们经常使用"复写纸"来制作副本，因为那时没有复印机，也没有电脑和打印机。一切都靠手。

一切都一次成形，不过通常得一做再做。这种要发疯的感觉在"北美合众国"二十三年是无法解释的。办公室的工作慢条斯理、循规蹈矩。主管经常要求打字员再敲一份"墨带"副本，这也是司空见惯的。只是为了保留一份原件的复印件，这样毫无目的的重复劳动无聊得可怕，而这原本可以通过机械装置实现——只不过在一九五九年，此类手段并不存在。

我的兼职工作主要就是为展品打标签。在"北美合众国"二十三年，这样的标签只需几分钟甚至几秒钟就能打印好，而在这里却要耗费我数小时。我的工资是每小时一美元——税前。

在"北美合众国"二十三年，货币体系也得到"重建"，以平抑通货膨胀。可父母说，一切都还是比记忆中贵很多，而同时他们的收入——很微薄的收入——多年来却原地不动。令我无比惊讶的是，大学给我的工资居然这么少——（用"北美合众国"二十三年的币值来换算的话，大约等同于半美分）——而更让我吃惊的是，我发现去税后，我每小时挣的还不到六美分！

明白过来后我不禁凄然泪下。我的主管赫利小姐只说了一句："我们每个人都要交税，埃伦小姐。"她一副要鼓励我的样子，说加油干的话下学期可以增加两美分。

两美分！我呵呵笑了起来。

可这算是训练。这是"经验"。

若是在二十一世纪，我这就算是一名"实习生"，尽管该用语在"第九区"尚不存在。我在积累技能，打造一份履历，如果需要的话还可以拿到推荐信，用于今后的求职。借助希尔达的打字机，我已学会熟练打字了；事实上这和我两岁就开始使用的电脑键盘没有太大不同。

之后我又学会了使用博物馆里那台很豪华的"办公型"雷明顿打字机。这台黑色的大家伙足有二十五磅重，配备钢制按键，敲下去时可以在空中划出三英寸的弧线，打在白纸上，"印"出黑墨字。赫利小姐教我换掉用过的旧墨带并换上新的；不可思议的是，墨带还能同时配有黑色（上端）和红色（下端）墨水。换墨带时手指不沾染墨是不可能的，但我毕竟学会了，并为此感到骄傲。赫利小姐还教我清除按键上结胶的墨块，直至其闪亮如新。

至于我那已失去的世界里的电脑、手机、平板电脑以及"阅读器"——我简直没法向"第九区"的居民解释。甚至在我自身的记忆里，这些东西意味着什么，我是怎么习惯使用它们并且上瘾的，似乎都淡去了，就像我对亲朋好友的记忆。

（而且我也很想知道：如果想不起一个人的音容，你还能爱这个人吗？）

（而且退一步说：就算我把手机带到了韦恩斯科舍，我能给谁发短信打电话呢？没有人。）

出乎意料的是，我简直要爱上了打字机。我明白希尔达为什么对她那台便携机这么自豪了，虽然与之相比，博物馆的雷明顿大号办公型更加高科技一些。两台机器最突出的地方在于都不需要插电——原始得无须电力驱动。我学会了"设置边距"，"退格"，预测，就像是对待一个行为心理学中的实验对象，每打到一行接近末尾的地方时，都会有一声小小的铃响。最重要的是，原本习惯轻触电脑键盘的手指，现在也学会击打了，轻快有力得令我自己也感到吃惊。在 a、o、s、t 等最常用的键上，隐约可见打字人的指甲印痕。

自然史博物馆昏黑的内部空间里，有多少先于我的打字员的魂灵在飘荡。

我的主管是一位满头白发、五十五岁左右的妇人，名叫埃塞尔·赫利，她说话声音低沉而庄严，仿佛置身于陵墓。她有着宽大松软且下沉的胸脯，穿着圆点衬衣，咽喉部系着蝴蝶结。她的上司是博物馆的主任莫里斯·哈里克，普林斯顿大学"古典科学"的博士，我很少见到他。（和韦恩斯科舍众多德高望重的学者一样，哈里克教授出身常春藤名校，这些名校的声望直到"北美合众国"二十年开始实施广受争议的"高等教育重建"后才遭到终结。）我感觉赫利小姐是爱着哈里克的，这位教授本人也是白头发、年过五旬，戴着擦得锃亮的眼镜，一副心不在焉的神情，还习惯用白色棉布"手帕"很响地擤鼻涕。（都是货真价实的布料，小方巾，无一例外都是白色的，有一定身份或地位的男人喜欢用，在我看来这就是在显摆，他们或以权势、或凭职位，私下任用训练有素的女子给他们不厌其烦地洗呀"熨"呀，就为了他们用这么一次。好在时至一九五九年，纸巾已经被发明出来了，我们其他人也可以用上。）哈里克教授貌似已婚，因为他左手无名指套着婚戒，办公室的桌上摆放着小镜框，里面有家人的照片，包括小孩子的。这么说哈里克教授也是父亲！没准还是爷爷呢。

让我深受触动的是，赫利小姐在等不来他对她的情感有所回应的时候，甚至在他浑然不觉的情况下，仍然爱着他。我为她感到难过，即便有时候她对我感到不耐烦，惊讶于我的笨拙和一问三不知。（有一回她对我说："玛丽·埃伦，你是生在美国吗？你有时就不像个美国人。"）

莫里斯·哈里克是个仪表端正的绅士，不仅在口袋里装着新熨的白棉手帕，还穿着背心、肘部缝皮质补丁的花呢夹克衫、白色全棉衬衣以及很般配的领带。每天他都要来博物馆，或者在格林会堂讲授"西方科学史"，紧随其后的便是 A. J. 阿克塞尔教授的心理学课。哈里克教授绝少同我说话，根本就不怎么"看到"我——有几次把我叫成了"多洛蕾丝"，那是另一个女大学生的名字，也在博物馆打工，上班时间与我是错开的。

诚如我爱沃尔夫曼，赫利小姐也爱哈里克教授。我远远地爱着沃尔夫曼，或者说，在孤独时自我安慰道，尚存有与沃尔夫曼相爱的可能；而赫利小姐则爱着心不在焉的哈里克教授，总为他打字，打文件，并向相关领域学术刊物投稿。赫利小姐给我看过哈里克教授在这些期刊上发表的论文，令我非常钦佩，只是完全看不懂；还有教授的好几本著作，其中就有《自然哲学史：从前苏格拉底时代到启蒙运动》，由威斯康星大学出版社出版。赫利小姐和斯特德曼小姐一样，对男性学者的智识充满了钦慕："哈里克教授致力于检验科学的'谬误'理论是如何被'正确'理论所取代的，这都发生在数百年间，直至我们当今，二十世纪中期的美国。我当然只知道些皮毛，但哈里克教授的论说非常有说服力的。他是威斯康星州另一位有希望冲击诺奖的人。"

我问赫利小姐是否知道 A. J. 阿克塞尔，她说当然知道——"韦恩斯科舍的伟大的思想家之一！"我没有敢问她有没有听说过艾拉·沃尔夫曼，声音里有一丝颤动就会出卖我。

一想到赫利小姐和莫里斯·哈里克，我便难过得无语凝噎，而且我意识到在"北美合众国"二十三年，他们早就死了。至于哈里克教授有没有荣获诺贝尔奖，我也不知道。

我在博物馆经常工作到很晚。我不愿意回到阿奎迪舍，强打精神在室友面前扮演"玛丽·埃伦"。

工作就是麻醉剂！工作是保持头脑清醒的途径，可以阻止我去思念父母、失去的朋友、艾拉·沃尔夫曼——还有罗迪和我一起做过的那些皱巴巴的五彩风筝，如今早就毁掉了。

以前爸爸劝导说，每天、每小时进步一点点，亲爱的。每一次呼吸。我们能做到。

（不是对我说的，爸爸温和而殷切的言语，是说给妈妈的，我想。那时她一直在哭，关起门来在他们自己房间里。）

我敲击着，坚决地反复敲击着——打着展览柜用的标签：花草、菌菇、鸟兽的拉丁语名称；我觉得这些名字很美，以一种早已死亡的语言来呈现，别有异域风情。（在"北美合众国"二十三年，即便是门第最高的学校也不再教拉丁语了。）等我在这台庞大的雷明顿机器上打够了，等我把手指甲都敲疼了，我便拿起课本、笔记本做我的作业。尽管我有些焦虑，但其实门门课拿高分对我来说并非难事，包括逻辑学导论；流放生涯只提供了一方狭窄的空间，我却悄然向下延展，如同土地上的一道裂隙，从表面上看不出其深浅，而我已借此轻松超越——我的同学们对课业的投入大多是见好就收，连阿奎迪舍获奖学金的优等生也是如此。宏阔而公开的大学生活都被铺陈于地表：美式足球及其他体育活动、"希腊式生活"（兄弟会、女生会等进驻的豪华大宅很气派地矗立于大学路尽头的山坡上）、"联谊"、"约会"。如果周六下午待在博物馆，有时能听到远在校园另一头的足球馆里发出雷鸣般的欢呼声，如同急流直下、飞沫四溅的瀑布。据说体育馆能容纳两万名观众！博物馆里除了我之外空荡荡的，难以想象能找出二十个人，更别说两万人了。

韦恩斯科舍的本科生当中，用功学习被视作"很正经"，似乎"很严肃"；在学习上花费太多时间则被视为背叛，假如你属于"希腊人"。我对自己取得的 A 和 A+ 都不宣之于口，对我来说这些成绩就像疥疮一样见不得人——（我懂的：室友们很坦白地告诉我）。自从上次在兄弟会的啤酒会上溜走并辜负了"篱笆"及我的室友贝琪之后，我就再也没有"社交生活"了——这让我如释重负。寂寞最在热闹时。

在酩酊大醉的情侣相互挠扒、拙劣地模仿着爱情时，你会空前地感受到爱的匮乏。

当我做够了功课，开始头疼眼花，再做下去也是徒劳时，我便在博物馆里游荡，将阴暗的展厅点亮——一间接一间。我观看着置于平台、挂在墙上、装在陈列柜里的展品，成片的幽暗地带被日光灯照亮。冬天的太阳在下午五点便早早躲进了黯淡的云层，屋子里六点的时候就已是一片漆黑，宛若深夜。

即使在白天，自然史博物馆也是门可罗雀。访客中有的是哈里克教授及其一两个同事请的同道中人，过来专门研究某些展品。有的则是毕业的校友或学生家长。这些访客一般都来去匆匆。他们的声音在这形同墓穴的博物馆里也压得很低。他们似幽灵般在一排排展柜间游移，略看几眼便继续向前。假如他们顺着我的方向瞥见了我——将图书整理上架，或是坐在庞大的雷明顿后面（放打字机的桌子紧靠着赫利小姐的案台）——他们会流露出惊惧的神色，仿佛某个填充标本突然活了过来。

下班后逛博物馆！有时候我能感觉到意料之外的快乐，其他时候则更深切地感受到一种无聊。

无论学到多少——无论"平均绩点"有多高——你在这里仍孑然一身。谁也不关心埃德莉安·施特罗尔的死活。

馆里小有名气的藏品之一"范布伦玻璃花"似乎能对我施以某种魔咒。我想起了母亲——我试图去想母亲，玛德琳——（可是如今这名字在我听来好陌生："玛德琳"）——她会很喜欢这些玻璃花的：制作工艺精湛，色泽传神入微，最漂亮的是兰花、百合，还有大如人头、异域风情十足的热带花。不过诡异的是，这些花当然都没有香味。如果仔细看，其实甚至在擦得最锃亮的展品上，也依稀可见一丝尘垢。

在这些异域花草中最具魅惑力的要数来自亚马孙雨林的一种"食肉"植物——狭长的肉色花瓣活似鳄鱼（张开）的大嘴，据说真花黏腻香甜，能够吸引昆虫和小型哺乳动物。出于小孩的好奇心，我把手指放到（张开的）花瓣上，看看这食肉植物会不会一口咬下来；但没有，那只是玻璃做的，纹丝不动。

我努力回忆母亲的室内盆栽：都是些发育不良的品种，在虚弱的冬日阳光里长势不好，但等天气暖和，他们把花盆搬到后门台阶上时，它生长得还算繁茂。可花儿叫什么来着？很普通的名字……花开得很小，鲜红色的。没有香气。

我好想念妈妈！还有爸爸。

还有佩奇、梅拉妮，还有……叫什么名字的，她父亲被捕的那个？——卡拉……？

流放的惩罚在于孤独。没有什么状态比孤独更可怕了，尽管你未必这么认为，当你并不孤独时；当你好端端地安居于"你的"生活中时。

在自然史博物馆下班的时间里，我感觉说不定有人一直躲在后面直到正式下班时间；或者更让人不安的是，博物馆里也许有一个先于我存在的生命。我从一间屋子走到另一间屋子时，心跳会加快——打开头顶的灯光，看见有阴影跃入眼角。这些屋子的天花板很高，四壁挂着骷髅、骨骼以及古代鸟兽近乎完整的骨架；展柜里陈列着含有化石的岩块，以及更多的骷髅、骨骼和小型骨架。还有充填及装有固定支架的动物标本——比如鸟类，包括鹰、猫头鹰、猎隼、水鸟、鸣禽，以及一只装了玻璃眼球的秃鹫；还有小型哺乳动物，包括红狐、浣熊、松鼠、猞猁及山猫，墙上还挂着一只硕大的麋鹿头，长着十二点分叉的鹿角和亮闪闪的玻璃眼珠。

还有一只很漂亮的狼：银白的毛皮、聪明犀利的犬面、透射着智慧的玻璃眼珠。犬科 X 型，威斯康星州当地品种。

我强烈地感受到，这些（死去的）生物似乎在观察我。它们的目光饱含着深沉的伤感，因为不能言语而显得更为哀怨。我看见很多展品标签都发黄了，估计很快赫利小姐就会让我打印新的。想到博物馆的徒劳无用，我只能苦笑——这个地方明明在大楼的一层，却感觉在地下；这个地方已被光阴所遗忘。在自然史博物馆，时间甚至还没到一九五九年。

所有东西都被蒙上一层细软的灰。走在厅廊之间，我可以想见身后都能留下足迹。

笑，是为了不哭。在一个玻璃展柜前，我看见自己苍白的身影浮动着，叠加在几块岁月悠久的海龟壳上。那鲜活的龟身早已离去。可是，我觉得自己看到其中一块龟壳颤动起来。有东西在动，反射在了玻璃上……

惊骇之下，我看见有一名男子在昏黑的光线中朝我走来，伸着手。沃尔夫曼！他含着笑，食指贴唇，掌心伸过来对着我，上面写着鲜红的墨水字：

请跟我来

避难所

沃尔夫曼无言地领着我走向博物馆的最里面。

我快步跟着。无论艾拉·沃尔夫曼去哪儿我都会跟随。

我跟随着，如同夜游者，懵懂不知周遭环境，却决意表现出能够控制自己举动的样子。

沃尔夫曼来找我了！我在他脸上看见了皱着眉的微笑，或说半含笑容——浸在苦痛中的温情。他甘为我冒险，我寻思着。

于是我发誓，我会竭尽全力去爱沃尔夫曼。我会为沃尔夫曼去死。

看来他对范布伦自然史博物馆很了解，对那敞阔而又如地宫般的结构层次并不陌生。而且他知道我在这儿工作——准是打听过的，搞清楚了我具体的上班时间。

我冲沃尔夫曼羞涩地笑了笑。我的心如囚笼中的鸟儿，扑棱着飞快地撞击着胸口！

沃尔夫曼仍默不出声，轻柔地——又坚定地——拉着我向前走。他的手指攥着我的手指时，分明有一种令人惊异的熟稔的感觉。宛若在一场超越了奇幻和美景的梦里，我们穿行于从未谋面的展厅：整面墙上缀满了黄莺，它们栖息于仿真树枝上，还有一大群羽色鲜艳的鸣

144

禽；另一座大厅里则是"湿地"动物——各种富于橡胶质感的标本：青蛙和蟾蜍、大大小小的海龟、单腿独立的白鹭、沉默的天鹅、加拿大野鹅、绿头鸭，仿佛都被冻结在深冰色的池塘里。一只目力昏花的负鼠紧贴着一段树干的下沿。动物们似乎被我们身体里的活力惊扰，都在注视着我们。

沃尔夫曼用嘴形示意——别说话！没到时候。

我们走过一间美国西部大型哺乳动物的展室——羚羊、鹿、水牛、野牛、美洲狮、熊（黑熊及棕熊）；另一间展出了一副硕大的鲸鱼骨架，我们在屋子里悄悄地、急急地走着。有一面墙上贴了一只巨兽的放大版照片，它正横眉冷对地看着我们。沃尔夫曼要把我引向何方？我感到头晕目眩，因为快乐，或许也因为恐惧。在我对艾拉·沃尔夫曼的遐想中，我还没有琢磨过独处之时我该说些什么。我们会如何对彼此宣示呢，假如我们胆敢这么做的话？我就不曾放任自己想象过沃尔夫曼真的会牵起我的手。

我不曾放任自己想象过沃尔夫曼会拥抱我、亲吻我。我的沃尔夫曼之梦总是到此便淡去了。

沃尔夫曼领我穿行于博物馆时，不停地打开灯再关掉，像是要让我们的行踪难辨。

最终我们来到博物馆的一个远离入口的偏僻角落里。这个房间照明昏暗，杂乱无章地堆放着展品，仿佛馆长用完了展位，又为自己的使命所迫，便像个慌里慌张的造物主，不分青红皂白地将剩下的东西一股脑儿地全塞到了这里：动物标本（小鹿、猞猁及山猫、各种啮齿类动物），它们的皮毛暗淡无光，玻璃眼珠深陷于眼眶；标签脱落的化石岩片、身份不明的头骨及骨骼，还有盘踞在页岩上的眼镜蛇，看上去异常地活灵活现，晶亮的玻璃珠小眼睛让我看了不禁打寒战，想把手从沃尔夫曼那儿抽回来。他笑着对我说："它们不会伤害你的，'玛丽·埃伦'。它们也被符咒镇住了。"

房间的后面设有向下的楼梯口，被一只大展柜遮住了一部分；楼梯口下端有一道矮墩墩的门，嵌在墙内。安置在门内的是那种连接保险箱和锁柜的组合开关。沃尔夫曼用手指仔细地来回转动开关，直至锁弹开，门轻轻向内转去。沃尔夫曼此刻更加坚定地抓住我的手，把我拉了进去。

沃尔夫曼关上门。"现在安全了！这里没有监控。"

他打开灯。头顶的荧光灯扑闪着全亮了。这里有一股泥土的气息——潮湿、肥沃、腐臭。我们处于水泥楼梯平台上。还有往下的台阶，通往昏黑的更底层。

沃尔夫曼拽着我的胳膊。我感到一阵慌乱，我应该跟随他吗——去哪儿？

沃尔夫曼走在前面，沿陡峭的水泥台阶而下。这样的话，假如我头晕失去了平衡，他便可以转身扶住我。

我们下到另一个低了很多的平台上。空气闻着腐臭味更浓了，而且出奇地冷。

我揉了揉眼睛。视线似乎变得模糊了。这里看起来像是地下室的外间，水泥墙、水泥地、（水泥？）天花板；地上铺了铁灰色的毯子，墙上的指示牌写着繁复的指令：《核袭击紧急预防》。紧靠入口处有一真人大小的人体模型，装备着防毒面具、厚厚的灰色防护服、手套及大靴子。

我不禁想，这个全副武装的人体模型说不好正透过护目镜观察着我们呢。

"这里是防核弹避难所，'玛丽·埃伦'。你大概从来没见过吧。还有一处更大的，装备更好，是为大学高端人士配备的，在行政楼的地下，我知道但没见过。"

我惊奇又惊恐地环顾四周，不由得寻思，尽管掘地很深，我们还是会受到国土安全局的监视并将惨遭惩处。

沃尔夫曼说，我们生活的时代里仍然有防空洞——在"北美合众国"——但只是为政府官员设置的。平民对此一无所知。但在二十世纪五十年代，防空洞要普遍得多，《生活》和《时代》这样的大众杂志以及电视上都有专题报道；不少人在地下室修建私人避难所——"就像'家庭活动室'的延伸。待在这样的地方，你既想要舒适，又希望能全副武装抵御邻人的袭击。"

沃尔夫曼说，要预防的核炸弹和导弹来自 USSR——苏联，一头在"北美合众国"二十三年已不复存在的"政治巨兽"。他问我在现今的"北美合众国"，俄罗斯是否仍是"民主的恐怖主义敌对势力"，我告诉他是的，而且我觉得还有不少"恐怖主义敌对势力"。

沃尔夫曼问谁是"北美合众国"二十三年的总统，我报了名字，沃尔夫曼并不认识。

"重建北美合众国"的总统是爱国党的党魁。普通民众知之甚少，但相信他们都是亿万富翁，或者说是亿万富翁的合作伙伴。他们经常使用杜撰、虚构的名字，这些名字与个人形象或卡通人物形象挂钩，无休无止地出现于网络及电视上；他们面目友善，笑容可掬，且总有朗朗上口的乐曲相伴，于是你也就逐渐习惯了去"喜欢"他们，正如你同时受到怂恿去"讨厌"另一派。试图对总统的真实情况追根究底，就是在侵害国土安全信息，可被视为叛国。

沃尔夫曼说，在"二战"之后的很长一段时间里，美国人都生活在核毁灭的恐慌里。小至五六岁的学童，都要被训练在突如其来的"核爆闪光"时该做什么——钻到课桌下，低下脑袋，双手护住颈背。

"对幸运的人来说，他们可以躲到这种配备补给的避难所里。有段时间，建'防空洞'的生意可好了。"

"但从来没有过'核毁灭'吧？"

"看来是没有。"

"可是现在——在'第九区'——他们还是相信可能会有？苏联会朝美国扔一颗核弹？"

"不，玛丽·埃伦。你不能说'他们还是相信'——现在是一九五九年，一九五九年的美国公民相信有核毁灭的可能性，这很自然，并非昏了头。"

我感到眼睛后方一阵刺痛。我已经明白该如何应付生活在这个已逝年代中的困惑，仿佛这个时代尚是现在时而非过去时；可是我从未明确表达出这种生活的逻辑，当然我也从未跟任何人说起。

沃尔夫曼被我的天真逗乐了，似是又气又好笑地说："没错，这个年代的美国人普遍存在对核战争的预期。他们不能理解，其实就像我们不能理解自己的死亡以及我们身份的消失一样。我们无法想象自己或所爱之人不复存在。我们无法想象在二十世纪会有千百万人遭到杀戮，在'世界大战'中，在苏联。可是民众都被洗了脑，相信共产主义的威胁，对于防空洞和大量的武器储备，他们是很买账的。虽然在'北美合众国'，自公立学校开展文化革命之后就学不到多少历史了，但你肯定了解过二十世纪五十年代苏联的那两颗人造卫星，还有他们的核试验，就像我们在美国西南部干的一样。那是一个核痴迷的时代。一九五九年的美国人没有像咱俩这样知晓'未来'的通道，就不可能明白从来都不存在核毁灭，谁也没使用过防空洞。美国政府里也没有发生过'共产党篡权'——连不着边际的苗头都没有。"

"可是——这算是好消息，不是吗？我想应该是吧。"

沃尔夫曼大笑起来。"你是个明白姑娘，'玛丽·埃伦'。当然，你是对的。假如在这个过去发生了核毁灭，我们的父母就不会出生，结果是我们也不会在'未来'出生。所以没错，你完全正确。"

真奇怪，沃尔夫曼说的"未来"其实对我来说是"过去"——在那时遭到了驱逐。而对于比我流放时间更长的沃尔夫曼，这个"未来"则更为"过去"。

看我一脸大惑不解的样子，沃尔夫曼说起了战后美国政治：所谓的"冷战"、参议员约瑟夫·麦卡锡阴险的弄权、陆-海军国会听证、二十世纪四十年代末哈罗德·梅迪纳等"爱国的"联邦大法官对共产党员的政治迫害，以及颇受欢迎的前将军德怀特·D.艾森豪威尔在大选中击败了文人政治家阿德莱·史蒂文森。"美国历史一直就是'他们'和'我们'之间的斗争史——资本家及其财富——与我们其他人。毫不奇怪的是，'我们'根本没有胜算。"

沃尔夫曼笑着耸耸肩。在如此阴郁的地下空间，像历史这种抽象的东西有什么要紧的呢？意识中只有呼吸，以及对氧气的需求，倘若通风机出了问题，你很快就会终止存在。

在这样的情景下，我很自然地（我现在意识到了这一点）凝视着沃尔夫曼，满眼的泪水和爱慕。

这儿有我的朋友！我唯一的朋友。

沃尔夫曼就像任何一个有责任感的成年男子，并不为十七岁的怀春少女所动。

"冷静些，'玛丽·埃伦'。目前这就是日常生活。不要感情用事，否则付出的代价太沉重。"

沃尔夫曼以做电视广告的劲头带着我大略参观了一下防空洞。他打开储藏室的门给我看里面的物品：从地面一直到屋顶的货架上摆满了罐头：金枪鱼和三文鱼、豌豆、玉米、空心粉、"什锦水果"；还有"金宝汤业"的产品——西红柿、鸡汤面、奶油蘑菇；一盒盒的脆谷乐麦圈、惠帝斯麦片粥、脆米花；蛋粉、奶粉、盒装的糖和盐。一台硕大的冰箱（没有通电，也就没有亮灯），内藏百事可乐和矿泉水。另一间储藏室里堆放着成加仑的矿泉水、液体皂、消毒剂。再走进一间，只见氧气罐、绷带、担架、便盆、手杖、拐杖、助步车、数台折叠轮椅。成排的储物柜。厕所、浴室。几十套灰色制服整整齐齐地挂在粗铁杆上，如同巨型昆虫的茧衣，令人头皮发麻。当核灾难来临时，幸存者就必须穿上这些玩意？包括笨重的护目镜面具？这光景太压抑了，简直不忍去想。

沃尔夫曼说："他们就像我们的祖先，对吧？一派天真无知的样子。可幸亏他们担心的事情并没有发生。"

防空洞并非纤尘不染，不免让人想到是什么样长期蛰伏的细菌、微生物在此虚度光阴。我有一种冲动想回头瞥一眼，看看地上是否留下了足迹。空气即使在通风机的运转下也几乎难以流动，散发着脏衣服般的馊味。

我们来到一间会议室，一台小矮人似的落地电视机靠墙放着，灰色空洞的屏幕对着一排排座位。我数了数：十五排，每排十二个座位。墙上另有标语，配着带编号的守则和卡通人物形象。这里有一种好戏戛然而止的气氛，仿佛生死攸关的剧情被打断了。铺了金属灰色毯子的地上散落着"银河牌"糖果的玻璃包装纸，揉得皱皱的，像是新近才扔的。隔壁有两间寝室，每间设五十个床位——"男女各一间。"沃尔夫曼说，眼里闪烁着幸灾乐祸的光。

我问，如遇紧急情况，他在防空洞里是否有一席之地。

"当然没有。我只是助理教授，在韦恩斯科舍无足轻重。我只是碰巧搞清楚了'防空洞'，有很多事情我都想搞清楚。于是我跟了过来，弄清楚了组合开关。在'北美合众国'我先前'搞破坏'的日子里——"沃尔夫曼压低嗓音，同时偏了偏脑袋，"我是个'非法黑客'。以我那个年纪来说，我可是绝顶聪明的，自夸一下——我入侵过很多电脑：国土安全局、青年训导处、媒体宣传部、'爱国者保险公司'，还有我在曼哈顿读的中学，以及其他几个地方。最终落网时我才二十岁，但那时我已做了六年明星黑客了，而且要不是'朋友'告密，他们永远也别想抓到我。"

沃尔夫曼把自己的案底说得这么坦率！鉴于他先前对我的生硬态度，此刻简直令人难以置信。

沃尔夫曼问我是因为犯了什么事遭到流放的——"年纪轻轻的就给发配到流放地来，'北美合众国'在你那个时代准是中邪了。通常只会在少教所关一段时间，然后就是'康复'——'同化'。"

我带着歉意告诉沃尔夫曼，我可没干过跟他那种'搞破坏'沾哪怕一丁点边的事情——"至少没有故意。我是中学班级里致告别辞的代表，还写了演讲稿，提了一连串问题，惹得我们校长害怕自己会被牵连上国土安全局，我猜想。谁也没有警告过我或是让我修改演讲稿，他们就这么直接在毕业典礼的彩排上逮捕了我，把我抓走了。"我的声音颤抖起来，"我再也没见到父母。"沃尔夫曼带着关切的眼神看着我，尽管他原本是想维持我们之间轻松、平淡的氛围。

"你刑期多长？"

"四年。"

"四年！根本不是事。正好够完成个没有用的大学教育，然后被远距离传输回去。"

我并不想学个没用的大学学位。

"你的刑期呢，沃尔夫曼教授？"

"请就叫我'艾拉'吧。我们在流放地算是同类，所以就直呼名字吧。我的刑期是十一年，再过两年我的案子就要裁决了——天知道会是什么结果。我听说过有被审判官把刑期加倍的，或者更糟的。这完全取决于五人小组，你懂的。"

"是吗？我不知道……"

听到这个我感觉如五雷轰顶。但沃尔夫曼冲我笑笑，尽力缓和这一打击。"国土安全部所有的裁定都是暂时的。但裁定也是可以取消的——假如你家人能支付必要的'罚金'。你难道不知道？"

"不……不知道……"

我很纳闷：爸妈知道吗？爸爸知道吗，他的"被标记分子"身份是可以取消的？

"不过你干得很不错，'玛丽·埃伦'——你有充足的时间为自己翻案。我呢，我倒不急着回家。我在那儿有仇家。我被我自以为是的同道中人出卖了。我一直就想和'第九区'和睦共处。"

"你不想家人吗？你的朋友？"

"当然想。想过很长时间。流放分子第一年的日子大多过得非常难过，处于自杀的危险中。不过我早就是'孤儿'了，父母'已故'，我差不多已经相信自己的流放身份了。我很难再去认真考虑'康复'了——会很容易故态复萌——'自颠'——（'自由主义和颠覆破坏'）——然后再次被捕，被'蒸发'。谁也不可能被流放两次。"

我快速计算着：如果沃尔夫曼刑期只有两年，那么我就落在他后面了。我已经开始为他的离开而感到一丝恐慌。

"我明白你在过渡期里很艰难，'玛丽·埃伦'——一直很为你过意不去，可我也无能为力。恣愿你到我办公室来抱头痛哭，哀叹命苦，这于事无补。我尽量保持着我们的专业师生关系，我还会继续这么做。你要告诉自己：'第九区'与'北美合众国'相比没那么恐怖。你大约要花十八个月的时间来适应。那会儿我感觉和所有人都是那么陌生，就像他们都死了却意识不到似的；或者是我死了而我没有意识到。我无法对他们产生怜悯心——尽管其中有些人我还是喜欢的。我甚至很欣赏阿克塞尔——死硬派行为主义学者。我在韦恩斯科舍取得了学士学位，不论价值几何吧，然后拿到了实验心理学的博士；心理学系认为我太厉害了，当即就聘请我做助理教授，这也归功于 A. J. 阿克塞尔的影响。在'第九区'，我可以拥有'北美合众国'得不到的职业，因为天生'长反骨'——就是说，怀疑一切——'质疑权威'。我没有被'删除'而仅仅是'流放'，已经让我大感意外了——我猜他们准是觉得废掉我的黑客功夫太可惜了。"

"这里还有像我们这样的人吗？"

"有，分散在'第九区'各处。我来了之后遇到过，大多是男的，看上去显然就是同为天涯沦落人。头一年我到处找他们。但不管和谁接触我都很小心，也不敢自报家门。而其他人更是吓坏了，唯恐避之不及。你当然是个另类——与众不同！年轻敢为，我们没几个人比得上。"

年轻敢为。似乎不像是什么恭维话。

"你有认识像我们这样的人吗——流放分子？"

"嗯，可能有。我怀疑是有的。但我保持着距离，就像我刚才说的。因为你无法判断某个人是不是密探，即使在'第九区'也会有密探。我猜这里是有密探的，还有我们政府的特工。他们如何联络，如何跨区来往——如果有的话——那我也无从知晓。回想一下吧，网络空间是'永恒'的——'穿越时间'的——假如你懂得如何以任意方向穿越它的话。我父母是被征调去为政府工作的科学家——所以我对'北美合众国'的网络技术略知一二——尽管我的知识现在肯定已经过时了。不过我还是了解到，韦恩斯科舍州立大学是你我这类在智识上自以为是且'具有破坏性'的分子的默认流放地。韦恩斯科舍是充斥着众多庸才的培养皿。"

沃尔夫曼继而带着轻蔑的语气谈起了韦恩斯科舍的"英才"们：阿莫斯·斯坦及其物理学家、数学家团队，一直在研究宇宙恒定状态的"证据"，以驳斥天体物理学家认为宇宙无穷大并仍在无限膨胀的观点；麦伦·考夫兰，信奉沙文主义的知识分子，他提出自前苏格拉底学派以降的哲学史在美国"积极思想者"的咿呀学语之中达到了顶点；莫里斯·哈里克有着很搞笑的沙文主义史学观，认定科学的"进步"在当代"基督教白种人"时代达到了顶点；另一位史学家 C. G. 埃米特也相信，人类的"进步"在二十世纪的北欧和北美文明中达到了登峰造极的高度，他却丝毫不提对犹太人的大屠杀——"好像没发生过似的"，沃尔夫曼厌恶地说。

还有 A. J. 阿克塞尔，沃尔夫曼的导师，深深地沉湎于斯金纳学派的行为主义学说，作为一名实验科学家，他在十年前就已停止了思考，完全不明白一场"认知心理学"革命已迫在眉睫——"不消几年，B. F. 斯金纳就要完蛋了。他的'伟大成就'将成为历史、化石。我希望自己尽可能地远离这片废墟。"

沃尔夫曼说得肆无忌惮、目中无人，他的话让我心惊肉跳。几个月以来，我一直相信斯特德曼小姐、赫利小姐等大学里的人津津乐道的话，即韦恩斯科舍是精英荟萃之地，我们在此幸莫大焉。而现在沃尔夫曼对此却是呵呵一笑。

"干吗那么惊讶？你先前觉得阿克塞尔教授是天才吗？何时何地都展露出他'天才'的一面。而他不过是个天真的傻瓜，被沃尔特·弗里曼尊奉的前脑叶白质切除术冲昏了头——阿克塞尔总算在目睹过几次手术死亡事件后不再去蹚这浑水了。他目前热衷的是'社会工程学'——对迷恋同性的男人和男孩实施休克疗法，直至其神经组织萎缩成颤抖的一团，对一切人、一切事物都失去兴趣，而且很可能走向自杀。阿克塞尔是不会把这个计入数据的，这已经在他的实验范围之外了。"

沃尔夫曼看见我脸上的神情便笑起来。

"可是……韦恩斯科舍难道不是——"

"不是。韦恩斯科舍不是什么好地方。为了惩罚搞破坏的'自由思想者'，他们判处我们到韦恩斯科舍'这个好地方'来服刑。这里是美国腹地的几所田园牧歌式校园之一，就没有出过什么研究或创新成果。不论投入多少努力，不论有多少'才华'和'坚持'。原先在东部名校绝顶聪明的科学家，到这儿发展后便急转直下，最终走进了死胡同——直至被供奉起来，走也走不掉了，他们才意识到那种绝望。谁在这里都不会有'开创性'格局——谁也不会有'意义深远'的影响。加州理工有一位很有前途的天体物理学家来这儿以后放弃了自己的'弦理论'博士课题，转攻'外星生命'——对他而言这就到此为止了，直至退休。科学家、数学家、学者、艺术家、作家及诗人——甚至化学家——他们在韦恩斯科舍的收获都不会比其寿命更长久。他们的成果对任何人来说都毫无价值。其后代会掩藏好他们自掏腰包出版的传记，销毁掉金玉其外的'终身成就奖'。他们的学术观点是衍生性的，或只是冗杂多余的产物，干脆点说就是谬误、愚蠢的。他们倒是把在韦恩斯科舍的日子过得乐此不疲，就像培养在钟形罩里的细菌，享用着丰厚的营养。他们获奖无数，拿着由他们的朋友把持的政府津贴。他们频频跻身校园和当地报纸的头条，甚至一度可以登上《时代》杂志的封面。他们应邀去做周日布道。有些人还很受追随他们的博士后以及本地女性的崇拜。"

这真是触目惊心，骇人听闻。我默默地听着沃尔夫曼如火苗般蹿动的言语。显然沃尔夫曼是想轻松玩闹一番，然而，沃尔夫曼也很愤怒，很哀伤。

的确如此，我曾想过，阿克塞尔教授的行为主义心理学从范围和技术手段上说是有局限性的，但我只是觉得那是我自身的局限；就我所知，弗洛伊德的心理学也未见得更有说服力，而且还多了一个短板：无法用实验证明。

但是，还有可怜的博物馆馆长莫里斯·哈里克！我更为这位老者感到难过，他如同一种地下鼹鼠，在洞穴里毕其一生，却徒劳无益。

在接下来的三年半里，"第九区"就是我的世界，那种庸碌的集体氛围便是我要呼吸、生存的空气。

我感觉脚下的地好像都开始倾斜了。

沃尔夫曼冷酷的笑声变成了一阵咳嗽声。他的皮肤看上去湿湿的、冷冰冰的。我不知道他是不是生病了。

他沉沉地坐在一把椅子上，面朝那台电视空洞的屏幕，眼神里的轻快已然退去。他打量着我，就像看待一个聪明伶俐却有某种残疾的孩子。

我很纳闷沃尔夫曼为什么在此刻来找我。在第一学期接近尾声之时——很快，再过几周，我就不是他的学生了。

我很纳闷，他是不是跟着我来博物馆的。他有没有去人文学院打听六三届的"玛丽·埃伦·恩赖特"。

我是那么爱沃尔夫曼，我需要相信沃尔夫曼或许也爱我。

在起初的一通挥洒之后，沃尔夫曼此时在防空洞里少了言语，多了几分惆怅。我瞧他手指在衬衫口袋里摸着烟——不过好在他明白过来，在空气流通这么差的空间里点燃香烟会怎样。

我想，这是个多么奇怪的事，艾拉·沃尔夫曼抽烟，就好像他是生在"第九区"而不是被远距离传输的。

这座避难所让我充满了惊惧。我无法相信沃尔夫曼所认定的安全感。为什么监控就不能尾随而至呢？——我忍不住去想，我们那"北美合众国"二十三年的政府有渗透一切屏障的能力。

可怕的念头冒了出来——能信任他吗？沃尔夫曼？

沃尔夫曼安然道："别害怕，'玛丽·埃伦'。你可以信任我，我是你在'第九区'的朋友。"

我告诉沃尔夫曼，是的，我信任他。

还有，我爱你。

但你是知道的。

沃尔夫曼问了我的名字，我告诉了他。

沃尔夫曼问了我是从哪里来的，我告诉了他。

沃尔夫曼问我心里想了什么，我告诉了他。

沃尔夫曼朝我张开双臂，我走向他。

那个夜晚，在范布伦自然史博物馆之下的避难所里，我们俩之间发生的一切都逃过了被监控记录。

牺牲品

那是一九二〇年由约翰·华生主持的一次著名的行为主义实验。

十一个月大的婴儿小艾伯特什么动物都不怕，然后实验者在他膝上放了一只温顺的白鼠，同时用两根铁棒在他脑后敲击，发出突然的巨响，并连续几次。很快小艾伯特一看见老鼠就啼哭起来，看见狗甚至毛皮大衣也是如此，铁棒还未敲响便表现出了恐惧的症状。

我们在报告厅里观摩了影片。片子很老了，画质颗粒很粗，还不停地抖动，但确切无误的是，当铁棒在婴儿脑后敲击时，他惊骇得抽搐着，很快他就懂得了去仇视和害怕那只温顺的白鼠，而原先他看起来还是很喜爱它的。

有一天我问沃尔夫曼，为什么实验后实验者没有把婴儿去条件反射化？难道谁都没想过这件事？

沃尔夫曼说他觉得没有人想过这个。他不认为华生或别人在那时考虑过"去条件反射化"的问题。

我问沃尔夫曼，小艾伯特长大后是不是还害怕动物和毛皮大衣，沃尔夫曼说，没有。可怜的孩子根本没有长大，六岁就死了。

爱慕

相伴若长久，相看又何须。

请记住，我是你的朋友。

我从韦恩斯科舍冬天的昏暗中醒来。半英里外，小教堂的钟声依稀传来，此刻是清晨六点。

我的期末考试之日！时间为一九六〇年一月。

我在室友沉睡之际匆匆穿好了衣服。考试周的计划便是早起，去楼下自习室看书，冒雪奔食堂吃早饭，赶赴第一门考试。有可能八点就开考了。今天考"心理学101"，在格林会堂，九点。

我既紧张又兴奋。我太想脱颖而出了。

我希望艾拉·沃尔夫曼能发出赞叹。我想让他为我骄傲，即便只是悄悄地。

这学期的材料我看了不知多少遍了：在阿克塞尔教授的讲座上勤勤勉勉地做的笔记，还有讲座主题依据的教材，也是 A. J. 阿克塞尔参与编写的。甚至在躁动不安的睡眠里我也浏览着一列列（无法辨读的）铅字。我画着线，做着笔记。我头痛着醒来，渴望上考场。我不知道是不是脑子里的微芯片会大面积影响我的记忆，还是仅仅在"审查"记忆。

沃尔夫曼已经告诉我了，根本就没有微芯片被植入大脑！他很肯定。

他们就希望流放分子这么想。其效果就是，我们通过暗示进行自我"审查"。

（现在我完全不知道该相信哪个。尽管我很愿意相信艾拉·沃尔夫曼是对的。）

"心理学 101"期末考试之际，我的成绩都是 A 及 A+。我差不多把讲座和教材笔记全都背了下来。可是我仍担心会不会突然走霉运，会不会让艾拉·沃尔夫曼大失所望，不再想做我的朋友。

沃尔夫曼已通知学生，大考的题目多半为选择题，方便机器阅卷。只有几道简短的书面答题，以及一篇大约七百五十字的论述题。沃尔夫曼已经和我们公事公办地说过了，试卷不指望也不欢迎什么新颖、原创的思想——"每道题都有明摆着的答案，也就是正确答案。其他回答一律为'错'。"

这学期，沃尔夫曼对自己做助教的这门课的态度变得更加暧昧了。他说话时常流露出讥讽，好像在背诵自己并不相信的论说。他似乎快要失去对行为主义的信心了，这可是韦恩斯科舍心理学系以及 A. J. 阿克塞尔领导的研究所的基石，教授一直致力于"治疗"异常/反常行为。我很纳闷——他的同事察觉到了吗？其他学生察觉到了吗？还是只有我一个？

或者只是我的想象，仅仅是我对艾拉·沃尔夫曼的迷恋？

从我们那所由国家监控的公立中学开始我便懂得该怎么做多项选择题了。我们的教育至少有百分之八十是通过这种方法测试的；我们老师的授课在本质上就是应试模式。原创、敏锐、怀疑都不被看好。

对复习材料越熟悉，就越是能看清其中的繁复，因而要想找一个简单质朴的答案常常也就越困难。不过，假如你精于应试，就会懂得只有一个答案是"正确"的——这便是你一学期以来不断在操练的答案。要知道阿克塞尔教授的助手们在命题时便是小心翼翼地遵循着他的讲义和教材，而考卷上的题目常常其实就是对两种材料的重新表述，可以背下来。只有在论述题中才能指望有原创性——然而你也很可能就此断送了考好成绩的机会。

沃尔夫曼会改到我的卷子，因为我在他的测验班上。他淡淡地向我透露过，对所有学生的卷子他都是"盲阅"的——直到判分全部结束后他才会知道都是谁的卷子。而且他一个分数也不会改动——"我一次就能给对分。"

自博物馆那次之后，我只在教室外匆匆见过几次艾拉·沃尔夫曼。他不会打电话给我——肯定不会。他警告过我不要给他电话，也不要写信或者留便条。

他说过，等学期结束。等你不再是我的学生。

博物馆之夜，我们一起待到十一点四十五分，那是阿奎迪舍规定的熄灯令。

熄灯令！ 在韦恩斯科舍只有本科女生被规定了熄灯时间，男生是没有的。这是男性特权的不成文法则，似乎谁也没有留心过；熄灯令的确切时间是平时到周五是晚上十一点，周六是凌晨一点，周日则为晚上十点，是女宿管员规定的。

那个夜晚，沃尔夫曼抱着我，安慰我，鼓励我说话——告诉他一切，所有。

太久没有与人倾诉了！一时间我言如泪奔，泪如泉涌。

我长这么大还没怎么凑近过男生，更不要说男人了。唯一抱过我的男人是爸爸。

彭斯伯勒中学有很多像我这样与男生相处忸怩不安的女生。妈妈说以前可未必是这样的，她读中学时就有男性朋友，还有可以去"约会"的男朋友；然而那时候风气和过去的二十年也不同，没有人去鼓励青少年相互监视，相互告密。

而且我们学校的男生也不懂得怜香惜玉，大多就像我哥哥罗德里克那样投机取巧、心胸狭窄，只会挖苦人，根本靠不住。我们好似隔着一道窄窄的深渊面面相觑着——女的和男的。我们之间毫无"友情"可言，只有粗鄙而唐突的"性接触"，还要遭到男生的奚落，他们会在网上贴出丑陋的文字或图片。

艾拉·沃尔夫曼是我爱的第一个男人。是第一个让我陷入热恋的男人。沃尔夫曼没有对我的热恋做出回应，但我并不气馁——沃尔夫曼的存在就已让我很感激了。

那个晚上，他只是在我的额头及脸颊上轻轻吻了吻，就像亲一个烦躁的孩子。他笑着说对我而言他太老啦。他不是那种喜欢占便宜的人。

我很想恳请沃尔夫曼——求你了！来占便宜吧。

《指令》写得清清楚楚：流放分子不得生育。可我根本想不到会进展到那个地步——怀孕。和其他所有韦恩斯科舍"女大学生"一样，我没有想过那样的窘境；令我感到安慰的恰恰是沃尔夫曼真的比我年长不少，是个有责任心的成年人。

我由衷相信沃尔夫曼是我的朋友。我由衷相信——（可能）——沃尔夫曼也会爱上我，或早或晚。

此刻我不那么绝望了。此刻我也不那么孤独了。生命中若有沃尔夫曼，便不再有孤独。我想。

　　然而我止不住地想要寻找沃尔夫曼，在公共场合。谁也不会怀疑到我们，在公共场合！

　　博物馆相会后的那周，我去听一位来自普渡大学的心理学教授做的报告，沃尔夫曼也去了，还提了问题。讲座乏善可陈（行为主义主题，涉及灵长类动物的一种"强化方式"），但沃尔夫曼的提问却很生动且颇能引起争议；我想的则是：你可不能这么招人耳目啊！——老一辈教授都在场呢，包括那位白发苍苍的 A. J. 阿克塞尔，他们或许对这位年轻心理学家的做派很不以为然呢。

　　我在报告厅里偷瞧沃尔夫曼。而沃尔夫曼也很清楚我在场，我想。可报告结束时沃尔夫曼仍待在屋子前面和同事们聊天，我没有和他说话便走了。

　　仅仅与他同在便让我心中充溢着安适与快乐。我想，你存在于这世间，和我一起，这对我来说就够了，在目前。

　　研究心理学的都知道：精神有疾病的人能够"洞察"其病症，可是病症仍不可去。正如同身体有疾病的人能够了解病况，而症状并不能消除。

　　爱上沃尔夫曼，这得有多难过？在沃尔夫曼并不爱你的时候。

《搜索者》[1]

这是个错误。将是个错误。也许。

我参加了一场电影协会在周五晚举办的观影活动，放映"经典"西部片《搜索者》，主演是约翰·韦恩。沃尔夫曼在防空洞里随口提过，虽然不喜欢"第九区"的电视节目，但一般来说还挺喜欢看电影的；于是我去了电影协会的活动，寄希望于能看见他。

我迟到了。我不知道电影协会在哪儿。我沿着斜坡上陡峭的台阶走到了另一幢（漆黑、上锁的）教学楼。此刻我慢慢挪进了这间漆黑的屋子——终于走对了楼！观影地点在一楼的角落里，椅子一排排放着。一开始我没有在观众里看到沃尔夫曼，还犹豫了下要不要留下，然后我看见他独自坐着，在靠近前排、走道旁边的座位上。

（他看见我了吗？我心里没底。）

（我没有挨着沃尔夫曼坐。我感觉自己要克制一下，这会让他有好感。）

自从我开始学习所谓的"二十世纪心理学"——自从我研究了

---

1. 美国西部片代表作之一，1956年上映，约翰·韦恩主演。讲述了退伍老兵伊森在兄嫂被印第安人袭击遇害，侄女被掠走后，为了报仇并寻回侄女而开始的艰难的搜索岁月。

B. F. 斯金纳之前的行为主义理论史，我就逐渐意识到大多数人类世界的情景都与心理学实验类同。实验对象通常是鸽子或老鼠，但有时也会是人。你可以看见或以某种途径体验到一种"刺激"——你的回应方式便是"反应"。常有的情形是，对实验对象的行为描述得越详细、越"客观"，实验者就越不可能了解真实发生的情况；因为我们仅凭观察无法臆测内心生活，那是一种主观的存在模式。于是我们免不了会把鲜活的生命（从外部）理解为类似钟表发条的机械构造。你抗议了吧——可我就是我！我是独一无二且不是那么好理解的。

可我此时置身电影协会，我对艾拉·沃尔夫曼（那没有回报、没有结果而崇高）的爱情把我吸引了过来。这不是不可预料的吗？艾拉·沃尔夫曼之前（很可能）没有预料到？我身处于"斯金纳箱"的一个出乎意外的新变体中，在"第九区"，无论走到哪儿，我都无法游离这只（看不见的）箱子，因为我就处于其中心地带。

主流科学家在斯金纳之前——不过与斯金纳并无不同——就曾宣称，动物从本质上说就是机器，其行为三言两语就能说清，并且受条件的操控；然而也有科学家——尽管为数不多——提出了活力论，即有一种"非物质"的要素充溢于生命体中。（他们很可能都是些在大学里名誉扫地的科学家，譬如一个叫汉斯·德里施的德国人。）在我的生命中，在我思维那种偏执的天性中，在我被流放的情况下，我看见自己也成了某种实验对象，因为（当然了）我正在被观察、"被记录"；但同时，在艾拉·沃尔夫曼于我心底激荡起的情感中，在我对他的热望中，我也发现自己是独一无二的、隐秘而不可预料的。

我对沃尔夫曼的热望把我带到了原本不会去的地方。就仿佛，我正在很缓慢地进化成另一种存在，既是玛丽·埃伦·恩赖特，又是埃德莉安·施特罗尔。行为主义理论家也相信，自我由环境创造，由环境中的偶然事件创造，而非依循僵化的基因决定论。我们是被塑造的——我们就不该去抗拒。

我经常在能反光的物体表面瞥见自己，并且惊呆了——惊了：在"第九区"，我居然变成了这样的人。对一个十八岁少女而言——（我的十八岁生日最近无声无息地过去了：我没有勇气告诉沃尔夫曼），我显得有些老。我皮肤灰白，目光僵直凝滞，举止中透着警觉，似乎总处于高度戒备状态。我已变成了实验室里的小白鼠，屡屡被（电击）搞得沮丧、恐惧或震惊不已，已经失去基本的、原初的鼠性，成为另类，差不多就是一个新物种：一种等待着被下一轮或许是致命的刺激去重新定义的生物。

可是，从我的外表难以推断出的是我对沃尔夫曼的爱。（我确信！）那是我的秘密快乐。

真是没想到，这部电影！——"西部片"。

一开始我都无法判定《搜索者》是不是来搞笑的，那么夸张，或者说那么一本正经——"英雄气概"。影片很有吸引力，甚至是扣人心弦——如同动画片之于轻信的孩童。画面色泽鲜艳，演员对话生涩，所有场景——从演职员表开始往后——都有音乐伴奏，嘈杂的鼓点声让人分心。约翰·韦恩是我从没见过的演员——显然他似乎就在表演"约翰·韦恩"。镜头永远对着他，经常是近距离特写，每个场景都将他置于中心，情节总是一惊一乍的，同时又很拖沓。凭那"充满悬疑"的音乐可知变故将临，但其实并没有什么突变。银幕上没有哪个像真实情景中的真实的人——显而易见，他们都是职业演员，穿着道具服装，朗诵着差不多都背下来的台词。

印第安人是电影里的反派，都是些几乎一丝不挂、杀气腾腾的蛮族，在震耳欲聋的狂呼乱叫中表现得极为暴虐，之后的场景便是印第安人纷纷中枪落马，重重地摔在鼠尾草丛中。而将印第安人处理为"喜

166

剧风格"的镜头则更糟糕。还有——竟有这么多猎杀水牛的场面，正是"大英雄"约翰·韦恩干的好事！

不过电影结束时剧场里响起了不少掌声。连沃尔夫曼都拍起了手！

灯光亮起后，观众纷纷站起来讨论影片，似乎都很认真。除了我，都是成年人，大多貌似是教师。约翰·韦恩的"表演"赢得了颇多赞许；"导演"以及"西部景观"也得到了好评。大家煞有介事地聊着"美国西部边疆的神话"。简直要以为这些人是在恶搞，就像沃尔夫曼经常开的那种玩笑，可他们显然不是。

神话。美国西部边疆。对一直住在那儿的人来说可不是边疆。

我耐心地等待着沃尔夫曼能扭头找我，或者至少朝我的方向瞄一眼吧。我耐心地等待着与他说话的人离去。我感受到了一种义愤，因为我不喜欢这种夸夸其谈的电影，我认为谁都不应该喜欢。

沃尔夫曼对这些人都很友好，但他们貌似不是心理学系的同事。有一对男女像是夫妇；还有两个女人单独来观影却坐在了一起，离沃尔夫曼很近。我有些灰心，其中一个似乎是沃尔夫曼的熟人，她逗留在他周边，显然是在等他离开，这样她就可以与他一起走出学生会了。众人一阵忙乱，穿上了外套和毛皮镶边软帽。那女人黑发中分，头顶有了些许银丝。她眼睛很大，眼睑沉重，目光凝滞——和我一样。她算不上漂亮，可能比艾拉·沃尔夫曼还年长些，但脸上颧骨棱角分明，看得出是个敏锐、聪明的女人。我醋意顿生，在纷乱间一时感觉她就是我，只不过年纪大了点。他们是被一起流放的。

但又不大像。不可能。

他们的笑声如刀叉摩擦般刺耳。我没有意识到自己所感受到的其实是性的嫉妒，像病毒一样攻击着那些先前毫无体会的人。

他们居然还一块儿抽起了烟！我恨他们。

我仍没有走，待在自认为不显眼的地方：到靠近大厅后面的地方看海报，都是电影协会对即将上映的作品的宣传，包括几部"默片时代的经典"。

没有比看即映影片更让人沮丧的了，如果去看，那你注定就是孤身一人去看。

有几个人瞧见我一个学生独自在电影协会里，便过来与我攀谈。我很安静，避免直视陌生人，害怕别人因认出我而眼放光亮，若非如此我或许还能在电影协会"交上朋友"——那就会引起沃尔夫曼的注意了！

我企图偷听沃尔夫曼在说什么。我不喜欢那个头发中分的女人尖利的笑声。

（我看见她朝我的方向瞥了一眼。但我没有瞥向她。）

终于这一小伙人散开了。那女人只得跟她的同伴一同离去。

不经意的人会觉得沃尔夫曼似乎是直到现在才注意到我，并非因为无礼，而是出于偶然，仿佛师生在同一房间里不期而遇了；此刻他认出了我并堆起笑容。

"你好，恩赖特小姐！"

我感觉眼睑沉重，像是刚哭过。可我并没有哭。在目睹沃尔夫曼与这些陌生人厮混在一起之前，我一直感觉机敏、亢奋、满怀希望。

沃尔夫曼能读懂我脸上的失意。但沃尔夫曼在任何公开场合都不会由着我。

他表现得很友好。他表现得很和善。他的问题就是大学教师会向学生提的，学生的名字他可能都记不清。他礼貌地问我觉得电影怎么样？——而我说了自己的想法时他颇感意外，我在博物馆下面的防空洞里说的话一点都不刻薄。那会儿我温顺、柔弱，而此时我在批判影片时却冒出了一股子少年人的血性，以及不耐：对于如此滑稽可笑的

"西部片"，其他人居然还装出喜欢的样子。

沃尔夫曼笑起来——"哇哦！我猜你也不会迷上约翰·韦恩的。"

他那既吃惊又感到好笑的态度使我想起了父亲。

我说，我觉得这电影有辱人格。就这么简单粗暴。假如我是美国原住民，我会怒不可遏。假如我是个女人——

不过当然啦，我就是个女人。

沃尔夫曼看着我，赞赏的目光里带着些诧异。看得出来，他很喜欢意料之外的回答。尽管不大可能有人听见，他还是压低嗓音说："你会习惯'智力侮辱'的，亲爱的。假如你在'快乐之地'看多了这些影视的话。"

我可不想偏离这个能让我滔滔不绝的话题，便说那些女人的脸太造作了。还有印第安人号叫着从马上滚落下来的方式。还有那些令人生厌的"乐谱"，糟蹋了所有镜头……

"没有谁演得有一丁点让我服气的地方。连一个外表看起来让我服气的人都没有。"

沃尔夫曼说："电影并不是讲人外表的，'玛丽·埃伦'。电影讲的是我们对人的理解。"

什么意思，我不懂。不过我想我会去琢磨，而不是央求沃尔夫曼给出解释。

"看过西部片之后你可以做一次行为主义实验。问人们一些可以有多种答案的问题，你会知道他们对印第安人的偏见增强了，还有他们普遍的对立情绪。看见那么多人被射下马，观众也会想要举枪的。"

我的表述一如沃尔夫曼的得意门生。

沃尔夫曼笑得好像我的想法太不着调：如何证实"偏见"增强了？就你所知道的，偏见说不定减弱了呢。另外你怎么确证是什么引发了效应，只是电影，还是有别的因素？不过沃尔夫曼让步说，这样的实验或许很有启发意义，只不过态度跟"行为"不是一回事，无法测定。

我兴奋地说："可以做两场实验，看电影前几周做一次，看完立马再做一次。而且为什么思想不是'行为'呢？发生在大脑里而已——说不定还是看得见的。使用某种 X 光透视。"

我的脑袋变得昏沉起来。我闯进了"审查"区，我想——我要记起的东西，在一九六〇年的实验心理学领域里尚不存在的东西，无法被表述出来。

"思想用 X 光是看不到的，玛丽·埃伦。还不到时候。"

"嗯……不到时候。"

我们的语速很快，声音很轻。我简直以为自己抓住了沃尔夫曼的手，阻止他离开我，去追他的那些朋友。

因为我当时记起来了，我的大脑被扫描过，生成了一连串图像，以判定我是否在说谎。

（这一切难道没有发生吗？在国土安全部青年训导处？）

沃尔夫曼皱了皱眉，用嘴形向我发信号——别说了！打住。

他面露惊恐之色。沃尔夫曼的鲁莽是有数的，而我呢，我就只有莽撞。

沃尔夫曼疾步走开了，并不等我追上来。

我独自留在小小的电影剧场里，除了几个协会骨干在收拾东西，四下已经无人。在我看来他们似乎正带着疑惑——锐利——的神色观察着我，但我回避了他们的目光，很快离开了。

几分钟后我走到了外面，我在大楼前面落满雪的人行道上看见了那个目光僵直凝滞的女人，仍和朋友在一起，此时沃尔夫曼追了上去。他们三三两两地往前走向摩尔街，准备去找家酒吧喝一杯。

我没有跟过去。我不想遂了沃尔夫曼的意。

测试

我在昏黑中匆匆穿着衣服。我不想打扰到室友。我满脑子都是沃尔夫曼，这可不是什么好事——脑子里应该装满即将到来的心理学考试才对。

吃饭真不容易，太早了。难以下咽。可要是不吃早饭，到了九点半我就要饿扁了。我的视力会变模糊，脑力大打折扣。

我带上笔记本。我准备在食堂边吃边看。

清早七点五分，灯火通明的食堂里学生寥寥无几。有些深色皮肤的"外国学生"抱团坐在靠窗的桌上，通常他们会被淹没在白人的海洋里，但时辰这么早，食堂里几乎没几个人。

肤色等级为五级或六级。这在韦恩斯科舍难得一见。

这些留学生并不是来读本科的，而是物理、化学、工程等专业的研究生。清一色的男生。他们将目光投向我时，似乎从我身上看到了某种暂行的、边缘化的东西，很类似他们自身的疏离感。有一两次，这些小伙子招呼我过去坐，可我装作没看见。

据说在他们的国家，男女是不能这么轻易混在一起的。结婚前不可以。这些年轻的"外国"男人在招呼我时，便是在测试其禁忌底线。

在他们眼里，我被当作他们（男性）认知的实验对象，这让我感到难过和惧怕。

尤其是在今天早晨排队时，我感觉到了他们落在我身上的目光。他们看上去不那么友好。我手忙脚乱地在托盘上放了一小杯橙汁、十美分的蜡盒包装牛奶、五盎司[1]麦片、两块白面包吐司……

早餐的香气让我垂涎。我总是在闻到食物的芬芳时才感觉到饿。

埃德莉安！是吧——埃德莉安！

埃德莉安过来跟我们坐。

（我没有听到。）

（我听到了吗？）

（不。我没有听到。）

我把盘子推向前，耳际一片喧嚣。检餐票的食堂工人是个体格健壮的黑人女性，满脸堆着慈祥的皱纹，她问我没事吧？——或者可能我想坐下来歇一会儿？

我肯定是一脸茫然。我似乎不知道该怎么回答她。

那女人取走了我的盘子，以防我拿不住。她将盘子搁在最近的一张空饭桌上。

这样行不，亲爱的？坐在这里会好些。

耳朵里的喧嚣声震耳欲聋。我无法忍受那张桌子上的"外国"学生，他们正盯着我，似乎认出了我。

他们也是在韦恩斯科舍服流放刑的。只能这么解释。

我喝了一小口橙汁，味道如添加了松节油。我打不开蜡盒包装的牛奶。我干吃了点麦片。我很明智地把吐司用餐巾纸包好带走了，要

---

1. 美制 1 盎司约合 29.57 毫升。——编者注

熬一个上午呢。

我在食堂待了不足十分钟，离开时正有十几个学生进来，跺着靴子上的雪。这些人也是深色皮肤的"外国人"。清一色男性。我瞧见了他们不怀好意的神色，野蛮人的眉眼，就像西部片里那些该死的印第安人，下场只能是被射下马。他们冲我微笑，说了些什么，我听不清，情愿相信都是些好话。

之后我听见了埃德莉安？埃德莉安？

略带嘲弄的哀号——埃德……莉安？

我拼命奔逃，在结冰的人行道上滑倒了，摔得很重，几乎透不过气来；但我立刻挣扎着站起来，跑回了阿奎迪舍。

要是有艾拉·沃尔夫曼的电话号码我会打给他。我会对着话筒哭喊这儿还有别的流放分子！他们认得我。

可接着，几分钟后，待我冷静下来时，我想那也许不是真的：黝黑皮肤的男青年未必真的是学生，而是虚拟影像，由"北美合众国"二十三年的特工操纵，就像远距离操纵军用及内务无人机那样，以迷惑、恐吓我；但主要是为了引诱我去认识他们，亮明自己的身份，这样我就违反了《指令》。

也就是说，这是一次测试。来到"第九区"之后的第一次（据我所知）测试。

要是我和他们说话了，要是我承认自己是埃德莉安·施特罗尔，那就有了被"蒸发"的口实——可以就地执行。

考试

用 750~1000 字讨论二十世纪心理学中的行为主义的原则、技巧和重要意义，以及可能的和可证实的社会应用。

试卷有好几页，被装订在了一起。

选"心理学 101"的有两百多名学生，他们神情严峻地坐在大学体育馆一排排课桌旁。

监考人员在这空阔有回声的空间里来回巡视，严防作弊行为。

（但听说这种大课考试的作弊在韦恩斯科舍很"猖獗"。差不多算是韦恩斯科舍的传统，脸皮越厚越出名，特别是兄弟会的人，他们将之与优秀公民、荣誉、正直、学校自豪感等品质相提并论。）

（彭斯伯勒中学是没有人作弊的。到处都有监控摄像机和探头。再说谁也不愿意真的考高分。）

我快速浏览了一下试卷。心跳在愉悦中加速。

我觉得——"斯金纳箱"现形了，就在我周遭。

对卷子的初始反应是，这些全都是我烂熟于心的东西。当时我读了又读，就像迷宫里的老鼠，不停地奔跑，寄希望于奖赏，就算奖赏已经从迷宫里被拿掉了也还是如此。

我思忖着这道令我既失望又兴奋的论述题。我想——可以写点原创的、具有"解析性"的东西。沃尔夫曼喜闻乐见的东西。

如果我用明摆着的答案来做题，就像斯金纳的实验动物那样，我大概可以得满分——今天考试的人不大可能有更高的分数了。不过可以拿这道论述题来做个实验，比如对 B. F. 斯金纳的理论进行一次达尔文进化论式的追根溯源，探讨斯金纳之前行为主义的历史背景，若真这么做了，我的论说便能出奇制胜，意趣盎然。

我的文笔沃尔夫曼认得出。沃尔夫曼会欣赏的。

他会告诫我别写不必要写的东西。不要超出课程那么点范围。但我肯定他在意保护我。

我花了大约二十分钟做完五十道选择题。这些题目一反常规，遵循了 A. J. 阿克塞尔古怪的出题路数。每道题都得在四句表述中选择唯一"正确"或唯一"不正确"的。测试者由此不仅可以考验学生的科目知识，还可以检测其思维的敏捷度。你知道"正确"答案是什么，但对自己做出的选择信心不足，因为还有其他竞争性的表述。或许并不公平？——这显然正是斯金纳的方式。

周围的同学们在座位上挪来动去，叹着气，手指在头发里划拉着。这些实验室小白鼠正在迷宫里被驱赶着到处跑！

然而卷面上的内容无一不是阿克塞尔教授在课上清清楚楚、反反复复讲过的。假如学生是被动接收信息的容器，那么他们早已被设定了程序，现在可以做出正确回答了。我们就是斯金纳实验中的鸽子和老鼠，其行为方式便是要确保得到奖赏，不被惩罚。

我心里有种东西在反叛这一限制——唯正确答案的暴政！

在逻辑课上，我曾想问老师 x 是否可能同时等于 x 和非 x——但我明白老师会报之以惊诧与关切，像是听到了疯子的胡话。

生活中其实一贯如此，x 同时是 x 和非 x。但在形式逻辑学中，则是不可能的。

对你的判决就是服服帖帖地在"第九区"待着。不准反抗。

这是沃尔夫曼的声音，他在警告我。

沃尔夫曼正在体育馆的另一个区域，不安地走动着。所幸他没有被派到我这边。

沃尔夫曼是知道的，我可以写得无懈可击。但沃尔夫曼应该看到更好的东西，如果是他阅卷的话。他会给我很高的评价。他会在内心为我骄傲，那该多好。

自食堂事件后，我一直兴奋与忧惧参半。如同虎口余生，我既如释重负，又心有不甘。

我要写一篇一千零一字的"原创"文章！想到这儿，我微笑起来。

我要以诘问开篇：什么是"自由意志"？什么是"效果律"？什么是生命的原理？什么是"心理"？什么是"模仿的问题"？——存在思想的"自然选择"吗？接下来我会回答这些问题，更准确地说，我会将这些假定的解答串织在复杂的阐述中。我只顺带回顾一下行为主义历史。我不会把笔墨浪费在对明显事实的表达上。我会模棱两可，刻意含混。我会高度批判 B. F. 斯金纳，拿他与德国研究者德里施比较，后者的动物活力论概念让动物和人类都拥有类似"灵魂"的东西。我会写写斯金纳之前的先驱约翰·华生，他在童年期的条件作用领域有过重要发现，并声称自己有力量用粗糙的原材料"创造"任何一种人类，这令人震撼，因为华生的行为主义似乎对所有类型的宿命论／遗传决定论都提出了批驳。我当然还是要写写达尔文。查尔斯·达尔文可是沃尔夫曼心中的一位科学家英雄。

接着——写到一半时——我想出了个绝妙的点子：我要用迷宫老鼠的口吻来写！

我将从这个（没有福气也没有力气的）实验对象角度出发来讨论主体性之谜。是不是"内心"状态其实也与外在状态一样是可测的。如何测量貌似不可测之物。影子没有重量就可以被当作不存在的东西打发了？但是影子是拥有视觉特性的。影子是可以被感知的。大脑中有没有东西能够接收、组织并诠释感官知觉？这个东西是"自我"吗——这个"自我"是"灵魂"吗？

来不及回到文章开头让小白鼠的声音前后一致了。只希望沃尔夫曼能会心一笑。

我深深沉浸在迷宫老鼠的文章里，恰如迷宫最深处的老鼠，于是当监考老师宣布还有五分钟交卷时我惊呆了——已经上午十点二十五分了。可我还没做完！

我竟没心没肺、令人发指地写满了十几页答卷，就像一个从陡坡上往下冲的人，却还没有冲到山脚。我肯定写了不止一千零一个字了；我本打算回头编辑一下写的内容，添几处重要的脚注……尽管馆内并没有过度供暖，但我的汗水已经开始渗湿衣服。我环顾四周找寻沃尔夫曼，可并没有看到——他准是在体育馆后面，在我看不见的身后。

还有三分钟！

我沮丧地看见，我所谓的"原创"——"妙不可言"的文章并没有如愿表现出来。野心太大，写得太分散了。这更像是为一篇五十页论文写的大纲——对行为主义的批判。我操着老鼠的口吻走题到了另一件事上，即行为主义的"社会后果"，并为此花掉了宝贵的考试时间，等我明白过来已经太晚了。我疏忽大意，没有把行为主义的原则写下来，这些都是极为基本、老师三令五申强调过的！我看不出有什么必要写下明摆着的东西。我的脑袋因紧张和睡眠不足而疼起来。我的思绪乱得如同烘干机里的衣物。我无法摆脱那些"外国"学生责难的眼神，他们知道我是他们中的一员，除非这些"外国"学生就是国家派来的密探。（抑或是"虚拟"影像？我没有走到他们近处看看，在其他人嗤笑看热闹时，我是否可以将手穿过其中一个人的身体——一个很恐怖的场景。）答卷第六页的一个冗长的段落是对斯金纳几段话的阐述，我却在修改时忙中出错在上面打了个×；此刻我明白过来自己的论证是需要此段的，却想不出怎么消除这个×的影响。我背过斯金纳的这段话，或者说其中大部分都很熟，是我在课本之外读的斯金纳的原始文献《科学与人类行为》（*Science and Human Behavior*）（1953）：

> 自我控制或自我认识中的"自我"是什么意思？
> 自我作为一种行为的假定因素而得到最普遍的使用。只要外部变量未被注意或被忽视，其功用便在机体中归于一个原发性动因。假如我们无法揭示该由什么来负责一个人的行为，那么我们就说，他自己要为此负责……这样的惯例解决了我们关于无法解释的现象的焦虑，且因为有这样的解决能力而得以持久保留。
> 无论自我是什么，它显然并不能等同于物质性的有机体……自我不过是一套装置，是用于表现机能协调一致的反应系统。

在引用及阐述斯金纳的思想时，我还是采取了某种缓和立场，表现出对他的赞同——此刻我都记不得原先在反对他什么了。斯金纳关于自我认识的"缺席"的言论也打动了我——同样也来自原始文献而不是我们的教科书：有关自我认知的最惊人的事实之一是，它可能就是缺失的。

这让人不寒而栗，然而却完全说得通。假设无法认识自己，我就不能认识任何东西——如果镜头是模糊的，视线也将是模糊的。

我的笔掉到了地上。答卷上满是污渍、画掉的句子及拼写错误。可是现在我没有多余的时间了——监考教师正在收最后一批卷子，冷风飕飕的体育馆里大部分课桌都空了出来，一位监考教师皱着眉头朝我走来，伸出了手。"小姐？考试结束了。"

他和沃尔夫曼一样是测验课老师。显然他不认得"玛丽·埃伦·恩赖特"——沃尔夫曼没跟他提过这学期他有个得意门生……

我带着礼貌的微笑交了卷。我感觉自己的肌肤被汗水浸透。我觉得很难为情。不过我也充满着希望。沃尔夫曼会击节叫好的。他将明白我原本是能写出 A+ 的论文的，可是贪心不足。他会——原谅我。

从课桌旁起身时，我感到脚步虚浮。我朝四周张望，找寻沃尔夫曼的身影——他在距体育馆另一头的中间，正将答卷整理成一沓，并和另一位监考教师一起说笑着。如此磨人的考试在监考官看来不过像是在观察老鼠在迷宫中奔跑，或鸽子绝望地啄着纹丝不动的按钮，或猫咪受到惊吓而恐惧万分，而实验者对此都通通无动于衷。

整整两小时的考试里沃尔夫曼都没有理睬我。抑或沃尔夫曼就没有注意到我。考试中途曾在体育馆别的区域有过轻微的骚动，一两个学生作弊被抓了，或者（可能）是有学生突然病倒了；当我伏案疾书时，我听到了压低而凝重的说话声，有人被带走了，但我并没有东张西望。我不知道沃尔夫曼是否参与其中。

我费了番功夫才套上羊毛衬里夹克，这衣服不但重，袖子还很难套进去。外面非常冷：9 华氏度[1]。

---

1. 约合零下 12.78 摄氏度。

奇怪吧，"第九区"真的有冬天。"北美合众国"二十三年是没有"冬天"的——已经好几十年没有低温、冰雪了，不过我父母还是很怀念地说起过"冬天"，就和提到其他早已消失、已成往事的现象一样。

然后我便离开了体育馆。我是最后一批离开的。迈出门时，耀眼的光线洒在我的身上。

到处都是成堆的雪。白得耀眼。

威斯康星州韦恩斯科舍瀑布城就是个雪丘，高大的树木上覆满了雪。一个美丽的地方，我想。然而，却非我所属。

我不想死在这儿。离所有熟识或爱我或对我有责任感的人都那么遥远。

我的呼吸在清新而凛冽的空间里变成了白气。我意识到虽然才到上午，自己已经筋疲力尽——整个白天在我眼前延展，变得深不可测。我思忖着——假如不及格，我就丢掉了奖学金。我就将被蒸发。

我跌跌撞撞、呼吸急促地向校园中央奔去。我没有回首看沃尔夫曼是不是跟上了我，或注意听沃尔夫曼或别的什么人在我身后呼喊——

埃德莉安！埃德——莉安！

一落千丈的分数

沃尔夫曼说："我跟你讲过。"

"跟我讲过——什么？"

"不要'原创'。别搞什么'解析'。只管给答案——寥寥数语即可。"

我固执地抗辩说："但题目问得也太明显了。我睡着了都能解答。"

沃尔夫曼大笑起来。我感到一阵气血冲到了脸上。

我说："我自认为阿克塞尔教授或许会欣赏与众不同的答案。我原本认为，假如你给他看看这篇……"

"你不是在开玩笑吧？阿克塞尔有二十年没看过本科生试卷了。就算是 A+ 的试卷阿克塞尔也不屑一顾，而你没考到。研究生写的东西都不入他法眼，何况是本科生的。"

我被他满不在乎的话刺伤了。而你没考到。

我一边眨眨眼，清掉失望的泪水，一边仍然固执己见地说："我当时想的不是什么分数，艾拉。我不是为分数写这份答卷的。我不是为分数学这门课的。我不是为分数读了那么多外围材料的。但我是想——"

沃尔夫曼捏了捏我冰冷的手指，效果相当于捂住了我的嘴。

"现在都过去了，'玛丽·埃伦'。你没有不及格啊，除非你自视甚高。而且我也不再是你的老师'沃尔夫曼教授'了。"

沃尔夫曼我的爱：回忆片段

"'埃德莉安'。"

只在独处时，沃尔夫曼才会叫我这个名字。他是"第九区"唯一叫我这个名字的人。

而当我们在公共或半公共场合时，他就叫我"玛丽·埃伦"，或更多是叫"恩赖特小姐"。四下无人时就没关系了，就像在学校的植物园里，我们有时去那儿散步，并没有牵手，也没有身体接触，只是结伴同行。

我们没有再去防空洞。我们开始去沃尔夫曼的寓所，在天黑之后，也极少逗留很长时间。

如沃尔夫曼所言，现在我们不再是师生关系了，相见没什么不正当，否则就会犯忌。

"尽管如此，你还是太年轻了。或者说，我太老了。"

我心想——没错。可是我可以等，等我赶上你。

有一次，然后就有了第二次，我穿过自然史博物馆去找寻后面那条通向地下室的陡峭台阶，以及防空洞的入口。我回忆沃尔夫曼小心翼翼地用手指打开组合开关的情景，不过当然，我不可能记得数字组合，当时也没留神看。

很奇怪，我没能找到防空洞入口。

每次我都失去了勇气，回到博物馆前端灯火通明的区域。我听到赫利小姐在叫我，或者图书室里有人声，有访客等着出口处的值班人员，于是我只好气喘吁吁地跑回自己的岗位。

赫利小姐带着愠色说："玛丽·埃伦，你到哪儿去了？喊了你一遍又一遍——我到馆里去找你，但没找到。现在才来。"

"可是赫利小姐，我一直在这儿啊……"

很明显这女人不相信我的话。有一次哈里克教授也在等我，拿了一沓要（重）打的文件。

我寻思着，心里有些发毛——可我到哪里去了，假如我不在这儿的话？

"荒唐。没有的事。"

我向沃尔夫曼诉说心理学考试那天清早，食堂里的"外国"学生的事，他们似乎认出我是个流放分子了。沃尔夫曼冲我哈哈一笑。

"你又累又焦虑，产生幻觉了。别去管了。"

"可要是我又见到他们……"

"你不会再见到的，埃德莉安。我保证。"

接下来的一天：我和沃尔夫曼走在南校园四方院街上。

在这样的公共场所我们还不能做情侣——不能算。我们更像是在街上邂逅，碰巧去向一致便走在了一起。

一个约莫三十岁的高个男子，没戴帽子，一头浓密的黑发、黑眉毛，一张因思想而焕发神采的脸。一个不到二十岁的女孩，穿着厚实的羊毛衬里夹克，秀发和部分脸庞隐藏在这件大出好几号的衣服里。一个强烈感知到身边这位男子的女孩。

时值一九六〇年二月的一个周六，此时临近中午。雪下了一夜。人行道和马路被匆匆清铲过，但仍然白花花得耀眼。

我们前一天夜晚并没有在一起。（沃尔夫曼可能会去哪里，我一无所知。他把谁带回寓所，我也不想去揣测。）

我们见面吧。我想见你。近来怎样？——沃尔夫曼是这么联系我的。

我辜负了沃尔夫曼关于心理学考试的建议，他用一个直截了当的 C 惩处了我，学期成绩给了 B——"本来应该是 A 的。可不是。"

自那以后，我一直备受打击。不过我也想通了——成绩有什么要紧的？幸运的是我活下来了。

另外我想——在流放地的成绩都无所谓。

自心理学考试之后，沃尔夫曼便一直对我怀着一种若有似无的柔情。其间也夹杂着恼火和关切。我不愿去想这种感情是一个人对妹妹或弟弟会有的。

在这样的公共场合，我有那么多想要倾诉而不能在公共场合安然说出口的东西。我想抱住沃尔夫曼的胳膊，或抓住他（戴手套）的手，但我不敢。

我想问他前一天晚上有没有和什么女人在一起——比如那个目光凝滞的女人，毫无疑问，她很喜欢他。我已找出了她的名字，叫科妮莉亚——"内莉亚"——是社会心理学专业的一位年纪较大的研究生。可是不行。不应该侵入别人的领地。他的私生活是他自己的事。他并不是你的爱人。

就在此时，在我们横穿街道时，我看见了几个深色皮肤的小伙子朝我们走来。他们是研究生，很明显是"外国人"。他们打量着我，又看看艾拉·沃尔夫曼，接着又回到我身上，露出很感兴趣的神情——我简直觉得那就是认出了我的意思。

霎时间恐惧攫住了我。在我们经过这伙青年男子的身旁时，我听见他们在窃窃私语，却不知所云。他们是在说我们——是吗？他们在说什么呢？

在一片恍惚中我总算过了街，但踏上人行道时我却陡然僵住了。就像实验室里的动物，在条件反射作用下我被一种"不许动"的视觉刺激所驱动，却并不能理解自己为什么动弹不得。我闭上眼睛站着不动，直到沃尔夫曼捅了捅我。

沃尔夫曼问，出什么问题了？我用几乎听不到的声音告诉他："就是那拨学生——刚才。"

"什么学生？"

"'外国'学生。他们看见我了，我觉得他们认出了我，上周在食堂……"

沃尔夫曼看了看我们身后。"谁？在哪儿？"

他们不见了吗？他们是不是就从来没存在过？我没勇气环顾四周。

"你怎么知道他们是什么人？你都记不得他们的脸，对吧？在威斯康星州韦恩斯科舍，'外国'学生长得都差不多。"

我快步沿四方院街走着，差点撞到行人。我在光洁的人行道上滑了个趔趄，于是沃尔夫曼不得不抓住我的胳膊扶住我。

"我看见了，艾拉。真的。他们也看见我了。"

沃尔夫曼笑起来，他的笑像是在打发人，又是一种安慰我的方式。

"也许他们就是心理学专业的学生。来听阿克塞尔的课的研究生。

也许他们认得我——跟你毫无关系。"

我们离开了摩尔街商业区，只有两三个路口远。现在我们进了校园，稳步沿上山路朝主图书馆走去。周围是一片银装素裹的广阔地带，在正午的阳光下熠熠生辉。沃尔夫曼看我沉默不语，便拿起握住我裸露在夹克衣袖和手套之间的手腕——一个意想不到的亲密举动，在大庭广众之下。

"不是跟你说过吗，埃德莉安，他们没什么好怕的？他们根本就不存在。"

在那一刻，我相信艾拉·沃尔夫曼是爱我的。他以某种方式，或许不是肌肤之亲，也不是通过占有，爱着我。

一个美丽的地方。我还很想说，也是个安全之地。

这里是大学植物园，在校园北边。

就艾拉·沃尔夫曼和我所知的"北美合众国"二十三年，已经不再有什么"公共"土地了——优质的市属与州属用地以及百分之九十的历史悠久的国家公园，如黄石公园、美国大峡谷、约塞米蒂国家公园，都卖给了私人用于采矿、水压采气、伐木以及专供富豪的度假村项目。擅入者如今已成为死罪。（"北美合众国"最骇人听闻的重罪是"侵犯财产权"，仅次于"叛国"和"挑战权威"。）沿大西洋和太平洋延伸的风景宜人的海岸线也成了私产，由高达十英尺的通电栅栏及大门守护，外加荷枪实弹的安保部队。唯一供公众使用的"公园"都是些空地，满是碎石、沼泽、填埋场，以及被化学废料污染的未耕地。（新泽西的"焦蝇沼超级基金"项目位于距彭斯伯勒十英里处，据称在那儿野餐和水上运动都很"安全"，但绝少看见肤色等级为四级以上的游客。）于是对我来说，发现韦恩斯科舍植物园是个莫大的惊喜。

沃尔夫曼也很喜爱这座植物园，他正是在这里"找回了自己的心智"。初到韦恩斯科舍时，他还是个茫然而沮丧的二十岁青年。在被捕并远距离传输前，他是"北美合众国"剑桥大学（原哈佛大学）的一名优等生，主修计算机科学、数学和认知心理学。

沃尔夫曼也是跑步爱好者。可在"第九区"，在二十世纪五十年代，"跑步"的人都是接受训练的运动员。唯一能穿的"跑鞋"就是普通的运动鞋。

韦恩斯科舍植物园毗邻韦恩斯科舍州农学院，但绵延数百英亩直至韦恩斯科舍湾的林地，河湾在那里向东汇入广袤的密歇根湖——我只在照片和地图上见过这座湖。（湖岸位于我半径为十英里的官方禁闭范围之外，而在西边那个小一点的哈洛湖同样也超出了我的禁闭区。）截至一九六〇年二月，我都没有走出过离"第九区"居住中心两三英里以外的区域，这个中心便是阿奎迪舍。

沃尔夫曼很不屑地提到过他的"中心"——校园内的格林会堂。

"只要我愿意我就走——也许吧。就这么走掉。骑车更好。"

沃尔夫曼用这种口气说话时，我既为他不要命的架势感到兴奋，又觉得不安。他说：

"据实验室里的观察，笼中动物有时很害怕出笼，即使笼子门敞着。甚至笼子门被拆掉了也是如此。"

"可是，这对我们不适用，是吧？我不懂。"

沃尔夫曼说这些话是在考验我吗？他是想判别我有多鲁莽，或有多么与众不同吗？在孤独绝望之时，我多少次遐想过逃离韦恩斯科舍，违抗《指令》——但如此危险的举动，我从未在其边缘试探过。

我并不怀疑在"第九区"处于监控中。我的图像正投射在某地的某块屏幕上。要是我擅离这个半径十英里的区域，我可能就会被"蒸发"——立即执行。

难道我没有目睹那个 Z. 姓中学男生在内务无人机的打击下被蒸发掉吗？难道我没看见 Z. 姓男孩一脸不相信，紧接着他的脑袋便像新星那般爆开了？

我向沃尔夫曼讲起过在电视监控上看到的国土安全局青年训导部的那次行刑，但沃尔夫曼让我别说下去了。"如果是电视监控，那你很可能看到的只是反复播放的表演。你无从知晓行刑是否真实。"

"是真的！实实在在的，太可怕了。我们有四个人接受审讯，都是刚拿到'爱国民主奖学金'准备做中学毕业致辞的代表。他们要我们承认是同谋，不然我们之中就有一个要遭到'训导'……"

"普通老百姓绝对没有办法辨认'虚拟'表演和'真实'事件的区别。特别是还通过电视。相信我！——我知道的。"

为什么沃尔夫曼就不能多点同情心？我知道的，那个男孩——姓氏开头为 Z.——是被处死的，根本不是录播，是实实在在的死亡。我知道的。

内务无人机打击：用不足六十秒的时间让目标解体，使用一架跟知更鸟差不多大小的飞行器，发射激光束攻击目标，使之自爆并蒸发。

我因气愤以及焦虑而颤抖着。男孩的死我终生都不会忘，与其他近期的记忆不同，那个场景是刻骨铭心的。

"也许你从没见过内务无人机打击，艾拉。我见过的。"

这小小的吹嘘却充满了伤感。沃尔夫曼欲言又止，并快步走到了我前面。

在这个晴朗而白雪皑皑的日子里，我们在植物园里远足。我们呼出的全是白气，室外温度远低于冰点。我们很小心，不靠太近，当然也不牵手。沃尔夫曼经常走在前面，像一位远足老手给一个菜鸟领路。我们通常话不多，因为沃尔夫曼更喜欢安静地走在植物园里。听见其他来远足的人在相互聊天，他压低嗓门对我说，他多么希望把这些破坏植物园安宁和美丽的鲁莽之徒都蒸发掉。

这让我很惊愕。就是因为用了这个词——蒸发。

在所有人中，怎么偏偏就是艾拉·沃尔夫曼说出了这种话，哪怕是调侃？

独自一人时，沃尔夫曼会走上好几英里。他的腿部肌肉发达。当我们一起远足时则通常不超过两英里，我们会沿着覆雪的山坡走在环形小道上。植物园里有很多树都有小标识牌，于是在植物园里远足便很有教益，类似于游走在自然史博物馆里；只不过一场雪过后，标识牌容易被遮住。植物园经常不会在雪后立即铲雪，因而如果沃尔夫曼坚持去那儿远足，我们就得穿齐膝的靴子沿小路跋涉，而积满雪的道路甚至都难以辨认。我害怕——（沃尔夫曼则会嘲笑我）——我们会偏离路线，无意间触犯了《指令》，流放分子不准超出方圆十英里的范围；沃尔夫曼觉得无意间走那么远是不可思议的，就算如此，他也很怀疑能有什么后果。

沃尔夫曼相信总体来说室外环境比室内"安全"；不过没有什么地方比范布伦博物馆的地下防空洞更安全了，"北美合众国"的监控肯定到不了那儿。

从一开始我就没有理由去怀疑沃尔夫曼。当他引我去防空洞时，我是那么错愕，那么惊恐，没法细想。可在之后的几周里我不禁感到纳闷，沃尔夫曼口口声声说了解从遥远的"北美合众国"二十三年瞄向威斯康星州韦恩斯科舍的监控系统，那他又是怎么知道的。

沃尔夫曼若有所思地小声对我说："他们的安保也不是无懈可击

的——'北美合众国'。我们并非时时显现在他们的雷达屏上。他们希望流放分子以为他们对我们了如指掌，但其实这是不可能的。首先也是最起码的一点，韦恩斯科舍没有网。这里不存在虚拟空间。根本没有网络系统。有点像'原子与虚空'——先于造物的时代。他们可能派了一些特务过来，但不可能有多少。回到我们那个时代，大家都以为一切都在'监听'之中——每一部手机、每一笔电脑交易、所有电子业务。我们认为自己正在被记录着，就好比实验室笼子里的动物，生来就深陷囹圄。但'第九区'可不是这样。正因如此，他们称之为'快乐之地'。"

可是，又是谁把"第九区"称为"快乐之地"的？我不明白。

"而且'未来'和'过去'间的联结是很脆弱的。并非'老大哥正盯着你'这么简单——根本不是。我的理论是这个通道是可以关闭的——这种联结就跟牛皮筋一样可以扯断——他们可能就找不到我们了，永远也见不到我们了。"

这对我来说一点也算不上安慰。如果我对沃尔夫曼的话理解正确。

"你的意思是，我们也永远回不了家了？我们就被永久地流放到这儿了？"

沃尔夫曼笑了起来。"这儿的确很憋屈——'庸才的温床'。可不在这儿待着又能好到哪里呢？"

我很想抗议一番——我想念爸妈。我爱爸妈，我多么想再见到他们——当时，连说个告别都不允许……

显而易见，沃尔夫曼身后并没有留下什么他特别爱的人。或者即使有，他的流放期也已经漫长得让他的思念之情萎缩了。

"'北美合众国'里其实也很容易出事，把政府搞得没有还手之力。普通公民并没有意识到'合众国'内部也是有纷争的——爱国党内，总统有自己的一帮人，但还有别的派系。另外也存在持不同政见者和竞争对手。有军队起来造反就被镇压下去——也或许没有。这里指的是'网络空间'的造反——谁控制了计算机，谁就控制了'合众国'。所谓的'合众国'领袖们我们是看不到的，但他们彼此间也难得一见。他们的'权力'依仗的就是电力。这是最根本的权力来源，生成庞大的计算机体系。目前都是由风力发电的，但还谈不上是万无一失的傻瓜系统，说不定哪天整个体系就崩溃了。"

听他说得这么兴高采烈，我知道他还是心存幻想要凯旋。才华横溢的浪荡叛国分子结束流放胜利归来，把敌人踩在脚下，夺取了他们的权力和地位。

我挺想知道沃尔夫曼在"北美合众国"二十三年扮演了什么样的角色。除了他告诉我的，他是不是跟政府还有什么别的牵连？

显然他的种姓等级比我父母的高——爸爸很聪明，但他缺少艾拉·沃尔夫曼那种自信。艾拉·沃尔夫曼即使在流放中也底气十足。

我半带恳求地说："但愿你别说这种话，艾拉。我……我想回去……"

"是的，一点没错，他们就是这么控制你的，埃德莉安。所有的'流放分子'在回到家之前都认为自己渴望回去。"

"这么说太……太可怕了，艾拉……"

"怎么了？难道不是吗？"

"我爱我的父母，我想……想他们……"

我已是喉头发紧，涕泪欲下。

我不愿去想，也许在某种程度上他说得没错。只是去想想那里面有几分真假，就痛苦难耐。某种程度上。

还是中学生时我就经常很情绪化，忧愤甚至消沉——陷在我自己及我父母的生活的重围中。我为父母难过，（或许）也对他们很不耐烦，就像一个孩子在不能理解父母生活的错综复杂时，便会对他们失去耐心一样。

如今，在领教过国家的权威之后，要重返类似那样的生活，真的会很不容易。

可是，我又觉得高兴起来。沃尔夫曼叫我"埃德莉安"。

当他叫我这个忌讳的名字时，我听得出其中的爱意。我听出了柔情、尊重、关注、担忧——友情与保护。当然我也能听出取乐、俯就的意味。

我听出了亲密。这是一个人在流放时最弥足珍贵的礼物。

我现在不再是沃尔夫曼的本科学生了，他对我也有所区别对待，似乎更把我当成年人看待。一九六〇年春季学期，我修了五门新课，但不准备继续学"心理学102"了，还没这个打算。

沃尔夫曼也认为本学期不继续这门课是明智之举。假如我碰上个不同的测验课老师，沃尔夫曼会感到特别好奇：我会给那位老师交出什么样的测验卷，他又会怎么给我打分；而假如我又一次被分到了沃尔夫曼的班里，那我们的关系会使两个人都不自在。

（我真的很欣赏沃尔夫曼"盲"评了我的期末考卷，并一如既往地诚实判分。我感到很受伤——这个很自然——因为我们总是希望能证明自己是与众不同的；可沃尔夫曼无疑做了正确的事。他不会——哪怕同是沦落人——在自己的学术评判标准上有所妥协。他没有让我感到我欠了他的恩情。）

我说："你叫我'埃德莉安'。你知道我的真名。可你从未告诉过我你的真名。"

"没错。"

"可是，干吗不告诉我呢？"

"我的名字就是你叫我的这个，埃德莉安。你叫出来的——那就是我的名字。本来叫什么无关紧要。"

"可是，为什么我不能知道？你知道了我的。"

"我已经很适应'艾拉·沃尔夫曼'了。我还挺喜欢的，作为一个和我的学术成就相联系的名字。而且不管怎样，它和我的原名还挺接近的。"

"哪个接近——'艾拉'？还是'沃尔夫曼'？"

"都很接近。"

"'沃尔夫曼'是……犹太人的名字吗？"

沃尔夫曼听后便笑了起来。他告诉我是啊，以前是，但现在不是了，更像一种二十世纪初俄国–犹太名字的"盎格鲁近似体"。

尽管雪很深（没有其他远足客踏入），沃尔夫曼仍逐渐加快了步伐。他习惯如此——我不愿去想这是什么招数——走在我前面，于是我就气喘吁吁地光顾着追上他，顾不上和他说话了。

有几次我在雪地里蹒跚而行。我的心跳得生疼。那件破旧的羊毛衬里夹克裹在身上热过了头。

沃尔夫曼别离开我！沃尔夫曼求求你保护我。

青瓷般湛蓝的天空高挂头顶，当我们从树丛下钻过时，长着黑翅膀的鸟儿从高高的树枝上扑腾起来，瞪着愤怒的黄眼珠子，扯着嘶哑的嗓门冲我们聒噪着，像乌鸦，或是椋鸟。

有时，我们会在兰派克街自助洗衣房碰面。

自助洗衣房里散发着温热的酵母味。衣服在干衣机里翻滚着发出轻柔的拍打声。在这个还未出现手机的时代里，洗衣房常常很安静，虽然顾客不少，但他们主要是研究生，还带着功课来看。（本科生大多在住处就有洗衣机和干衣机。阿奎迪舍就有，设在潮湿的地下室，不过我更喜欢不用跟人打交道的自助店，说不定还能遇上艾拉·沃尔夫曼。）

此处就像个避难所。有一种宽慰感以及梦幻般的氛围。你在兰派克街自助洗衣房是永远不会被"蒸发"的，这种想法太荒唐了。

起初我们是在洗衣房偶遇的。但自此之后我便人为地寻找见面机会。

我主动帮沃尔夫曼熨从洗衣机里拿出的湿漉漉的棉质衬衫。那时候已经有免熨衣料了，但这种衣料被当作便宜货，而且也确实便宜。棉布和亚麻布穿起来更正式一些，也更精神。沃尔夫曼足有半打长袖棉质正装衬衫，他讲课时就穿这种。当他系着领带时，刚上课没多久他便会把它松开，一出校园就扯了下来，说感觉快被憋死了——"一点不夸张。"

好新奇啊——熨衣服！我在阿奎迪舍的电视上见过。"家庭主妇"快乐地为丈夫熨衬衫。

在香桃木街沃尔夫曼那简装修的三居室里便有一副熨衣板，折叠着竖放在壁橱里。熨衣板的表面被烫得千疮百孔。他还有一只亮闪闪的熨斗，沉甸甸的，我第一次拿起时差点没拿住。（熨衣板是这间装修公寓里自带的。）这算是一个已经销声匿迹的旧时美国的老物件了，我对这昔日的国度本就只有些零星的模糊意识，我可从没见过妈妈"熨"东西——我们生活在一个后棉纺时代，只穿快干、无皱的衣料。

不知道妈妈会怎么看待女儿像拓边妇女似的挥动着一个大铁块！不过——我会让她放心——干这个活能得到些小安慰。

假如你爱上了这份活。假如衬衫的主人是你的所爱。假如你并非被迫去"熨",而是主动选择要"熨"。

在"北美合众国"二十三年的高种姓居住区,一些人家里是雇帮工的。有的豪门大宅里可谓仆佣成群。这些人通常是"契约仆"阶层,都是走投无路的个体,身无分文,多半是在欠了一身债的情况下与雇主建立的合约关系,同时定下服务年限;很多"契约仆"——实际上大多数都是,即便不全是——肤色等级是五级或更低:深色皮肤。不能称之为奴隶,这个称呼有辱人格,甚至不能称之为契约奴仆,叫"仆人"就可以了。

对此,沃尔夫曼说道:嘿!我跟你交朋友可不是要把你变成我的仆人啊。我可不是你的殖民主子,埃德莉安。

不过沃尔夫曼很感谢我为他熨衬衫,否则他得拿到洗衣店去,既贵又麻烦。(看来沃尔夫曼作为实验心理学家精通业务,却不会熨自己的衬衫。为什么会这样?阳气太盛,阴柔不足?)还有,沃尔夫曼同样也感谢我为他洗盘子,他会把餐盘放在"小厨房"的水池里泡上好几天。我还擦了那个泡餐盘的水池,把东西收拾到碗橱和抽屉里。

做殖民主子。这是个歧义词。

因为被殖民的或许在这样的关系中也会成为共谋。在斯金纳的老鼠迷宫里,老鼠跑得很受罪,但很快便懂得只要跑对了线路就有奖赏等着它们。于是,何乐而不为呢?干吗不跑,就这么关在笼子里呢?

我们还一起做饭。沃尔夫曼和我。一起吃饭。

我等着沃尔夫曼更有力地亲吻我,吸吮我的唇,让我气息急促。我等着他抚摸我如鳗鱼般顺滑且充满欲望的身体,只要他动手,我的身体就会缠住他。我等着。

然而我们就这样在昏暗的光线里躺在沃尔夫曼的床上。安静地说话，或者不说话。

于是我觉得——这便是我最快乐的时候。但愿它永不终止。

一起听沃尔夫曼钟情的音乐，听他播放的所谓密纹唱片：莫扎特、贝多芬、勃拉姆斯、马勒的交响乐。他成长于"重建北美合众国"的纽约市，几乎接触不到古典乐，只有电声化"后说唱"形式的"重金属"，那是他那个时代的音乐，彼此类同，毫无个性。

沃尔夫曼说，他惊异地发现音乐可以如此百转千折，就像思想和感觉缠绕在一起。那种无须震耳欲聋亦能洞穿心灵的音乐。

（作为科学家的沃尔夫曼真用了"心灵"一语吗？我觉得真用了——无意识地。每当有感觉而不仅仅是思想介入时，沃尔夫曼的语言便奔放起来。）

沃尔夫曼一直很体贴，他让我说说自己的身世。而谈到自己，他就不那么轻松了。

沃尔夫曼的生命里一定有不可告人之处，我不得不如此推断。他比我至少年长十岁，当然也会积累更多秘密。

有一天晚上，他和我说起了他的父母。他的语气里既有孩童般的惊奇，又不乏更难以捉摸的情绪——一种近乎恐怖的兴奋，他的嗓音也随之颤抖。

在他成长的过程中，他很少见到自己那对"鼎鼎有名"的父母，他说。不过他尊崇他们——非常尊崇——他们是（前）哥伦比亚大学医学院杰出的科研工作者、流行病学家，专门研究热带细菌性疾病。不幸的是，就在沃尔夫曼刚上中学时，父母声誉卓著的成果引起了国防战略部的注意；他们很快就被征召去了军事研究所，其（机密）任务便是培植可供"武器化"的恶性细菌。他们数年如一日地研究一个特别种类的病菌，它只能生存于很苛刻的环境中，只限定于军事用途，以应不时之需。"强敌环伺","北美合众国"随时都会进入宣战状态。（"你要知道,'宣战'在中东战争之后就成了不宣而战,"沃尔夫曼冷冷地说,"等战斗开始之后再宣,而非之前,这要明智得多。"）

起先沃尔夫曼的父母,尤其是他的母亲,对新课题的性质感到很不安;可逐渐地,工作团队的竞争和亢奋的空气吸引了他们,军事研究所雇用了全国最有名的研究学者。"我父母享受到了各种特殊待遇,包括一套免租金的哈得孙河景房、配司机的汽车;他们联袂入选国家科学院院士,还拥有几乎无限制的科研经费;另外,我这个独生子还被顶尖的预备学校录取,虽然作为学生我可不是什么'好公民',实际上还有过不良记录。结果我转了三次私立学校才最终毕业。我和你说过,埃德莉安,我在中学里干过黑客。我还开发过电脑游戏,十二岁时有几种游戏被'梦魇'公司买走了,并且挺畅销的,还有几种游戏被视为政治上很危险、很淫秽的东西,给禁了。我就是那个在'北美合众国'十一年穿透了国会防护网络的'神秘少年',把玩具无人机小编队送进了一堆议员中间,他们正为说客们一项又一项的法案而争吵不休——你大概没什么印象,那时你还太小。但当时这件事在媒体上可是出尽了风头。不折不扣的丑闻——假如十几岁的孩子能用国产玩具无人机攻破国会安保系统,那我们的敌人动用'尖端武器'怎么办?网络和电视上都闹得沸沸扬扬。"

沃尔夫曼笑得乐不可支。他喝着一罐啤酒,将啤酒罐搁在置于床头柜的一本叫《大脑》的杂志上。他讲述的父母的故事让我觉得很不好受,不过我什么也没说。

"议员们当然都惊慌失措啦——四处乱窜、推推搡搡,拼命要逃出去。房间里为数不多的几位女性——既有议员也有助手——被踩踏,受伤了。所幸没有人丧生。我原本打算完善一下玩具无人机的突袭能力，但对于后果却没怎么想过。典型的孩童思维——不论怎么聪明还是不成熟。我立即停止了黑客攻击，一连几个月都没有下手，我可不想被抓。我父母对我的'实验'一无所知，他们完全是无辜的。要不是一个'朋友'告密，司法网络安全部是追踪不到我的。那时我刚上'北美合众国'剑桥大学（原哈佛大学）。我父母尽力想干预，解救我，但没有成功。和你不同的是，我在一处青年管教所里被关了一段时间——政府希望招安我，参与他们的一项'国防安全'计划，但我拒绝了。"沃尔夫曼用力做了个吞咽的动作后陷入了沉默。

我躺在沃尔夫曼身边，上身的一侧及腿的一侧轻轻地触碰到他。我屏住呼吸，寻思着他没有说出来的话。

我问沃尔夫曼他父母的情况：他和他们亲近吗？他们有没有向他吐露过什么？最后一次见面时他向他们说了什么？（我见父母最后一面时，根本不知道那是最后一次。我深感后悔，我大概还是平常那副自以为是的德行，我也记不清我们互相说了什么了。噢，太惨了！）他们会不会受牵累也被抓起来了，他知道吗？他知道自己被捕后，他们怎么样了吗——如果会怎么样的话？

沃尔夫曼没有立即回答。他看上去像是在脑海里进行搜索，尽力回忆着，就好比一个手持宽大耙子的人，沿路拖着耙子踯躅而行。

"我……我想，他们还好吧。我觉得是。"

他接着说道："嗯……我母亲是有点崩溃了，被送进了在马里兰州贝塞斯达的一家政府医院治疗。在我被捕以后。在坐牢期间。"

我问沃尔夫曼，之后有没有见过母亲？她一直在住院吗？

"我……我可以肯定过去这么久了，我母亲应该已经不在医院了。我一直不知道她的下落，从没有人告诉我她究竟怎么了，或者甚至她是否还活着。"

我问沃尔夫曼审讯官有没有试图逼他承认是受到了父母的"影响"？——"他们对我就有这个企图。"

"没有。"

沃尔夫曼回答得太干脆了。我能感觉到他躺在我身边时从肌肤下升起的热度，他盯着天花板，似乎只部分地意识到我的存在。

"我……我其实很想念父母。我想是的。就在刚才，我还能'瞧见'他们——几乎就瞧见了——好多年没见了。"沃尔夫曼颤抖起来。我感到极为讶异，但是我紧紧地抱住了他。这在我一生中还没有过，我也能有机会去抚慰别人。

我想——我可以比他所知道的爱他更多。我也有足够的力量去为他而爱。

沃尔夫曼说："我也在'征召'之列，不过最终设法让自己被淘汰出局了。他们应征的并不在国防战略部，而是计算机战略部——那里都是更年轻的一代人，有某些很极端的个性。当然他们都是被招安的。没有谁能比被敌手招安的人更好勇斗狠，因为他们的杀气大多是为羞耻心所煽动的。"

我不知道沃尔夫曼这么说是什么意思？不过我觉得问他并不妥当。

"事情就是——我犯了个愚蠢的错误。我在不经意间给一个朋友发短信，使用了我们设计好的一种密码，结果引起了怀疑……"

沃尔夫曼沉郁下去。沃尔夫曼没有继续说下去了。

沃尔夫曼将脸贴在我的脖子上，我们在沉默中躺着，在我们各自的背井离乡与不知音信中相互给予慰藉。

"我爱你。"

我说得很轻，带着试探。那么静，沃尔夫曼完全可以装作没听见。

"稳健"

　　他们的声音充满了恳求却很大胆："加入我们吧！和我们一起前进。"

　　还有："拯救你的生命吧！你爱的人的生命！拯救地球的生命吧！和我们一起前进。"

　　他们异口同声："加入我们吧！和我们一起游行。加入我们吧！和我们一起游行。要稳健——就现在！"

　　可是我退缩了。我很害怕。

　　我还记得，父亲就是在一次公共集会上被抓的，那时他才二十五六岁。就这么一次出于好奇和同情的孟浪让他付出了余生的代价。

　　还有我的托比叔叔，他付出了生命的代价。

　　一大帮闹哄哄的人群聚集在学校小教堂前面，并蔓延到覆着雪的校园草地上。是自发的体育运动集会吗？游行？气氛似乎并不愉快、喜庆，而是激愤、嘲弄。他们是在刁难游行者吗？可他们为什么要这么做呢？在韦恩斯科舍，所有人都很友善。沾了污渍的雪被堆放在人行道和车道边上。那是一九六〇年的一个阴沉的下午。在我去上课的路上，嘈杂声不绝于耳——喊叫，煽动，嘲讽，听起来让人很不舒服，因为太不同寻常了。只有周六下午的足球场，在赛季里，才会有阵阵声浪席卷校园，或是周末夜晚的山坡上，灯红酒绿的兄弟会和姐妹联谊会才会人声鼎沸。

我本能地想换条路走。我可以绕道马森会堂去上文学课，避开这里的骚乱。

可不知怎的，我却紧步向前。好奇心驱使着我，还有个想法就是如果学校出了什么情况，我要知道是怎么回事，好跟沃尔夫曼讨论。每天我都在收集事件、插曲、似是而非的段子以及谜题，好说给沃尔夫曼听，看他的反应。我希望逗沃尔夫曼开心，让他感兴趣，我渴望成为这个男人生活中不可或缺的成分。

滚回家去！该死的共党分子滚回苏联去！

我看见那帮松散而吵闹的人群围住了一列小小的行进队伍，游行的人从小教堂出发一路走来，准备穿过草坪去行政楼。我走过去时游行队伍正不得不暂停下来。有三十来个人，包围他们的则不下两百多人，大部分都像是大喊大叫的本科男生。游行者举着木棍牌，牌子上用鲜红的字体写着——

稳健

争取稳健核政策

全国委员会

稳健

核试验——

停止军备竞赛

是爱好和平的游行示威者啊！他们抗议美国在内华达和南太平洋

202

搞核试验——他们在反对战争。我听说过这一新成立的全国组织,实际上沃尔夫曼也提到过,语气中不无赞赏,但我从未见过其成员。我以前从未见过"和平游行"。

人群中那些满怀敌意的起哄声、挥起的拳头和愤怒的面孔——这些都让我震惊。共党分子!叛徒!滚回苏联去,你们不爱这里。

中西部人通常寡淡无奇的白生生的面孔,怎会因仇恨而如此扭曲,他们的眼睛因怒火而放出怎样的凶光!——这么一支小游行队伍及其手持式的木棍牌,竟会掀起如此轩然大波,让人难以理解。

校园保安控制住激愤的人群,同时也催促"稳健"游行者赶紧走。保安车开过来把游行者接到了安全地带。可是"稳健"示威者却在抗拒。他们勇敢而执拗地抗拒着。他们对我来说都是陌生人,尽管学生报纸事后披露道,有几个抗议者是韦恩斯科舍的教师,还有几个是研究生;其余大多来自密尔沃基和芝加哥。他们的年龄从二十五六岁到六十五六岁不等,还有更年长的。有不少白头发、留着散乱的大胡子的男人。年长者似乎是领头人。出乎我意料的是——至少有三分之一为女性。

我急切地张望着,但没看见一个我认得的——起先我还以为艾拉·沃尔夫曼或许会在其中。(他不在。我放了心却又感到失望。)

人群并没有散去,游行者也在原地未动,他们受到阻挡不能穿过草坪,却高高挥动着自制的标牌。他们呼喊的口号淹没在人群的叫嚣中。他们散发的小册子大多被粗暴地抢过来撕落了一地。

我想——他们怎么能冒如此风险?他们怎么会这么勇敢?

"第九区"是不会有人被射杀或"蒸发"的。不过韦恩斯科舍肯定也有联邦探员和联邦审讯局的线人。我从沃尔夫曼那里也了解到了冷战和反共狂潮,约瑟夫·麦卡锡参议员挑起的造谣、影射和迫害运动。在一九六〇年,宣扬反战、反军备、反核便是冒着被当作共产党员受迫害的风险，尽管那时在美国，法律是保障言论和集会自由的。

后来，在"9·11"事件之后的动荡岁月里的某个时间点，这些自由遭到了削减或彻底废除。很轻易地就发生了，爸爸说过的——那时，没有几个人注意到。

暴怒的人群中有不少兄弟会成员。也有零零散散焦虑不安的女孩。我惊讶地发现我的室友希尔达也在其中。还有一些阿奎迪舍的。她们脸上带着困惑、凝重、愤慨。她们都是"奖学金生"——她们是怎么把"稳健"游行理解为威胁的？几个穿着 ROTC[1] 制服的小伙子冲着游行队伍叫嚷着，气势汹汹地朝他们冲过去。

我强烈地希望自己能去力挺"稳健"游行者。我同情他们，令我羞愧的是韦恩斯科舍的学生竟这么不友好，这么无知。我觉得身处叫嚣声中的游行者一定很紧张或很焦急，不过他们看上去还算镇定，他们无疑是勇敢的。

扩音器里传来闷吼声——我们是学校保安！请大家撤离草坪！立刻撤离草坪！所有人——没有例外！

喧嚣的人群开始退却，但并未散去。

游行的人露出如释重负般的微笑。有的甚至飘飘然起来。几个女青年看见了我，准是看出我面露同情之色，就嚷道："加入我们吧！和我们一起游行！拯救你的生命！和我们一起游行！"——想吸引我们中间那些没有挥舞拳头也没有厌弃走开的人。

可是我忍住了。我没这个勇气，或这份鲁莽……

"加入我们吧！拯救你的生命！"

当游行队伍踩着脏雪开始前行时，我跟在后面。没有人听得见我，

---

1. 美国后备军官训练队（Reserve Officers' Training Corps）的英文缩略。

可我向他们呼喊，想告诉他们我很同情他们的想法，因为战争是"邪恶"的；我想说他们很勇敢，我尊敬他们——"在我的家乡，人们是不可能像你们这样抗议的。"

（哦，我说什么了？所幸在叫嚷和混乱中谁都听不见我。）

其中一个男子从游行队伍中朝我走来。是我应该认识的人吗，一起上过课的？他身材魁梧如摔跤手，还算年轻，头发粗糙蓬乱，胡子拉碴，目光热切。显然，他是"稳健"组织的一个领导者——我看到过校园保安头目同他面对面打过交道。他出乎意料地朝我笑了笑——"嘿！你好！我们认识的，是吗？"

"我们认识吗？"

"你叫什么名字？"

"我叫——"我支吾着，这名字显得那么虚假，"玛丽·埃伦·恩赖特。"

"'玛丽·埃伦'。不管啦。一起来吧！给你牌子。"

"不行。我还有课……"

"让课见鬼去吧，'玛丽·埃伦'！跟我们来吧！拯救地球。"

"我……我觉得不会有核战争……"

我有气无力、结结巴巴地说。我在想什么呢！

魁梧的青年男子怔怔地瞧着我。

"'觉得不会有核战争'——什么鬼，你觉得不会有核战争？这话你怎么说得出口？你是先知吗？能预见未来？核武器已经动用过了——原子弹被扔在了广岛和谁也讲不清为什么的长崎。怎么就不会再扔？当今的总统是美国战时的将军，国会里都是些狂暴的反共派，打冷战利润丰厚，所以为什么不来一场核战呢？你怎么能说这么不负责任的话，'玛丽·埃伦'？"

我感到极其窘迫，魁梧的青年男子轻蔑地盯着我。

我结结巴巴地道了歉。我说，就算没有战争，教育民众反对核战也很重要。支持"稳健"很重要。

"是的！没错！跟我们来！一起前进！"青年男子抓住我的手拽着我跟他走；我吃惊得无法抗拒，而且说到底他力气也太大了。他给了我一个木棍牌，我也像别人那样挥动着牌子。此刻我觉得很激动，情感充沛。这些人是我的朋友。我的家人。

我问青年男子叫什么名字，他说的听起来像詹姆斯，杰米。

此刻周边的敌意又蠢蠢欲动起来。一伙大喊大叫的兄弟会男生从另一个方向冲向草坪。叛国的共党分子！畜生！滚出韦恩斯科舍！木棍牌被从我的手里抢走了。有个人和我撞在了一起，撞得很重。我跌倒了，跌在雪堆里。我只能看见人们的腿和脚——我只能听见呼号和尖叫。然后我看见"稳健"重新组织好人马，由治安警察护送离开了草坪。其中一位白头发领袖的前额有伤口，流着血。给我木棍牌的那个魁梧的男青年像足球运动员一样奔跑起来，将右肩撞向——不管是谁，我看不到。

人群又散开了。警笛刺耳地响着。突发事件应急车辆开上了草坪。那一干怒气冲天的人被向后赶着。游行的人被护送进了车里，他们现在也不再反抗。木棍牌散落在雪地上，很多都被折断了。宣传册子也被撕碎了散落一地。"稳健"于一九六○年三月十一日在威斯康星州韦恩斯科舍州立大学进行了示威游行，也是该学校历史上第一次此类游行，在经过四十分钟的喧嚣之后困顿收场。

当我一瘸一拐地回到阿奎迪舍时，姑娘们惊诧地看着我。

"玛丽·埃伦！——你到底怎么回事？是那些讨厌的'稳健'组织的人把你打了吗？"

真希望我能跟我父母讲讲这次示威活动——"和平游行"。

谁也没有被捕。

谁也没有被殴打或是遭到（严重的）血腥暴力。

游行是失败的，还是算得上一次成功？

对我而言，有为争取和平而进行的游行示威，这件事本身已是妙不可言。

我肩膀很疼，准是谁迎面跑来时撞到了我，就像踢美式足球的那帮家伙在场上相互撞击的情形。我的右膝疼则是因为摔倒在了地上。另外，我的两只手都擦破了皮。可我很兴奋，也很忧虑——就像穿越过了什么边界，而那是不可以再穿越回来的。

我一瘸一拐地离开事发地。上课迟到了三十分钟。但我还是要去上，我要一节课都不落下，因为我要在"第九区"这个快乐之地做 A 等生。

那天剩下的时间里，我的眼睛不停地眯缝起来往上方看。要是有内务无人机正赶过来以一个快速俯冲将我们都蒸发了，我也好挺直身子准备一下——尽管此时为一九六〇年，我身处威斯康星州一派田园风光的韦恩斯科舍里。

从校园出发的核抗议者——这是第二天学生报纸上的通栏标题。还登载了韦恩斯科舍兄弟会那些恼怒的男生，他们推搡着抗议者。（那个像摔跤手的魁梧男青年或许也现身其中，也能看见我在后面张望着。）

本地报纸《韦恩斯科舍瀑布城美国日刊》的标题就不是很友好了：

共党纠察队

从韦州大出发

"外来挑拨者"受谴责

那天晚上沃尔夫曼给我打来了电话。

这是沃尔夫曼第一次把电话打到阿奎迪舍。

在会客室接电话的那个女孩是否意识到发生了一件异乎寻常的事件，那就是玛丽·埃伦·恩赖特居然接到了电话？

不论什么电话。不论是谁打来的。

最了不得的是打电话的是她的心理学老师。

我懵懵懂懂地过来接电话。我完全不知道谁会打给我，也没曾想会听到什么不开心的消息。

我早就放弃父母会打电话给我的愚蠢念想了。

爸爸的声音——嘿，孩子。你好吗？

妈妈说——哦，埃德莉安。哦……泪水夺眶而出。

"'玛丽·埃伦'？你好。"

艾拉·沃尔夫曼无须介绍自己。当然不需要。

"艾拉……"

"你干了什么事，今天下午？到底怎么回事？"

"你是说……'稳健'的抗议？"

"你怎么能做这么鲁莽的事？跟一群乌合之众混在一起？在一场'非暴力抵抗'中吸引眼球？'稳健'派并没有得到在校园游行的准许——他们在违抗法令。他们的要求被拒绝了。没有被抓走算他们走运。他们脑子真是坏了。"沃尔夫曼顿了顿，我能听见他的呼吸声。我很识相地没有插嘴。他缓和了一下说："他们也算是善举吧。有勇无谋，但精神可嘉。我很欣赏，但听好了，你决不能参与其中。我也决不能参与。不可能有什么核毁灭——不是他们想象的那样。不会有苏联挑起的什么熊熊战火。所以就是这样。他们不需要我们。"沃尔夫曼又停顿了一下。

然后说："你知道的，这儿有探子。'玛丽·埃伦·恩赖特'是受到监视的，你知道的。所有参与游行示威的人都会被 FBI 记录在案。很有可能也被记在大学档案里。"

　　"可是，艾拉，在这里并不违……违法……"

　　"不违法——从法律上说没错。可是 FBI 或联邦政府什么时候在乎过'法律'？只要貌似站队在共产主义一边就被视为叛国。"

　　"这些人并不是什么'共产党'——他们就是在抗议核武器……"

　　"老天啊，我明白他们在'抗议'什么。而我也明白你在这里并不是埃德莉安·施特罗尔，如果你想活下去。"

　　沃尔夫曼像是烦透我了。我无法相信他的语气这么严厉。

　　我张口结舌地告诉沃尔夫曼，这些我都没想过——来不及想。有个抗议者塞给我一块标语牌。其实我还挺想看到他出现在"稳健"的游行队伍里呢……

　　沃尔夫曼此时又激动起来。

　　"你疯了吗？参加游行？当然不会！我还等着两年后的判决呢，我绝不会冒险再受一次审判。"

　　"可这么做是正确的，不是吗？"

　　"'正确的事情'是活下来，玛丽·埃伦。你懂的。"

　　"我……我很抱歉，艾拉。'稳健'的人很好。我真的很喜欢他们。他们很勇敢，他们的说法很有道理：核'囤积'、'冷战'、'广岛的血泪教训'……"

　　"我告诉你：核毁灭绝不会发生。你知道的，别理会这些混账。去他妈的混账。"

　　此时的沃尔夫曼真把我惊呆了。他还挂了电话。

孤独女孩 1 号

艾拉，原谅我！别甩开手不管我。

你知道的，我有多么爱你。我无法忍受生活在一个没有你的地方……

我用蓝色圆珠笔把这些话写在笔记本上。

我恳求着，且不顾惜自尊。言语如同鲜血从划破的手腕上泼溅开来。

亲爱的艾拉，我为自己的"鲁莽"道歉——你是这么指责我的。

请原谅我愚蠢的行为。你说得对，我应该更仔细地思量后果……就是可能会产生的后果。

（我已经在担心了：会有什么样的后果？"玛丽·埃伦·恩赖特"会有什么结果——未来的某个时候？）

我觉得因为此事而破坏我们的友谊是不公平的——我再也不会做这么蠢的事情了。

请别惩罚我！我觉得我已经受够"惩罚"了……

虽然我认为对游行者表示同情并不算什么不该做的事，但我还是希望你能原谅我。

这些话是"稳健"游行之后的几天里写下的。我想写封信给沃尔夫曼——真正的信，投递到韦恩斯科舍的韦恩斯科舍瀑布城，香桃木街四三三号，艾拉·沃尔夫曼收。

不可能！我不能寄。

不能寄这么幼稚的恳求信，沃尔夫曼会很反感。

我失去在韦恩斯科舍的唯一的朋友了吗？我夜游般继续着我的"生活"——上课，写论文，考试——每周在自然史博物馆工作十五个小时。就算能找到人倾诉，我也绝不会吐露沃尔夫曼那严厉的措辞如何伤害了我。

有一天傍晚，斯特德曼小姐邀我去她房间里吃晚饭，和另一个女孩一起——另一个没有朋友的女孩。

你们怎么看"稳健"抗议者？——斯特德曼小姐问；另一个女孩说得头头是道（"我爸爸对共产党那一套全知道——他是朝鲜战争的老兵"），可玛丽·埃伦·恩赖特只是很有礼貌地听着。

多么孤独，有好几次我和室友一块儿在食堂吃饭。自从贝琪（很神秘地）退学后，我们来了个新室友，名叫米莉森特，她原本从秋季学期开始在阿奎迪舍有个单间，但她厌倦了一个人住，于是斯特德曼小姐便允她搬进了楼上我们的房间。

然而，米莉还是很孤独。她郁郁寡欢的，喜欢生闷气，很孤独。米莉姿色平平，脸色阴沉而严肃，她来自威斯康星州的农庄，和我们其他人一样拿到了奖学金；她原本希望攻读一门叫农业教育的专业，但她在秋季学期各门功课的成绩大多是 C，这样她的奖学金就岌岌可危了。我回房间时，经常看见米莉坐在书桌旁，茫然地盯着翻开的课本。有时她没精打采地坐在床边，眼里噙着泪。

米莉选修了"心理学102"，她抱怨说，课太难了，而且很乏味。

她的测验课老师是沃尔夫曼教授——"他不喜欢我。他看我就像没看见似的。打分很严格，我觉得他很不公正。他就喜欢冷嘲热讽。他真讨厌。"

要是我没有反应，米莉便继续嘀咕："人家说，他是犹太人。纽约城里来的。"

要是我只发出个略带同情的"嗯哼"，米莉便小声尖笑着说："就是爸爸说的'犹约'城。就在那儿。"

我绝口不跟米莉提"沃尔夫曼教授"，我不想暴露我对沃尔夫曼的兴趣，所以我也不怂恿米莉和我多说些什么。

是的，我很冷酷。是的，我也很难过。

我本可以跟这个新来的、快快不乐的室友谈谈我在韦恩斯科舍/"第九区"懂得的那点惨淡的智慧：即便有一种生活不是你要的，你也可以好好活下去。一口气一口气地活下去。能活下去。

孤独女孩 2 号

　　我又来到了电影协会。倒不是期待见到艾拉·沃尔夫曼，而是在孤独中，我总得有地方可以去。

　　这回放映的是"经典"的阿尔弗雷德·希区柯克的片子——《后窗》。

　　这回同样如此，尽管号称悬疑片，但还是拖沓得要命。演员是那么明显地在演戏。电影显然就只是一部电影。恬静的金发美女格蕾丝·凯利的确漂亮，也没有约翰·韦恩的西部片里的女演员那么造作，而且詹姆斯·斯图亚特富有同情心，很能给人好感，但我却没办法把他们当真，不过就是大明星们掉进了一个匪夷所思的故事的发展中。同样还是不缺笨拙的背景音乐，弄得我坐立不安，不得不用手捂住耳朵。

　　《后窗》放映到中途，我不得不开溜了。我的头早就开始疼了起来，感觉那么像——被放逐。

　　其他观影人还能全神贯注于这样的电影，怎么可能呢！我得承认，它比西部片要强，色泽也没有过分艳丽，可每个场景的进度都毫无悬念，总是太过冗长——我的思维早已跳到了对话的前面，于是我不得不焦躁且嫌恶地等着对话追上来。让我大惑不解的是，在银幕闪烁的光线中，观众那入迷的神情就跟孩子一样……我感觉像被困住了手脚，如同置身于儿童的卡通世界。这种感觉我在阿奎迪舍看电视时也有过几次：我鼓起了勇气，不是和其他姑娘坐在沙发上，而是尝试着和她们站在一起，很想能跟她们一样被吸引到那僵硬的喜剧剧情或通俗剧的场景中去。

沃尔夫曼对此有个说法——智力侮辱。可是他还能津津有味地看约翰·韦恩的西部片，他会更喜欢希区柯克的悬疑电影，毕竟情节设置得更加巧妙。

想到此又觉得很恐怖。你不能被欺骗。你无法"停止怀疑"。你在自己的脑子里苦苦地挣扎。

临近周末时，我去参加学校教堂的诗歌朗诵会，诵读人是韦恩斯科舍的杰出诗人海勒姆·布罗迪，正逢其七十岁大寿及《H. R. 布罗迪诗选》出版。诗歌是比好莱坞电影更精致的艺术，因而朗诵会开始的时候我还是挺入迷的：诗人的言语，那音乐般的旋律，押韵的风格堪比罗伯特·弗罗斯特，那是我们在美国文学课上学过的；同时也呼应了阿奇博尔德·麦克利什——另一位我们学过的广受尊敬的美国诗人。H. R. 布罗迪在大群观众面前演绎得十分精彩，尽管第一次听他念诗，你会觉得他实际上（貌似如此）把诗艺大多奉献给了记忆，并且背了下来，绝少低头去看诗稿。从其年龄看，他颇有朝气，把银发白须梳理得一丝不苟；体态短小精悍而不事张扬。观众很喜欢他的诗，他每念一首都报以掌声，只是，过了约十五分钟后我开始意识到，这些诗基本上只有一首，描绘的都是"乡村"主题，携着自以为是的威压和一成不变的韵脚——如同千篇一律重复播放的八音盒。根据诗人的表情和声调就能得知一首诗什么时候要结束了。

罗伯特·弗罗斯特的韵味的确是有的，我不由想——尽管未必可能——其他人大概也听出来了，因为他们都怀着毫无保留的热情频频鼓掌，这如同麻醉剂，必会让诗人感觉迟钝。

头顶的雪枝掠过天穹。

遵守的允诺总是成空。

还有：

有心珍爱活着的每一日，

则永不会遭自然的背弃。

长达一小时的朗诵会快结束时，诗人的双眸泛出点点泪光。H. R. 布罗迪数度深鞠躬，银发飘落到脸上，他不得不用手捋开。人头攒动的学校教堂里爆发出阵阵雷鸣般的掌声。观众起身挥手，激动地欢呼。

我感到好难过！我也想和其他人一样释放一下情感，可我办不到。

我拍得巴掌生疼，还不住地想——假如有人在监视，会看到我是多么地融入这里。

很快我又去听了一场科学史讲座，专家迈伦·考夫兰教授是从密歇根州立大学介绍来的；讲座主题好像是说智人是由几个有区别的种族构成的，这些种族的遗传基因又是由诸种因素决定的，包括智商。根据"历史学数据"，某些种族（白人、亚洲人）高于其他种族（非洲人、澳洲土著）。

我很想仔细听听，但艾拉·沃尔夫曼在我耳际咕哝的话却让我很分神——他们干的事情对任何人都没有任何价值。这里没有谁是"原创"的——没有哪个"举足轻重"。

沃尔夫曼并不在讲座现场，在的话也会嗤之以鼻，也许。

我振作精神准备记笔记。认真的学生都在记笔记。对我来说这是个很重要的姿态：要学习了——不论学什么。

沃尔夫曼是多么孤独啊！

就算沃尔夫曼满腹异见，满脸不屑。

坐立不安时我就去逛逛美术楼，朝屋顶挑高的工作室里张望张望，这些房间对着大厅的门都是打开的——有画油画的、有在人体素描的、有在雕塑的。这儿能闻到浓烈的颜料气味，还有松节油。这座楼里飘荡着冒险、张扬的气息。

我很羡慕艺专学生，他们不用为什么"观点"或"数据"烦恼——他们做的作业不会被指证为"错误"。我决定明年如果仍处于流放期，还在韦恩斯科舍的话，我就选一门艺术课。

不过，学生们正在作的画以及墙上挂的画布却让人看不到希望。大部分油画都意在"写实"——拙劣地模仿着风景、日落、旧谷仓、廊桥；拙劣地模仿人体或人脸素描。美术生们似乎没有意识到，这些主题之前都画过了——画过千回百次了。少数大胆的作品还算"抽象"——粗壮的涡漩及条纹状色块，颇有二十世纪早期欧洲印象派风格，或像杰克逊·波洛克的大型滴色画，他的激进实验作品可是登上过《生活》杂志专栏的。

看来没错，正如沃尔夫曼所言：韦恩斯科舍这里没有新思想。没有原创，没有——意外。他们做的一切都有人做过了，而且比他们做得更漂亮。抑或算是执迷不悟吧。

可是每个人都干劲十足、乐此不疲。每个人都确信自己不论做什么都很重要；若问起来他们肯定会略带放肆地来一句——我作品的生命会比我长久……

美术楼里看到的最后一间工作室是做雕塑的。这里有十来个学生正在认真地用黏土塑形，尽力达到与模特相像，而模特其实是真人大小的女性模型，仿希腊雕像的风格，穿一袭白袍。那人体模型有着完美匀称的脸庞，眼眶是空的，胳膊在肘部断掉，腿也不见了踪影。我扫了一眼便知这些学生——多为男性——天资一般；他们制作的小"希腊雕塑"在细微之处总是难以到位，每一件都有瑕疵，尽管错在哪里也很难道出。不过他们的指导老师看来是倾情投入的，和他们交谈时语气饱含热忱——不无批评，但也真切——看得出他很用心。

"活很漂亮，马克！干得不赖，乔尼！很能打动人。"

我踌躇地站在门口希望别被人发现。不过没人对我感兴趣，整个工作室如通了电一般；老师说话语速很快，知识点丰富，不时纠正一下学生的黏土人像。真不知和这些勤勉而业余的学生打了这么多年交道，这位仁兄都说了些什么——他的语调既含批评又不乏安慰。因为他真的很用心呢。在这里，你无须才华横溢就能得到赞赏。

沃尔夫曼的声音又一次冷酷地在我耳畔响起——庸才的温床！

而接下来我惊奇地发现，这位老师居然就是那位颇显年轻的宽肩膀男子、那次"稳健"游行的一个领袖，塞给我木棍牌的那位。当时在兄弟会成员的一波冲击后，我就再没看见他。

这么说来组织"稳健"游行的是韦恩斯科舍艺术系的员工！显然他并没有遭行政部门开除。（或许艺术系的老师是被另眼相看的？）学生们对他们的老师充满了敬意，这还是让我挺感动的。

詹姆斯，或者杰米，是个有魅力的人物，虽然（或在沃尔夫曼看来）有些滑稽：身着沾了黏土的工装背带裤、破旧的T恤、脚上穿着粗糙的凉鞋以及灰色羊毛袜；他蓬乱卷曲的长发散落至肩头，胡子拉碴，不像H. R. 布罗迪的胡子那样"精雕细琢"。

在他能转头看见我之前，我迅速移开了目光。

四月天

"你好，埃德莉安。"

埃德莉安！就在这里叫了我的名字，不远处，在邻近的一间办公室，赫利小姐正在打电话。

沃尔夫曼毫无预兆地回来了。疏远我三周后，他在自然史博物馆关门时现了身。

我总在遐想一抬头便能看见沃尔夫曼，但当他真出现时，这场景却显得不那么可靠，抑或就是幻觉。

他冲我微笑。他伸出手，握住了我的手。

"艾拉！你好。"

外面已是四月天：雨很大，像冬天一样冷飕飕的。

沃尔夫曼再也没谈及"稳健"，我也不会再跟他提起"稳健"。我倾向于认为，他在为自己没有加入游行队伍而感到羞愧，而这使得他对我有着不可理喻的恼怒。

我想着——或许有一天吧。我们同属一个阵营，我们同为和平而游行。

终止

此时我不能肯定，我是否可以信赖沃尔夫曼。

我比以往任何时候都更爱沃尔夫曼。

沃尔夫曼的生活有点不对劲。或许是沃尔夫曼的工作不对劲，因为沃尔夫曼简直像是没有了生活。

他心事重重，郁郁寡欢。他总锁着眉头，以致前额上的沟纹再也消退不下去了。他笑的时候，声音短促而刺耳，且不合时宜。正如米莉说过的，他就喜欢冷嘲热讽。

他像有强迫症似的点燃烟，匆匆抽上几口便搁在了烟灰缸里，这样的烟缸他家里到处都是。

我拨开烟雾。我尽量忍住不咳嗽。我想——他忘了所有我们所知的吸烟的危害了吗？还有癌症？他忘了他是谁了吗？

当我在厨房做饭或是饭后洗盘子时，多半会听见沃尔夫曼压低了嗓音在卧室里打电话。要是电话铃声响起，他则会在接电话时让我在另一间屋里等待。

那个女人，科妮莉亚。"内莉亚"。

我不由得想，她也和我一样奋不顾身地爱着沃尔夫曼。而她对沃尔夫曼的了解要比我少多了。

如今更经常拥抱沃尔夫曼的人是我。当他平躺在床上，吸着烟，凝视着天花板，当他的思绪如同带了锋利锯齿的波纹，咬噬着他的肌肤而使他痛苦不堪时，是我在拥抱他。

我很想冲动地说，他可以就这样一走了之。

（从韦恩斯科舍走吗？可是沃尔夫曼能走到哪里去？）

我很想说，他还有崭新、激进的实验理念等着去实践呢，那是 A. J. 阿克塞尔所不认同的。

很多时候，A. J. 阿克塞尔（隐形地）存在于沃尔夫曼的生活里。在沃尔夫曼的陋室里，在他的餐桌旁，放着三把椅子，其中一把便是由这位白头发教授（隐形地）占据着。

沃尔夫曼像要为自己的案子辩护似的对我说："我并不是要跟行为主义决裂，我只是想延展一下这个概念。我打算假定一种'思想'，操纵和揭露一种'思想'。现在正是'后大屠杀'时代，你明白的，埃德莉安，尽管在韦恩斯科舍谁都闭口不谈——纳粹的死亡集中营、对犹太人的'终极解决方案'、在人类身上做的试验。艾希曼——表面上只是个普通人，'不过是执行命令'。在历史系，这些都是不教的，更少有人提及。美国是建立在失忆——否认——之上的。良知跟不上行为的步伐。我很想研究一下'普通'人的思想——包括女人。我要设计一个系列实验来小规模地复制纳粹实验——纳粹是历史上的一次独一无二的社会实验。斯金纳走在了前面，现在其他人要继续跟上。很快就会爆发一场'认知'——以及'道德'革命。我的预想是，这些实验在外行人眼里就像在演戏。参加实验的人要像纳粹一样穿制服。但比纳粹聪明的是，我们穿的是白色制服，暗示着医疗或临床上的权威——专业权威。我们会将实验对象置于关乎道德的决策行为中。这可跟老鼠跑迷宫不一样，跟鸽子啄食种子也不一样，类似一个'好德国人'是如何遵从纳粹的行动纲领的。实验中会有个'上尉'，有个'二等兵'。权威人物则由心理学教授担当，他指示，如果'二等兵'学习迟缓或不能迅速遵守命令，'上尉'就有必要对其进行惩罚。'上尉'将在权威人物的吩咐下对'二等兵'实施逐步升级的惩罚。权威人物说由他来承担'全部责任'。实验主旨在于调查一个看起来普通的、'有道德感'的人，在由权威人物发出指令的情况下能做出多么极端的行为。我预想不断升级的惩罚的终点便是'死亡'……当然，这只是实验：谁也不会受罚，谁也不会死。不过实验对象的自我揭露却是不可挽回的。等我公布结果之日，就是美国心理学永久变革之时……"

沃尔夫曼说得很兴奋，我却没怎么听进去。

好复杂呀，沃尔夫曼提出的实验！我老是心神不宁地想，这会不会其实是沃尔夫曼回忆里的一次实验，发生在他的过去；一次实验，或是一系列实验，由另一位心理学家设计的；会不会是沃尔夫曼大脑里的过滤机制没能屏蔽这种很忌讳的知识……《指令》禁止所有流放分子"回忆"任何（尚）没有出现在流放地的事情。沃尔夫曼在拿这样的念头铤而走险。

可是，他的实验与那次电影协会之夜后我提议的想法从本质上说并没有很大差异，都是在追索行为背后那些难以捉摸的"意识"，其阴影是行为主义学家避而不谈的。

我不知该对沃尔夫曼说什么好。"稳健"风波之后，他变得焦躁不耐；仿佛他感觉有必要解释什么，一副从未有过的辩护姿态。简直就像又冒出来一个沃尔夫曼，没有安全感又好争论。

我语气犹豫地告诉沃尔夫曼，实验听起来"着实让人很激动""很重要"，不过是不是有点自相矛盾。比方说"道德问题"。

"什么'道德问题'？天啊！"沃尔夫曼大声嘲笑起来。

我仍然一丝不苟地说着我的看法："这么欺骗实验对象——'上尉'，这公平吗，合乎伦理吗？"实验之后这个人会自我感觉糟糕透顶，也会为自己被利用而心怀怨恨……

"还有，据我对行为心理学的了解——当然跟你比只是九牛一毛，艾拉——阿克塞尔教授肯定不会赞成的。"

这是问题所在。我说出来了。显然，沃尔夫曼的导师不会同意。

"但是我会对行为进行测定，埃德莉安，"沃尔夫曼急躁地说，"我要做的恰恰、正好就是这个。你不明白吗？"

"可是——"

"你不明白吗？这项工作有多重要？在心理学史上？'对权威的服从'——穿制服的家长。请帮我个忙吧，埃德莉安。别打击我。除了是我的朋友和同伴，你还可以做我的实验室助理。我的亲族。我可以倾囊相授，我们可以一起干活，进行一连串精彩的心理学实验……就像约翰·华生和他的研究生，最后他娶了她。"

一时间我说不出话来。兴奋的热力从沃尔夫曼的皮肤里散发出来。他的面孔因出汗而光亮可鉴。我只听到一句话——最后他娶了她。

"可是艾拉——这项实验是不是已经做过了，你只是在回忆？《指令》禁止我们——"

"不是。不是什么'已经做过的'实验。是——将来也是——具有原创性的工作。"

沃尔夫曼言辞激烈。我没法挑战他。

"我们到哪儿去做呢？在韦恩斯科舍这儿？"

"不。不在这儿做。动动脑子吧。我们需要成为独立研究人员。我们可以设法去加利福尼亚，或是俄勒冈。我在那儿有熟人。我的意思是，作为'艾拉·沃尔夫曼'，我有朋友在那里。另一个身份嘛，只有你知道。我们得离开这里。不管怎么说，我在这儿的日子都到头了。在系里。"

"可是我们不能离开。我们是流放犯。我们都背着刑期，我们活动范围不能超过十英里……"

沃尔夫曼不耐烦地耸耸肩。沃尔夫曼甩开我的手，原本我正抚摸着他抽搐的胳膊。

"去他的'流放'！去他的'北美合众国'！我只关心此时此地。所有那些都是浮云——"沃尔夫曼不屑地挥挥手，"滚蛋吧。我觉得那一切都灰飞烟灭了——倒台了。实际状况是，阿克塞尔已不再对我感到满意。他早知道我就是个逆子。他精明老练——一辈子都在训老鼠跑迷宫，不可能不知道它们日后会怎么跑。还有鸽子，他太清楚鸽子今后会怎么啄食了。因此阿克塞尔把我'砍'了——就像他砍其他门徒一样——我申请终身教职被拒了。上周开过系务会了。我连到学校上会的资格都没有。阿克塞尔邀我去他家共进晚餐，也是为了通知我。最后一次共进晚餐，我敢肯定——'他们犯了可悲的错误，艾拉。我全力以赴帮你说话，可是寡不敌众啊。'"

真是很费解。沃尔夫曼，系里最有前途的助理教授，A. J. 阿克塞尔钦定的代课教师，他实验室的亲密合作伙伴，被韦恩斯科舍州大心理学系解雇了？

"不是解雇，是终止合约。照理说是有区别的。我得不到提升，也拿不到铁饭碗，因为他们感觉我很离经叛道，这倒也没错。不过阿克塞尔还是给我安排了两年的工作。（凑巧那也是我所谓的服刑期。）可是我们可以早点走，埃德莉安。本学期末。"

这一切都让我无比震惊。尽管我能听懂沃尔夫曼咬牙切齿的话，却听不懂其中的意思。

我试着向沃尔夫曼解释，我觉得我们不可能离开韦恩斯科舍。他得明白走出"震中"是不允许的——"判决肯定是一样的，你的和我的。"

沃尔夫曼一把推开我的手臂并坐起来。他不愿意被我搂着。他不要女人的抚慰或是关怀。我们并没有——尚未——成为情侣，而此刻我明白我们永远也不会。至少不会在这种地方。不会在香桃木街这个沃尔夫曼的寓所里。

"要是我们违反了《指令》……"

沃尔夫曼刺耳地笑了起来。他又点燃一根烟，今晚的第四支或第五支了。他把火柴扔向烟灰缸，火柴落在了地板上。

"你相信那狗屎？'流放'？'远距离传输'？'第九区'？都不是真的，埃德莉安。是杜撰的。"

"'杜撰'？你说什么呢？"

我虚弱地坐在沃尔夫曼的床沿上，沃尔夫曼则在房间里踱着步，把烟吸进去，又咳嗽着。雨还在抽打着窗户，下得很大，街对面的路灯筒直看不见了，只剩下顶端一圈如新星似的光晕。

"我跟你说过的，我认为'北美合众国'没有再像过去那样监控着流放分子了。可能政府受到了打击——实际上也许有了新总统、新政府。也许又爆发了战争。你已经和那边失联至少八个月了。"沃尔夫曼笑着说，"也许'北美合众国'战败了？也许一股'恐怖主义'敌军征服了北美？也许发生了'革新'政变，旧的专制政权下台了。我们没法知道——或许我们永远也不会知道。而且这跟我们又有什么关系呢？"

看到我一脸迷茫，沃尔夫曼肆无忌惮地说："你瞧，可以把所有这些都看作'虚幻'的——'第九区'。'快乐之地'。我是你的朋友艾拉，可我也是计算机战略部的研究员。"

此刻，沃尔夫曼语调平静了些，就事论事的口气。

他或许是在向自己的学生讲解着什么，内容既耸人听闻（对天真幼稚的人），又是最稀松平常的（对像他这样的人）。

"你也信！所有流放的人都信！这种轻信是建立在你们的——我们的——罪恶感和无能感之上的。'第九区'是'虚拟'的——并不真实。我作为计算机战略部研究员做过'内在虚拟场景'，最得意之作就是仿制一九五九年至一九六○年间威斯康星州一座小城里的州立大学——韦恩斯科舍大学。除了计算机战略部的地图，它在其他任何地图上都不存在。我认为这太了不起了——等比例建造，无论是空间上还是时间上。你发现什么漏洞没有？有没有闹笑话？没有吧——因为创造'第九区'的人是那个竞争激烈的领域里的天才——（你得看看赶上来的小毛孩们的技术，有的只有十三岁——都是杀人鲨！）——还因为你就没想着去找漏洞。实际上，埃德莉安，你仍被关在青年训导处。你从未离开过新泽西州。你在那儿——我是说，在这儿——被关了大概有八个月了，处于昏睡／失眠状态。他们通过一根导管给你喂食，从另一根导管让你排泄。还有，你的父母一直没有得到通知。他们感到很内疚，以为是他们干了什么让人夺走了一个孩子。"

我瞪着沃尔夫曼，说不出话来。

他的话不仅把我打麻木了，而且打得我一片空白。脑子空白。

沃尔夫曼冲我诡秘地笑了一下，带着挑衅。我在想是不是他做得太过分了？——可是，不，沃尔夫曼从不做过分的事。

"嘿，听好了。我是在青训部工作的，兼职。是从计算机战略部借调的。要挑战创造一个虚拟现实，一个适合关押流放分子的场所，通过微芯片来实现对你的控制。微芯片是真实存在的。但其他一切都是假的。你一直做梦梦到自己被'远距离传输'到了遥远的过去，很荒谬吧——过去的时空如何*存在*？时间旅行是个荒唐的理念，我亲爱的姑娘。你对 B. F. 斯金纳这么怀疑，又怎么会不理解这么简单的概念？根本就不存在过去。不存在*那儿*。举个例子——如果我们在时间上'回溯旅行'三十秒，怎么实现呢？我们是'回溯旅行穿越'到自己的身体里吗？还有我们会迎头遇到什么？自己早先的身体吗？要是我们用自己的身体回溯旅行一个小时，十一个小时，一个月，一年会怎样？我们会看见这些身体吗？还是说我们仍居住在其中？哪个才是'我们'？你完全掉进幻景之中了，因为我们的虚拟创作精细无比。我受到了特别表扬——我的代号是'狼'。我尤其对范布伦自然史博物馆及其下面的'防空洞'感到满意。多么严丝合缝的成就！还有那些夸夸其谈的韦恩斯科舍教授——阿克塞尔、莫里斯、考夫兰、哈里克、斯坦。我太熟悉他们了，因为都是我的杰作。你还没全见过呢。创造一个'第九区'费了我很多功夫。不过我很有耐心，因为我技术精湛。这就是我被征召进计算机战略部'特种部队'的原因。"沃尔夫曼颇为自得地朝我微笑，"而且，这听起来有些可笑，我是真心想保护你的，'玛丽·埃伦'——有时候我简直觉得，是我创造了你。"

沃尔夫曼的话让我感到错愕。我想不出该如何回应。

我感觉自己如同一只长翅的软弱虫子，一只在空气里被打翻的飞蛾。这一击不至于会折断翅膀，却重得足以让我一头栽到地上，翅膀蠕动着，在惊异中哑然感知着伤痛。

沃尔夫曼揶揄地说："你绝不会知道，'玛丽·埃伦'，是吧？"

"我……我不明白……"

"可我跟你说了：'第九区'是个虚拟的建构。除了你、我，这里的一切都不是真实的。"

"艾拉，你是认真的吧？"

沃尔夫曼像魔术师那样摊开手指，意在显示自己没在耍骗人的把戏。

"你觉得我是'认真'的吗？或者，'认真'的反义词是什么？"

我盯着沃尔夫曼，他对我笑嘻嘻的，那满不在乎的样子快让我发疯了。他就像要刺激我似的又道："做梦的人不知道自己在做梦，所以你无法知道你的情况。"

"但是……你知道，不是吗？拜托……"

沃尔夫曼把手放在我的肩上想抚慰我。他脸上的表情既亲切又不乏气恼。

"是啊，我在说笑话呢，埃德莉安。当然了。我一直在迷宫里跑呢——就是在探讨可能性。如果我真是计算机战略部搞电脑技术的，而不是被远距离传输的流放分子，那我告诉你的这些还有点可信度。或者说在某些方面可信。但令人痛苦的实际情况是，我在'第九区'很失落，不知道该怎么掌控自己的生活，就和你一样。"沃尔夫曼笑起来，一副苦相，露出了牙齿，"或许我真的创造了'第九区'，可我的上司擅用了程序并在其中给我设下了陷阱！跟我父母一样，他们发明了生物武器，自己也作为研究的一部分被感染了……或许是被他们的上司害了，一旦没什么用处了就干掉他们。我们被困在我们自己搞出的实验里。别这么丧气，埃德莉安——我跟你讲实话呢。赤裸的、平实的、无可挽回的事实。假如'第九区'是我发明的，那么我就可以为自己的自由打算——此时还可以帮你一把。不过我被困在这里了，在'震中'——和你一样。"

沃尔夫曼伸出胳膊来安慰我。我抽泣着靠紧了他。

我无法相信他。他的话对我打击太大了，虽然我并非真听明白了。

然而，我没有其他人了。

私奔

沃尔夫曼坚持说我们必须在学期末离开韦恩斯科舍。

"没人拦得住我们。甚至没人会注意。我们'私奔'，去开始新生活。"

私奔。一直以来我都在等沃尔夫曼认真地来爱我。或者至少向我表白。

他还没有说出那个字眼。可若是他希望我和他一道离开韦恩斯科舍，与他一道开始"新生活"，那么在他完全可能爱上另一个人的情况下，我们俩之间必须达成共识：他爱我。

沃尔夫曼的计划不够明确，但够刺激。我们到西部找个地方，隐名埋姓住在一起。一九六〇年的美国还不是"（重建）北美合众国"，还不至于会持续监控所有国民。西部的州有很多地方都是无人区，在地图上都没有标识。也没有安装电线。根本就没有网络。

"我们的敌人原本打算把我们流放到这种'史前'之地，"沃尔夫曼说，"可事实上，技术的缺席正好拯救了我们。那儿有人类意识从未侵扰过的广袤区域。缺钱的时候我们就找份工作干。我既会动脑子也能动手。我有朋友在伯克利，他可以收留我们。我们还能准备好新证件——出生证、身份证。谁也不会知道我们是什么人，或曾经是什么人。"

沃尔夫曼说得胸有成竹，我无法质疑他。

春季学期临近结束。"玛丽·埃伦·恩赖特"完成了在韦恩斯科舍第一年的学业，平均绩点堪称优异。

斯特德曼小姐从院长办公室得到消息时情不自禁地抱住了我。"我们阿奎迪舍的人都为你感到骄傲，玛丽·埃伦！"

斯特德曼小姐的话让我挺不好意思的，而且隐约感到了一种羞愧，因为我的高分是绝望和孤独的结果，其他没有几个学生能如此化悲伤为力量。我的困苦赋予了我不公平的优势。

阿奎迪舍一夜间便搬空了。我的室友在离别时拥抱、亲吻了我，允诺秋季再见——虽然我们并未被安排继续同住一屋。

夏季学期，我将继续住校，但要换宿舍。我将在学校图书馆打工，一周五天。夏季课程是为期六周的速成班，从六月底开始。我选了数学，我的弱项。（沃尔夫曼几个月前建议过我。）摆在我面前的是一段按部就班的生活，像一本未标记号的日历。我感受到了空虚所带来的安适——没有情绪，没有焦虑。假如沃尔夫曼正如其一直扬言的要离开韦恩斯科舍的话。

没了沃尔夫曼，我就将日复一日地过下去，直到刑满。我能耐得住这种生活吗？

在绝望中，我对沃尔夫曼说："明明有禁令，我怎么能跟你走呢？"

而且你没说过你爱我。

"我跟你说过了，埃德莉安。没有人在盯着咱们。"

"可是……你又怎么能肯定呢？"

"相信我。"

我是多么想相信沃尔夫曼。他的那些玩笑话让我难以释怀——"第九区"是虚拟的建构，我不知不觉地被置入其中。我在夜里惊醒，琢磨着沃尔夫曼说的是否属实，他是不是"北美合众国"的探员；其他时间里，我又很肯定他不过是在打趣逗乐。

我对沃尔夫曼说："我们生活的意义何在？心理学告诉了我们什么？"沃尔夫曼说："心理学是面镜子，我们从中看到的是自己的面孔。没有哪门科学会告诉我们为什么。"

虽然沃尔夫曼说到韦恩斯科舍州大心理学系时一脸不屑，但我知道，他因没有得到终身教职及提升而深感受伤。我也知道个中原因也正如他所说的——他的理念为老一代人所不容，尤其是 A. J. 阿克塞尔。

沃尔夫曼的想法是把我们的财物精挑细选出来，打包寄至加利福尼亚州伯克利市的邮件存局候领处转交。五六个纸箱里装满了衣服、书籍、个人物品，被干净利落地捆扎好，盖上戳，作为三类邮件寄送。

"可是……我们怎么走？"

"我们就不声不响地走。我们去植物园远足，然后我们就再不回头了。"

于是沃尔夫曼说服了我。沃尔夫曼对我越发亲密、恳切起来，这是以往很少见的。由"稳健"风波引起的嫌恶，他似乎已经忘得一干二净。

于是就这样了。我带上自己的一小部分东西——挑了我最不想要的——到沃尔夫曼的寓所，然后我们照他的计划在那儿收拾。沃尔夫曼在捆扎纸箱时做得一丝不苟，以确保箱子安全妥帖。接着我们去邮局把它们寄往加州的伯克利。

我可曾想过，在把纸箱运到邮局时，我还会不会再打开？取出我叠好的衣服及书本？

我可曾想过，艾拉·沃尔夫曼和我还会不会一同赴加州开启新生活？

在计划出发的前几天，我很激动——很害怕，很兴奋。我感觉自己草率鲁莽，又觉得就这么听天由命吧。

而沃尔夫曼呢，也同样如此，草率鲁莽，又听天由命。

因为每次我对计划表达疑虑时，沃尔夫曼都会打断我："埃德莉安！要对我有信心。"

我很恐惧，眼见就要违犯《指令》了。可失去沃尔夫曼，在流放地孑然一身更让我恐惧。

我想，我失去了父母，但我还有沃尔夫曼。

沃尔夫曼的计划越发具体了。最新消息是，我们肯定能在加州大学伯克利分校的一个研究所谋到职位，沃尔夫曼在那儿有朋友。这些朋友还会为我们提供合法证件。

"他们觉得我们'私奔'是件很浪漫的事，"沃尔夫曼高兴地说，"当然，他们完全不知道我们究竟是何许人也。"

五月十九日早上八点，沃尔夫曼就在植物园里面等我。我们穿着远足的外套和靴子。沃尔夫曼头戴一顶棒球帽。"我们看起来和旁人没什么不同，这很重要，"沃尔夫曼说，"越普通越好。"

我们俩都背了包。沃尔夫曼要求两人各自携带几瓶水和可以抵好几顿饭的食物，换洗的衣服以及暖和的袜子。沃尔夫曼还会准备一把瑞士军刀。

沃尔夫曼已经谋划好了路线。我们从平时走的小道出发，但走过两英里后，不再走平常返回校园的环形路线，而是踏上另一条岔道，远离校园，走进一片绵延数英里的松林地带，直抵植物园靠近州际公路的北部边界，毗邻圣克劳德镇。

沃尔夫曼盘算好了：我们在圣克劳德坐灰狗巴士去明尼阿波利斯，从那儿换乘另一辆灰狗巴士前往科罗拉多的丹佛，接着赶赴加州的旧金山、伯克利。沃尔夫曼很清楚这几班巴士的发车时间，而且沃尔夫曼也有钱买我们的车票。

　　沃尔夫曼轻快地向植物园里走去。我得一路小跑才能跟上他。

　　此时还是上午很早的时候，四下再无旁人。

　　这是春季里的一个半阴天，不算暖和，但清朗、静谧。我的心狂乱地跳着，当初抓捕官来捉拿"施特罗尔，埃德莉安"，而麦凯先生迫不及待地把我交出去时，我的心就是这样狂跳着。

　　这不是什么愉快的记忆。我没来由地抓住沃尔夫曼的衣袖。"我还会再见到我爸妈吗，艾拉？我怎样才能回去见爸妈？"

　　"拜托，别哭啊。"

　　我都没意识到自己哭了。

　　怎么了，我什么时候这么高兴过？

蝙蝠

我们面朝前方走着，不回头看。

很快校园就消失在视野中，小教堂的钟声也越来越微弱，像是从海底传来的。

我们爬坡向上。满地的松针使小道走起来很柔软，不过也有石头露出来，权当作台阶。爬山时得小心，别扭伤了脚踝。

山路陡峭，要不是不计其数的之字形路线，本来会更陡，几乎是垂直的。

蜿蜒的小道像是要把我们带回原地，简直就是停滞不前。我们进展缓慢，因为小道形如一条盘曲的大蛇。假如沃尔夫曼冲在了前面，那么回环往复的路线又让他显得离我并不是很远，朝我走来又擦身而过，与此同时我跟在后面，勉力在背包的重负下走稳路。

沃尔夫曼说过——背包可以决定生死存亡。背包是能救命的。

头顶的高枝上鸟儿们在聒噪着。

小道变得越发模糊难辨，最终消失在了松林里。

可是沃尔夫曼仍紧步前行。我就跟着。

数英里的林地。我们向上攀登着，这里应该是一座山的边缘地带。

紧接着陡然下降，其艰险并不亚于上山。

脚下还引发了小型雪崩。

上山路使我们气喘吁吁。下山路总是很危险，我们也走得小心翼翼。

太阳高挂在天空。日光刺得我们眼冒泪水。

我们很开心！很快就要摆脱韦恩斯科舍了。

然而，在徒步走了六个小时后，沃尔夫曼既惊讶又失望地叫起来——"我的天！"

起初我还没有意识到。

然后，我明白了。

虽然跋涉了六个小时，顺着沃尔夫曼精心选择的通往圣克劳德的路线，但小道似乎自行绕了圈，将我们领回了植物园入口，紧挨着校园。我们一直听到的钟声正是来自小教堂。

沃尔夫曼说："这不可能……"

我也无法相信我们竟走回了校园，可貌似确实如此——小道出卖了我们，带着我们绕了一大圈。我们爬上了山坡的一边，又从这边下了山。我们自以为走出了韦恩斯科舍好几英里了，可是，我们只移动了不到四分之一英里。

不知怎的，这拐弯抹角的迂回小道让我们转了一圈，尽管在地图上它是明确无误通向植物园外的。

沃尔夫曼凝视着地图，试图判断到底哪里出了差错。可我看出来了，沃尔夫曼并没有出错，错的是他的自信，认为我们走得出韦恩斯科舍。

"我们掉到陷阱里了，艾拉。我们走不了了。我就知道。"

"那回去吧！你自个儿走吧。我是不会陪你回去的。"

沃尔夫曼愤怒得声音发颤。

沃尔夫曼推开我的手。他转身又上了小道，半跑起来，喘着气。

我的耳际升腾起一片轰鸣。我想跟上去，拦住他。

但我走不动了，太累了。

六个多小时，我徒步走在这被诅咒的地界上。

六个多小时，小道把我们带回了起点。

我在后面呼喊沃尔夫曼，但他不理睬我。沃尔夫曼，我的爱！

头顶的鸟儿在树间扑腾。

头顶的松枝上有一只小鸟，也许是蝙蝠，很古怪地盘旋着，失心疯一般。接着，就在我眼皮底下，那玩意，黝黑、迅捷、精确地朝沃尔夫曼俯冲下来，击中他头颅一侧并洞穿过去，瞬间燃起的烈焰吞没了他，只用了几秒，就在我眼前咫尺之遥将这个人化为了蒸汽。

只来得及因恐惧和失落而发出短促且尖利的叫声——想必那是我发出的。

在那一瞬，沃尔夫曼倒在地上，沃尔夫曼死了，沃尔夫曼从"第九区"消失了。

III

韦恩斯科舍瀑布城

徒步旅行者遭雷击
事发韦恩斯科舍植物园

韦恩斯科舍大学十八岁学生已入院治疗

被遛狗路人在步道上发现，当时已失去知觉

《韦恩斯科舍瀑布城美国日刊》，一九六〇年五月二十日

得救

温暖柔软的狗鼻子蹭着我已经僵冷的脸。

因为在惊骇之下，血液都被抽离了我的大脑。

我的呼吸也停顿了。就像一个活物被硬生生掐成两截，生命的气息也随之飘零。

当时我重重地摔在步道上。露出的岩石尖锐地抵着我失色的面部，血从擦伤处流出来，可我既看不见，也几乎感觉不到。

我动弹不得，甚至向沃尔夫曼丧命的地点张望一下都不能。

原先那个叫沃尔夫曼的人，被摧毁殆尽。

我如同被扔进了冰水里，处于休克状态。心搏骤停的休克。眼睛也被强光晃得睁不开。

接下来，一阵突如其来的温暖贴在了脸上。一只狗带着呼哧呼哧的喘息声，飞快地舔我，舌头湿漉漉的，柔软得出奇。

一声呼唤传来——鲁弗斯！你在哪儿？

一位远足的人出现在步道上，奔到我们身后，就是我们摔倒的地方。

接下来——你好吗？你受伤了？出什么事了……

在一片夹杂着疼痛的迷糊中，我感到一只狗舔着我的脸，让我复苏过来。多么急切、焦灼，我总算能发出尖利的哀哭声，差不多又回到了人间。我抽泣着听到并知道，自己得救了。

奇迹

之后我病了很长时间。

可能有几周。数月。

因为间或也有"觉醒状态"——接着就进入"健忘"期。

因为不存在所谓稳定康复。也没有什么稳定进展。

倒是与小道上的之字形回转很相像。缓慢地艰难前行——却发觉自己掉头转向了来时的方位。

如此，时间便似折返了。你以为有了进展，但那只是幻觉。

然而这确实也是某种进展。

起初我都不能确定自己身处哪里。我被带往（用轮床或轮椅）各种不同功用和目的的房间（都是素朴无华的白墙壁）。各类医护人员穿着不同的制服。我经常睁开眼——（很痛，视力模糊）——便发觉自己又置身异处。

可能是在医院。或是康复诊所。

这里有不同程度的"住院治疗"，取决于不同程度的身体伤病及心理缺失。

你知道自己的名字吗？

你知道自己在哪儿吗？

你知道日期吗？

你知道美国总统是谁吗？

就像个急着要开口却尚无表达能力的幼儿，我也急着要给出问题的正确答案，却没有信心能答对。

我明白与其答错，不如不答，不正确的回答于我不利。

因为我记起自己曾参加过一次很复杂的测验——当时我还是个学生——（我感觉就发生在最近，他们说我现在就是学生，在威斯康星州的韦恩斯科舍瀑布城的韦恩斯科舍州立大学）——在不足以找出正确答案的情况下，你得知道哪一个"正确"答案是多项选择题里"最正确"的选项。

你叫"玛丽·埃伦·恩赖特"。你记得自己名字吗？

还有你知道自己在哪儿吗，玛丽·埃伦？

你知道为什么吗？

有时候我醒来，说话声仍在继续。

仿佛没有间断过，说话声继续着。

你知道自己出了什么事吗，玛丽·埃伦？

医生认为你被雷击了。

还有，你活下来了！

太神奇了，玛丽·埃伦！我们觉得这是个"奇迹"。

你的照片登报了，玛丽·埃伦！至少上了威斯康星州的报纸，还有威斯康星州本地的电视台。

到了秋季，你就是韦恩斯科舍州大二年级的学生了。你还记得大一新生时的生活吗？

你还记得吗——你是优等生？你是拿学校奖学金的？

你正在康复中，玛丽·埃伦。芬纳医生，就是那个为你看病的神经科专家，说你预后良好。

所有医生都说你预后良好。

你是在植物园的步道上被人找到的——一个路人发现了你——实际上是他的狗发现了你。

你没了知觉。貌似连脉搏和呼吸都没了。

路人的狗把他引了过去。他行动迅速，救了你的命。

玛丽·埃伦，你真是个幸运的姑娘。

你处于急性休克状态，但是，你缓了过来。

那会儿你的血压降得厉害。左耳膜穿孔。

你现在正稳定地恢复着——你活下来了！

奇迹——大家都这么说。

在植物园遭雷击，说不定几个小时都不会有人发现，而且医生认为在找到你之前，你昏过去大约已有九十分钟了。

一个人走在植物园里。还是植物园比较偏僻的地方，会有危险的。

一直有建议不要一个人做徒步旅行。就算经验丰富的人也不该独自一个人走。

幸亏你被发现了。还算及时。

你嘴唇青紫，像是没了气息。脉搏好像都停了。

幸亏那个路人懂心肺复苏术。

口对口复苏救治。他当童子军时受过急救训练。

被雷击还能幸存——真罕见。

韦恩斯科舍瀑布城的"第一次"——我们都为你骄傲呢。

如果你有家人的话，玛丽·埃伦——他们会为你活下来而感激不尽的。

玛丽·埃伦——你干吗哭呀?

是不是疼,玛丽·埃伦?疼在哪儿?

你可以指一指,玛丽·埃伦,要是这样更方便的话。

你的心?心口疼?

你是说——你心碎了?

悲恸

你能说清楚吗，可是我不行。

你干吗哭呢，好像心碎了似的。

要感恩戴德才是！我知道。

因为我慢慢地恢复了对双腿的控制，以及肌肉的协调性——正常人都不把它当回事。

比方说如果你决定要站起来，你的腿不会软弱得撑不住，让你摔倒在地。

如果你决定用手举起一个玻璃杯，你的手指不会让杯子滑脱而哗啦啦打翻在地。

如果你开口说话，你不会一张嘴就发抖，打战，然后哭起来，谁也安慰不了你。

哭得好似我失去了什么——或什么人——又记不起来是什么，或什么人。

我也记不得此人是谁——玛丽·埃伦·恩赖特——（医院给我左腕戴的手环上的名字）——尽管我凝视着镜子里那张陌生的脸，用麻木的嘴唇拼读着陌生的名字。

玛丽·埃伦·恩赖特。一个谜，无论我怎么苦思冥想都解不开。

因为我明白——（我怎么明白的？）——那是个假名字。

我明白——（我怎么明白的？）——雷打下来时我并非一个人走在小道上。

我仿佛被从很高的地方推下来，跌落在布满松针的小道上。跌得没了气息。闭上眼时，便有一个蝙蝠大小的神秘物体朝我扑过来——我慌乱地躲避着，吓得哭起来，用胳膊捂住脑袋，想尖叫却叫不出声。

不不不不不。

他们认为：病人在重新体验雷击。释放出的强烈电能将她击倒在地，震耳欲聋的雷声接踵而至，刺穿了她的鼓膜。

他们认为：病人是个孤儿，自小就没了双亲，养父母也在车祸中丧生了。病人在身体虚弱和神志半错乱的状态下为这些惨痛的失去哀痛着。

我经常感到很快乐！对于身体"状况"的每一点好转，我都尽量让自己高兴起来，我是多么幸运。

然而与此同时，如在进行运动疗法（包括游泳）时，眼泪便会汹涌而出，且无法止住。

如同肉体的抽搐，这样的悲恸。

如同一条大蛇盘曲在身体里，装不下也管不住，让它发泄的出路便是眼泪。

为什么我哭得那么无助，那么悲苦——我不知道。

（并非疼痛。或者说，不止疼痛。我的腿、背、脖子、头、眼睛都很疼，但这些我都能忍，一声不哼。这些不过是身体的症状。）

思考的能力在缓慢地恢复。我集中注意力及记忆的能力。

神经科专家向我解释道，我的"短时"记忆受到了雷击创伤的影响。从我的症状判断，他认为有某种（暂时性）脑损伤。

在（永久）存入大脑皮质之前（暂时）储存在海马体里的记忆丢失了，而且无法追回。

这是创伤性脑损的正常反应，芬纳医生说。我没有失掉说、读、写等语言能力，某些技能还保留着——如走路、上楼、游泳——但显然，我忘记了很多最近生活里的事情。

就好比谁用一大块海绵用力洗着，搓着，擦净了我的一部分大脑。

我问芬纳医生有没有用 CAT 扫描我的大脑，又或者——是什么术语来着——"MRI"？[1]

芬纳医生疑惑地笑了笑，将手拢在耳边。

"什么呀，亲爱的？关于一只——猫吗？"

"是 CAT 扫描。或者 MRI。"

"可——你在说什么，亲爱的？'MIA'？"

芬纳医生是位年长的绅士，对待病人很和善、尽责，但对于蠢问题的耐心则不足；我注意到护士当着他的面时都很小心，表现得更像是用人而不是训练有素的工作人员。他穿着浆硬的白衬衣，打着领带，外面套的白大褂顺着肚子略微隆起。我不自觉地在被他触摸之时身体畏缩，就和被护士碰到时一样，他们都裸露着双手，而我在刚开始意识到周边环境时，就以为他们会戴着薄橡胶手套；不过此时，在住院

<hr />

1. CAT 指"计算机化 X 射线轴向分层造影"，MRI 指"磁共振成像"。下文芬纳医生所说的 MIA（Missing in Action）则意为"战斗中失踪"。

数周后，我搬进了邻近医院的康复诊所，我已习惯了医护人员裸露的双手。我对自己说——他们大概会不停地洗手。在他们离开病房的时候。

芬纳医生的领带也吸引了我。因为看得出，领带上有斑斑污渍——（食物油渍？）——而当芬纳医生俯下身来时，领带便在我眼前晃荡。

"'MIA'——'战斗中失踪'，我想你说的是这个？为什么问这个，玛丽·埃伦？"芬纳医生一头雾水。

我很想飞快地开动脑筋，可我的思绪缓慢拖沓，就像我走路的状态——时而迸发出一股子劲，时而又虚脱一阵。

"我……我不知道。我觉得我也不懂自己在说什么，芬纳医生。"

这就对了：我完全不知道自己在说什么。CAT 扫描、MRI 这些行话同样也令我大惑不解，就像我在那栋照明昏黑的学校大楼里用打字机敲出的那些古奥的拉丁文，楼的名字我记不太清了——自然史博物馆，我和那个地方的关系令我既糊涂又兴奋，好似一场喧闹的梦，虽已消散，情绪却残留下来。

"嗯！你有脑部创伤，亲爱的。不过你会恢复的——以前我见到过奇迹般康复的人。"

"奇迹"一词在我面前被一再提及，我开始相信了——*奇迹*！

（可是我很想知道，这位神经科专家有多少百分比的病人康复。又有多少是无法医治的。）

当芬纳医生离去时，我又哭了起来。

浓重的凄凉感油然而起，袭遍全身，我像个弃儿一样无助地哭着。

有个护士问怎么了？——芬纳医生一直很积极正面啊。

访客

来探望我的访客极少，而且每回都让我很惊讶，仿佛是从我大脑漆黑的那片区域里走出来的。

第一位自称阿迪斯·斯特德曼，我大一入住的阿奎迪舍的宿管员。

我还记得斯特德曼小姐吗？我还记得我的室友吗？我还记得阿奎迪舍吗——"你们这届的大一女生是多么生气勃勃啊！还有你，玛丽·埃伦，把我们的平均绩点都'拉上去'了。我们都很感谢你。"

我告诉斯特德曼，是的，我确实记得她的——当然了。

我们一起去过音乐独奏会，我想。或者——我们一块儿在宿舍会客室里看过电视。

斯特德曼小姐侃侃而谈，追忆一些我无法回想也毫无兴趣回想的事情，此时巨大的失落感卷土重来，我又潸然泪下。

"哦，玛丽·埃伦！怎么了？我说了什么——？"

我也在试图想明白这是为什么。

"就好像……我丢失了什么东西。但我不知道是什么。"

"可你什么时候丢的，玛丽·埃伦？"

"我……我不知道……也许是在植物园。"

"据我所读到和听到的，你在步道上什么也没丢下，这是很清楚的。你一个人远足，背了包——如此而已。"

"我还记得植物园——在以前的记忆里。我以前去过。可最近一回——"一阵剧烈的疼痛自内向外疾速袭向我的眼睛。原本一直有改善的视力此刻变得模糊起来，以至于我几乎难以辨别斯特德曼满是关切的脸。"最近一回，我记不得了。"

斯特德曼小姐握住我的手。"那说不准也是福气呢，亲爱的。谁也不想回忆被雷击！"下一个探望者是赫利小姐，带着些忸怩。从报纸上看到我的消息时，她很吃惊，又听了广播，然后才明白过来，这个被雷击的女孩就是玛丽·埃伦·恩赖特。

"真是太意外了！哈里克博士向你问好，衷心祝愿你早日康复。我跟他说起了你，给他看了新闻，他说他自己有一次也差点被雷电击中，十几岁在密歇根湖划船的时候，突然就下起了雷暴雨。哈里克博士讲的故事扣人心弦，绘声绘色——哈里克博士曾与死亡那么接近，多可怕啊，在那么年少的岁月；想想吧，他在科学领域里所做的伟大成就就会化为乌有了……他真记得你，玛丽·埃伦，不过一开始他把你和我们那儿的另一个姑娘罗琳搞混了，罗琳是周一、周三来上班的。"

然后来了一位我不认识的女人，从未见过，自我介绍是科妮莉亚·格雷伯——"请原谅，恩赖特小姐，可我看见了你在报纸上的照片，不知怎的，我……我感觉认识你，我想知道你认识我吗？在某种程度上？有时候他们叫我'内莉亚'。"这个人显得烦躁、紧张，同我说话时剔着指甲，扯着头发；她在我面前表现得相当焦虑，也很困惑——她完全不懂是什么吸引了自己要来看我，可这个想法纠缠着她，最后还是来了。她大约三十岁。不知为何，她让我想到了自己。她的眼神里透着令人不安的热切，盯着我的样子像是在说，是的，她认得我；可她也不能断定为什么。她解释说她是心理学博士生，跟着 A. J. 阿克塞尔。她出于好奇查了我的学业记录，发现我上个秋季选了阿克塞尔一门很受欢迎的课程"心理学 101"，还有一位叫艾拉·沃尔夫曼的教师负责我的测验课——"你记得他吗？'艾拉·沃尔夫曼'？他突然离开了韦恩斯科舍，学期末的时候。他没有跟我们任何人告别。连 A. J. 阿克塞尔都没打招呼。很让人……难过。当然了，艾拉也许有他的理由——职业选择上的理由。可这样不辞而别，离开了所有的朋友和同事——这不像他。"

自眼后袭来的剧痛使我飞快地眨着眼睛。泪水夺眶而出。耳畔的咆哮如有货运火车在飞驰，使我无法听清女人说的话。我多么想对她说，快走吧——我不认识她，我不知道她在说什么，老师们的名字大多消失在记忆里了，要费九牛二虎之力才能想起来。而我也不明白这个陌生人为何要跟我说话。

我的抽泣声吸引了一位护士的注意和干预。那女人很快便道歉，离开了。

痉挛性的哭泣发作到了极致，我喘不过气来，开始感到呼吸困难。护士们只好赶紧把我送急诊室输氧外加静脉注射，以舒缓骤然加速的心跳，此时的心率高达每分钟二百六十次。

接着，杰米·斯泰尔斯来看我了。

"你好？玛丽·埃伦——？"

起初，我没想起他来。他穿着又脏又丑的背带裤，里面连衬衫都没穿，留着硬邦邦的黑胡子，粗糙的大脚上套着便鞋，一副凶神恶煞的模样。

他带着笨拙的幽默对我说，鲁弗斯也很想见我，可医院不让进——他把它拴在外面的自行车架上了。

正是杰米·斯泰尔斯的狗鲁弗斯发现我倒在了路上，并汪汪叫着跑了过来。

当时在小道上走的正是杰米·斯泰尔斯——（不是我走的路，而是邻近的另一条）——并对我实施了口对口复苏救治，使我能重新呼吸。

杰米·斯泰尔斯曾参加过"稳健"示威。他在韦恩斯科舍州大美术系做兼职雕塑老师。

杰米记得我，他说。他看见我报纸上的照片，便记起来"稳健"游行时我也在场。

此刻他走进病房。大块头的他显得很腼腆。护士们经过走廊时会好奇地瞧他一眼。他脸上泛起红晕。这时我才看到他右手抓了一捧花，看起来像是匆匆忙忙在田野里采的。

他为找只花瓶又忙乱了一阵子。我举起花轻嗅着，从花瓣里飘出的气息极淡，却带着芬芳。我脑子想糊涂了——这是很早以前，还是现在的事？又或是还没发生过的？

我不敢闭上眼。因为存在这样的可能：一闭眼便有个乌黑的小玩意扑向我，让我惊叫起来，而当我再次睁开眼时我又形单影只了；或者更糟糕的情况是，其中一个护士俯身查看我的身子。

杰米·斯泰尔斯踌躇着同我说话时，我想是的，我会想起他是谁——我想要记住他。因为他的面孔很熟悉，那种熟悉感就像有生以来你一直在看这张脸。

杰米·斯泰尔斯的胸腔厚实，脖子粗壮，手臂及肩部肌肉发达，下巴上覆盖着坚硬的黑胡子，好似有金属丝般的触感；可是他的眼神却是友善和关切的，还很茫然。因为他好像认得我，他说。当时在校园示威游行的队伍里看见我时，他就有这种强烈的感觉——"没有原因，我猜。这种现象叫作似曾相识"。（似曾相识。我熟知这个用语。尽管在我所读的心理学课本里，这一现象被贬低为是错误的、妄想的。）

杰米·斯泰尔斯在我病床边说话时轻言软语的，可我回想起他在游行队伍里时却是个感情激越、冲动、勇敢的人。

他曾经用不屑一顾的口吻同我说话，我记起来了。哦，可是为什么呢？

但之后，他的口气又温和起来。他原谅了我的无知。

杰米长着一双大手，粗短的手指上沾了黏土，但他握着我的手时自有一番温柔。他的语调里不乏同情和希望。

我泫然欲泣，虽然尽力想忍住，热泪还是如酸水一般扑簌簌地打在脸上，于是我哭了起来，杰米则窘然不知所措。

与医护人员不同的是，杰米·斯泰尔斯并不问我为什么哭。他也没说我活着是多么幸运。

这次或之后的探访中他说得都很少。杰米·斯泰尔斯不是个善于表达的人。

他不说，你失去了什么呢，干吗这么难过。怎么啦，你还活着，你应该感恩戴德！

他不说，换种情况，你就被电成一团脆薯片。只在雪地上留下一抹黑，一堆灰，一个洞，那就是你了。

于是我明白了，而明白这一点也给了我莫大的安慰——就是他了。

"叔叔"

他名叫科斯格罗夫，戴维·R。他介绍说自己是一位老派的家庭医生。

他不认识芬纳医生，医院里所有人他都不认识。他并不在韦恩斯科舍瀑布城行医，而是远在二十英里外的圣克劳德。我在报纸上的照片引起了他的"兴趣"。他专程来跟我问声好，并问我一两个问题。

"我就像本杰明·富兰克林，对电有着始终不断的兴趣。算是嗜好吧。比如'复活'的历史。"

复活？我费力地想着这大概是什么意思。

科斯格罗夫医生瘦长结实，年龄很难说清。五十多？六十多？他略显拘谨，不过还带着些孩子气，非常友善；他灰紫的头发所剩无几，眼睛埋伏在灰暗多褶的皮肤中。他的鼻子长而瘦削，鼻梁稍有隆起。他满怀深意地朝我微笑，似乎在告诉我他话中有话，而我全然不知其意。他的左脸颊会抽搐或颤动，看着很让人分神。他提着一只棕色皮包，用了很多年，皱得厉害。

"除非你不想谈这个？'雷击'？"

我含混地摇摇头，不。我的意思是——行。

意思是——行，可以谈。尽管我根本记不得什么有用的内容。

科斯格罗夫医生仍然冲我很古怪地笑着。一种诡异的感觉遍布全身——我认得这个人！我以前见过。

科斯格罗夫医生谈闪电、电流、一些个人案例，他们遭到"打击"却幸存下来，他唠叨个不停，直到在病房里的一个护士离开了屋子，然后他的话戛然而止。

他走到门口，小心地关上门。

病房的门很少被关上，关得这么小心就更少见了，还落了锁。

"见到你太好了，'玛丽·埃伦'，亲爱的！他们告诉我再过几天你就可以出院了，你奇迹般地康复了。"

科斯格罗夫医生仍微笑着，他从棕色皮包里取出一样东西时还挂着笑容。那东西像根魔杖，或是一只小小的电话——小小的、扁平的电话？——形状很眼熟，放在此人手掌里很合适的样子，可我认不出是什么。

啊，手机！我有多少个月没见过手机了？多少年？

但不是，这东西根本不是手机。

科斯格罗夫医生皱着眉头，用大拇指和食指拨弄着什么，于是那扁平的小东西活泛起来，发出嗡嗡的低鸣声，如同一窝黄蜂。

他看见我满脸疑惑便飞快地说："不过是个小小的'干扰器'——我的发明。"

"'干扰器'？"

"一种'白噪声'，以防有人偷听我们的话。有意或无意地。"

科斯格罗夫医生调整了下手里这件东西的蜂鸣音量，现在响起来像不远处的蜜蜂，声音很柔和。可这对我来说，完全不可思议。

我寻思着——为什么会有人对我们的交谈感兴趣？我无法想象会是什么样的人——不是医院里的人，肯定不是。

科斯格罗夫医生对这个扁平的小东西很满意，用起来很称心，便满意地拉过来一把椅子，靠着我的椅子——（我正靠坐在床边看书。我厌倦了在床上平躺着，那种无助的状态）——带着共谋的神色笑眯眯地瞧着我。

真是怪人，我想——却是一位正人君子。

科斯格罗夫医生问我是否还能想起遭雷击时的情形，当我摇头否定时他皱皱眉说："你再想想，'玛丽·埃伦'。试着回想一下。"

我试过，很多次了。频频有人提出此要求。最近一次是《韦恩斯科舍瀑布城美国日刊》的记者，他受命写一个专题，题目起得很耸人听闻：《天外飞仙》。大失所望的记者只好找来几个医生、护士，以及大学物理教授攀谈，因为我没法给他爆什么料。

"有没有觉得自己是被'传输'过来的——从什么地方？我的意思是，在你醒来的时候。"

"我……我不知道。你说的'传输'是什么意思？"

"或者，一个更确切的用词可能是——'远距离传输'。"

远距离传输。这又是什么意思！

（我很希望我的新朋友杰米·斯泰尔斯在场。我已经习惯把康复病房的情况几乎全说给他听，他傍晚来的时候也把自己白天的事告诉我；与科斯格罗夫医生的交谈太奇怪了，像是在做梦，我对自己能否转述清楚一点信心都没有。）

科斯格罗夫医生以更审慎的口气问，我对"埃里克·施特罗尔"这个名字有没有印象。

埃里克·施特罗尔。我迟疑不决。

"'埃里克·施特罗尔'。'玛德琳·施特罗尔'。"科斯格罗夫医生说得很慢，声音很低，只够我从他手执的扁平小物件所发出的蜂鸣声中辨清的程度，即使如此他仍然掩着嘴，像是要遮蔽自己的嘴唇。

埃里克·施特罗尔。玛德琳·施特罗尔。我开始颤抖起来。我完全不知为何。

"'埃德莉安·施特罗尔'这名字你有印象吗？"

我的心脏剧烈地跳动着。我很害怕自己又要呼吸困难。眼眶里的阵痛在加剧。

科斯格罗夫医生伸手过来握着我的腕部，食指轻柔地按压我的脉搏。

"现在要镇定！保持镇定。"

"我……我不知——"

"镇定，亲爱的！正常呼吸就好。可以数一数呼吸次数。"

我数着呼吸次数，数到了十。数到十时，我便感觉没那么焦虑了。科斯格罗夫医生放开了我的手腕。

"'埃德莉安·施特罗尔'。我只是好奇，你有没有听过这个名字。"

"我……我觉得——"我竭力尝试着回忆。我感觉仿佛要跌跌撞撞地翻过一道坎，就像在梦里。"我不知道。再说一下怎么念——'埃德莉——'"

"'埃德莉安'。"

科斯格罗夫医生一字一顿地念了一遍。这名字对我没有意义——有吗？

科斯格罗夫医生和我相互凝视着，如同隔渊相望。

并非很宽，却是很深的渊。我感受到了体内那种熟悉的虚弱感，似乎骨骼要化作一摊水了。

在很久以前的一个时间，我记得有人告诉过我，要不就是读到过——自我认知的惊人之处在于或许它根本就是不可能的。

当我在韦恩斯科舍医院从昏迷中醒来时，我便感受到了那种通体的虚弱感——无以形容，只觉得恐怖、骇人。

那种意识在于，肉体是一飘忽不定的存在，由不计其数的原子构成，随时都可能崩塌。

而在肉体以外，这世界本身——宇宙本体——则安然居于爆炸的边缘。

科斯格罗夫医生倾身凑近我的耳朵，喃喃地说："也许，亲爱的，我过去认识……你的父母……实际上我有把握认为，我和你的父亲是有关系的。和你也是。"

真是让我大吃一惊！我久久凝视着这位目光热切的谢顶医生，完全不知道该怎么回答。"我不是想惊着你或吓着你，亲爱的。我明白了，是他们告诉你，你是被'收养'的。"

"我……我恐怕真记不得我父母了。收养我的父母，还有生我的……"

科斯格罗夫医生若有所思地端详着我。他握住我的手，用双手握着。我觉得——他认得我。一个荒诞的念头冒出来——也许是他接生的我。

"你父亲埃里克曾是——现在也是——我的哥哥。我有理由相信。因为你长得很像他——不会错的。我从报纸上的照片看出来了——我很确信。"他停顿了一下，抹了抹眼睛，"可是我们被迫分开了，你爸爸和我。我们现在有快二十年没见过面了。"

现在？这人说得好像我父亲此刻还健在。

我心里充满了疑惑。头痛随着脉搏而跳动，并因药物有所加重，那些药顺着血管一直渗入血液里。

"你是我的叔叔？可是，你当时住哪儿？我父母住哪儿？这怎么可能？"

科斯格罗夫医生此刻在我看来的确很面熟。眼神里那种迷离幽暗的闪动，鼻梁上小小的隆起。

"我觉得很可能呀，'埃德莉安'。你不会记得的——大概是的——因为上一次见到你时，你还很小呢。两岁的样子，我想。"

"哦，那是在哪儿？"

"在这个国家的另一部分。"

"可是，在哪个州呢？"

"在新泽西，我觉得。"

可我从没在新泽西住过——住过吗？

"你可曾听说过彭斯伯勒？新泽西？"

"没……没有……我想没有。"我根本就无法去想。

"也许——听……听说过……"

我剧烈颤抖着，揩着眼里的泪水。科斯格罗夫医生说抱歉让我难过了。

他把我冰凉的手放在他手掌里抚摸了一会儿。

"大人们没好好待你，我亲爱的姑娘。我不会再给你增添困惑和悲伤了。不过我还是要问一下——你知道'托拜厄斯'这个名字吗？'托比'？'托比叔叔'？"

我不知该如何回答。假如这个人是我的叔叔，我很想说知道。

"我……我不太能肯定。'托比叔叔'。"

"那是我以前的名字——'托拜厄斯'。之后我被送到了威斯康星，在威斯康星大学麦迪逊分校读医学学位；再往后，我定居在韦恩斯科

260

舍瀑布城北边，再也没离开过圣克劳德。我有家室——结婚很长时间了。我娶了一位可爱、善良又美丽的女孩，就在这儿——'第九区'。我有孩子——就是你的堂兄弟……可我们也许不能再相见了，我想。这对我们俩都有很大的风险。"科斯格罗夫医生的眼里闪着泪花，尽管他还在微笑着，"我也纠结过要不要来看你，这是不是个好主意我也没数。可当然了，我很想见你——我亲爱的侄女埃德莉安。我很想问问你的父亲，还有你的家人的情况。他们怎样了，那边……那个空间又是什么情况。可是你回答不了我，我想。你无法'回忆'。"

"我……我差不多能回忆起来一些了……"

科斯格罗夫医生用他那双亮闪闪的深棕色眼睛凝视着我，当他如此和蔼地朝我微笑时，我几乎就回忆起来些——什么。可又如在明晃晃的白天一般，做的梦立时消散了。

"看起来你很不错，'埃德莉安'——也就是'玛丽·埃伦'。至少在身体上，因为你康复得很好。年轻人恢复起来到底比年纪大的快——你还年轻，尽管你已经穿越了好几十年。"

"可是，你多大了？你什么时候做我叔叔的？"

"啊，亲爱的，还没发生呢！要等我成为二十多岁的小年轻，那时你刚生下来，离现在还有不少年头——等到那时，我们就什么也记不得了。把我们从深渊里解救出来的就是失忆。"

科斯格罗夫医生看到我仍一脸迷惘，便飞快说："我们能做的事情就是在我们这个时代里坚持下去。所有人每次只能过一天。这是我们的时间宇宙给我们的福分——时间是横向展开的，可以这么说，它不能同时发生，就像'宇宙大爆炸'的那一刻。我们有些人是政治动物，有些则不是。但不可能说我们中有哪一个——在一九六〇年的美利坚合众国——或是在别的地方的任意时间里——能做到全知全能。"

我不懂这些。我对政治一窍不通——（尽管现在我知道谁是美国总统——德怀特·D.艾森豪威尔，一个真实的人，前军队将领，可不是什么和蔼嬉笑的动画表情）。我知道美国刚和一个叫朝鲜的遥远国度打过仗，我也知道"二战"对很多人而言"记忆犹新"。

"新的十年将给我们带来真正的'革新'——甚至革命。但这革命也夹杂着悲剧，可不是什么小小的闹剧。远不止于此——！"科斯格罗夫医生耸耸肩笑道，"不过我们不应该向前看，你得知道。那是我们这些流放分子得来的基本教训。我们应该去拯救自己。"

我对科斯格罗夫医生说，我想了解更多我父母的事——拜托了！还有那些个情况——不知怎么会这样——科斯格罗夫医生怎么会知道儿时的我，还有他在那时候的另一个名字：托比叔叔……

一阵近似于精神错乱的感觉攫住了我。那对我而言意味着什么呢，在我生命中拥有一位托比叔叔，会是怎样的快乐！

"不说了吧。我们得生活在这里，埃德莉安。在吃过不少苦头后我终于明白了这一点。'未来'只存在于地球另一端的存在方式里，不论我们能不能看到。或者，"科斯格罗夫医生说着，指指我三楼病房窗外的天空，"天空东边的这些云彩看起来很有雕塑感——它们存在于我们即将发生的未来，因为有风正把它们从密歇根湖吹过来。过不久——也许一个小时或几个小时——云就要飘到头顶，遮住阳光。但此时，我们能够看见云在接近，我们能看见远处，在某种意义上说，我们能看见未来。但大多数事物都遥远得没法看见，我们得放弃努力。'一次一呼吸'——你爸爸常这么说，很睿智。但那时我太小，听不懂他的话。"

科斯格罗夫医生啪地关掉了那个嗡嗡作响的扁平小物件，放进了胸前的口袋里。

　　"亲爱的埃德莉安——再见了！也许我们还能再见，如果你愿意——你知道我的名字，知道我住圣克劳德，就在山那边。"

　　临别时，笑眯眯的科斯格罗夫医生温柔地捏了捏我的手。我非常想说一句，再见，托比叔叔，可是却说不出口。

鹭溪农庄

"鲁弗斯！我们该去散步啦。"

鲁弗斯是一只六岁的混种狗，有拳师犬、金毛寻回犬、边境牧羊犬的血统，沙色的毛质地粗粝。它约有三十五磅[1]重——乐于助人、动作笨拙、呼着热气。它耳朵保持警惕，一有人叫它的名字，它的眼睛便快乐地放着光。如果它甩着尾巴朝你奔来，那重量足以撞你个趔趄。

它喜欢用湿软、热切的舌头舔你的脸。

就别去想那舌头还碰过什么了。别去想一只狗的千宠百爱了，你不过是其中之一罢了，你对它的渴望和别的狗狗没什么区别，而你却一心想掩饰这一事实。

鲁弗斯和我在农庄后面的田野里走着。我们之间有一根纽带，我很愿意去想：是这只动物救了我的命。

动物就是一种机器，行为主义理论家如此教导我们。可是鲁弗斯根本算不上什么机器。当鲁弗斯爱的人在场时，它的灵魂便在眼睛里发光。

---

1. 1 磅约合 0.45 千克。

鲁弗斯的一大乐趣是去衔回棍子。特别是从池塘里，杰米几年前在那个池塘里养了鳟鱼，塘上还住了一群闹哄哄的青蛙。

当我抱着鲁弗斯时，当鲁弗斯舔着我的脸时，我便感到泪水刺痛了眼睛，只因为——我是多么快乐。

有朝一日，我或许会徒步翻山去找科斯格罗夫医生，他的居住地有个美丽的名称——圣克劳德。但我没去，还没有——新生活让我无暇应付。

杰米·斯泰尔斯无须问我。我们之间不知怎的就有了默契：从康复诊所出院后，我来到鹭溪路，他的农庄里，和他住在了一起。

你懂的，你和我一块儿就有家了。

你懂的，我爱你。

第一眼见着杰米的房子我就爱上了它——装有护墙板的农舍向四面延伸，被漆成了麒麟草那种很惹眼的金黄色，配上深蓝色的百叶窗。分散于鹭溪路附近的其他农舍则清一色是那种饱经风雨的灰白。

农庄建得离马路远远的。遍布尘土和车辙的车道准有四分之一英里长。前院有一辆一九四九年产的福特皮卡，风挡玻璃早已破碎，轮胎也不见踪影；一台老掉牙的"国际收割者"拖拉机的残骸；一台一九四七年产的别克敞篷车的空壳；还有一架儿童雪橇，滑行板已锈蚀得惨不忍睹：这些并非废弃机车的残肢断臂，它们也曾大显神威过，但现在却成了用废金属堆造的雕塑作品，杰米·斯泰尔斯将之取名为《时空险途》。

前廊摆放了藤编沙发、椅子；一辆"施文牌"自行车倚墙停放，此外还展示着什么——被子吗？可这些不是普通的被子，它们的制作材料包括有机玻璃、厚锦缎，还有铝材，直透出强烈的金属光泽——《百衲被传奇立体装置》，一九五八年。

房子背后有一座高大的干草棚，被漆成了砖红色。房顶有一只风向标，上面有牡鹿的纹章图案。干草棚前端镶嵌着一只硕大的铜质旭日脸，像古代的一个（吉祥）神的面孔。干草棚的一侧有一座破败的石砌筒仓，近旁尚有几间小房子。

在所有这些的后面便是杰米蓄养鳟鱼的池塘了。

杰米·斯泰尔斯的雕塑工作室便设在红屋子里。威斯康星州本地的报纸发过好几篇专题文章，介绍杰米·斯泰尔斯的雕塑，他还接受过电视台艺术栏目的访谈。这些报道总不免要提及他那间工作室。这里乍一眼看简直就是介于太平间和废品场的所在——林林总总的全都是看得见摸得着的雕塑用的家当。那几间小一些的屋子则供杰米的艺术家朋友们使用，有些朋友用了不少年而且免交租金，有些则"只是来访的"。

就如同杰米在更早先的青年时代继承并积累了不少人脉资源一样（杰米·斯泰尔斯时年三十一岁），他也继承并积累了很多农庄动物。其中包括一匹叫赫蒂的栗红色母马，它是从密歇根州特拉韦尔斯城那跑断腿的轻驾车赛道上退役下来的；利拉和李是两头与赫蒂做伴吃草的山羊；十米只毛色混浊的绵羊——（我发现绵羊一点也不像故事书里的样子：并非天生就是白的）；五六只猫，大小、年龄和毛色各不相同，有的是跟人很亲热的家猫，有的则很凶、很野，住在干草棚里；还有鲁弗斯，我们的看家狗，永远保持着警惕。另外还用围栏圈养了一群鸡——白羽鸡、罗德岛红鸡、横斑芦花鸡——给一大家子供应鸡蛋。（喂鸡、拾蛋的任务很快就交给了我，给我打下手的则是年幼的继外甥女克洛伊和继外甥泰勒。）干草棚后面的池塘里则有加拿大雁、家

（白）鹅，以及居迁不定的野鸭群，它们常常在一起引吭高歌，吵个不休。

有时，会有一对天鹅从不远处的鹭溪翩翩而来。天鹅白得格外醒目，常常安静地游弋在那些体态较小的水禽中间，美丽得如同梦中尤物，似乎象征着什么难以用言语来表达的东西。

农舍最古老的部分建于一八八一年，由杰米·斯泰尔斯的一个祖父辈族人修建，杰米的祖父母后来得到了房产，并在十几年前连同四十英亩地留给了杰米，土地大多并未开垦。顺着蜿蜒的乡道走大约五英里，就到了韦恩斯科舍空阔的校园，杰米·斯泰尔斯在该校的美术系教书，或者说已经教九年了，而我也还是人文艺术学院的注册生——攻读生物和艺术双专业。

我仍然在学校学习。我不再在校园里做兼职了，因为我不住学校宿舍了。

户口调查员要是想搞清楚到底有谁住在韦恩斯科舍小镇鹭溪路的这座麒麟草一般金黄色的农庄里，一定会很泄气。因为这地方总是敞开大门迎接八方来客：杰米的朋友、熟人、同行艺术家、同道和平主义者／反核抗议者；他们常常只是去往别处的陌生过客，要么是杰米认识的，要么是由意趣相投的熟人推荐而来的。另外，斯泰尔斯家里还有几个亲戚永久或暂时居住于此：杰米的一个表兄，好几年前就从韦州大农学院辍学了；一个孤僻的异父兄弟，在当地的采石场干活，体重足有三百磅；一个身体饱受摧残的叔叔，他酗酒无度却恪守着禁欲，在美国海军陆战队当了二十年兵，"二战"快结束时在德国受了重伤。

令我意外的是这里还有两个孩子，分别为五岁和八岁，不是杰米生的，而是他的一个姐姐丢下的，她儿年前便去世了，身后什么也没

267

留，只有这一双儿女以及他们的衣物和玩具——"他们有点小小的忧伤，不过都是很可爱的孩子，玛丽·埃伦。你会喜欢他们的。"

的确如此，我会喜欢上克洛伊和泰勒的——很快。我能肯定。

孩子们的一个重要特征——我想可以这么说——是他们的肤色：一种亮丽的深咖啡色。

在整个韦恩斯科舍镇（乡村）地带，大概除了我的这两个继外甥和外甥女——克洛伊和泰勒，再没有谁是深咖啡色皮肤了。

杰米和我很快就会有我们自己的孩子。这是我们所希望的。

农庄地产大多是不能耕种的土地，但仍有好几英亩地还算肥沃，可以让邻近的农民租种，能为这个家提供急需的收入来源，而屋子后面的半亩地也能种点什么——西红柿、四季豆、甜玉米、胡萝卜、黄瓜、甜瓜……

想来，打理这个庞大的蔬菜园的任务迟早也会交给我。（照顾克洛伊和泰勒的事情也会落到我身上。）杰米在夏末时节带我去农庄时已种下了所有东西，只是杂草已经把更弱小的植物逼抢得奄奄一息，玉米和甜瓜也被鹿和浣熊糟蹋得不成样子；最繁盛的是一片罗勒、樟脑草和薄荷，长势丝毫不逊于杂草，还有一小丛蜀葵和野玫瑰。

我急着要清理杂草和野蓟。但杰米却拿我打趣。

"有时候，走进花园为时已晚，就像走进另一个人的生活为时已晚。能做的最好选择是顺其自然。'一次一呼吸'"。

我们走在野草蔓生的花园里，鲁弗斯在我脚边，时而嗅着什么，时而跃起扑向一棵沙沙作响的干玉米，我心里充满了欢喜。我想——这一切都在等着我。我先前都无法知晓。

在我的前世——（只能依稀记得，如同透过毛玻璃看到的景物）——我不相信自己曾住过农庄，在田间地头忙着种这种那。不过我有信心，都学得会。

享受花园的气息，沐浴傍晚的斜阳，或是看一阵疾雨——多么美，让我感到有些晕眩。

杰米和他的朋友们不断地修缮着房子——屋瓦、百叶窗、风化的门廊、台阶。杰米的朋友中有做管子工的，有开挖沟机的，有打井砌池子的。他那些拿笔刷的朋友中，有刷颜料的，还有刷涂料的。他最好的一个雕塑家朋友可以充当焊工。杰米本人也很手巧，而且身强力壮；我得阻止他抬过重的东西以免把背压伤或干脆压垮了。对一个寡言少语的人来说，他在这个闹哄哄的公社性质的圈子里似乎活得很滋润。"稳健"运动的本地分支会议经常在鹭溪农庄举行。不过有时候杰米也会开车去麦迪逊，或再远一些的芝加哥。（芝加哥！对我而言是多么遥远。遭雷击后我告诉自己，我的出游日就此结束。）杰米搞艺术的同行在他们各自的工作室里忙碌，并且和我们一起用餐，晚上大多如此。而他们的妻子、女友、孩子也和我们一起吃饭。他父母来了就在这里住一宿或几宿。年迈的祖父母来了也很受欢迎。（但拜托别在屋里挂了啊！杰米就爱开这种玩笑，我们其他人都不觉得可乐。）当然，有不少读诗的夜晚——（我们）很多人都是诗人。（H. R. 布罗迪是杰米的朋友。）也有音乐的夜晚——（杰米是鼓手）。连幼小的外甥女和外甥都有同学，他们经常受到邀请，父母便带他们过来，并且也留下来吃晚饭。鉴于韦州大对一些教师和行政人员的盘剥，杰米一直想搞一个联盟，但他却没有意识到，一来这要花掉多少时间，二来有些人你想帮一把，他们自己却吵翻了天。有一回，吃晚饭的人从屋里延伸到了门廊，一直跑到了草地上，我数了数，大人和孩子一共二十六个，便撒手不管了。

我在想的是——根本没有时间去哀伤。我太忙了！

杰米认为自己是"多媒质"雕塑家。他的偶像是罗丹。他以废金属（包括报废汽车和拖拉机）制作出怪诞而醒目的作品；铁（在他看来，这一材质可以在"自然进程"中锈蚀）、不锈钢、铝、铜、木头、粘土、玻璃纤维以及其他材料都能在他备选之列，连混凝纸都用得上；不过他同时也是个传统雕塑家，所取得的最成功的委任莫过于为韦恩斯科舍镇创作朝鲜战争纪念雕像。

　　杰米·斯泰尔斯在学校里得到了很高的评价，被奉为有开创性且有影响力的艺术家；与此同时，他在政治上参与"稳健"运动，以及他的言论总体上是追求和平和反战，这使得系主任很难提拔他，更别说让他在韦州大获终身教职了。

　　不过杰米得以被继续留用——"继续留用"。一学期接着一学期，一年又一年。

　　"我在系里是很讨喜的——我是说，大多数老师都是我的朋友。我认识他们不少年头了。他们的业务我还能帮得上忙。不过院长，还有校长——他们对我的'臭名声'很害怕。他们听说艺术系有个'偏执的共党分子'。董事会里有人认为我在'某种抗议骚乱'中被捕过。所以我最多也就指望一份兼职工作了。"

　　杰米的语气里既有不满，也有自满。于是我就得凑上去亲吻他。

　　我从康复诊所出院后就住到了鹭溪农庄，不久，杰米便带我去看韦恩斯科舍瀑布城里县法院门前的朝鲜战争纪念雕像。这十一个陆军巡逻兵的形象虽然是用不锈钢制成的，却惟妙惟肖得令人敬畏，简直可以想象他们正在呼吸，那坚如磐石的肌肤也是真正的血肉。雕像略大于真人，约七英尺高。他们的脸庞既年轻，又不会留下岁月的痕迹。他们的手——以及手指——尤其活灵活现。韦恩斯科舍镇上的死难士兵的名字被镌刻在雕像围栏的石碑上，而杰米对这一细节也颇费心思，光是字体就排除了好几种才最终选定。

当地报纸对《地面巡逻：朝鲜一九五〇——一九五五》好评如潮。深受感动的阵亡将士亲属写信给杰米，而他也一一回复。（杰米那时还未涉足反战抗议运动，谢天谢地！）他创作雕像时并没有师法罗丹，而是借鉴了二十世纪前期在中西部广受尊敬的一位雕塑家，名叫哈利·汉森，此人一度被誉为中西部的罗丹，他在五十年的职业生涯中完成了两百多件纪念雕塑。虽然我对雕塑赞不绝口，称其令人感怀悲伤，而且很美，但杰米似乎有些不好意思，他谦逊地说："做一件'现实主义'纪念雕塑并不是我的想法，但这是他们要的。我费了不少工夫跟镇上的委员会解释，他们想要的是过去在摄影技术发明前很吃香的那种老派技法，面孔和体态都处理得尽量贴近真人，达到栩栩如生的水平。如今的雕塑更偏重抽象而不是逼真。我费了很多力气解释，但……"到头来，假如他还想接任务，就得创作出韦恩斯科舍镇民众所要的那种纪念雕塑，于是他从命了。

"可还是非常震撼，杰米。真的。"

十一名士兵的生命驻留于艺术。目睹他们的形象，真的很令人感动。杰米绕着雕塑走着，看着，与此同时我却半晌说不出话来。艺术家就是那个决不相信别人怎么评价他们作品的人——或许这才是关键。对于他的雕塑，杰米看不见我所见到的，不相信我所相信的东西。

灰白色的鸟粪落在了士兵的头和肩上。我们尽量不去注意这一点。

不过，我终是拿出纸巾，在一旁的水洼里蘸了些水，想把鸟粪擦掉，可是收效不大。

回家后，杰米给我看威斯康星州雕塑艺术委员会于一九五七年给他颁发的镶框奖状。对此，他看起来既难为情，又很自豪。

"杰米！祝贺你呀。"

虽然只相隔三年，但杰米显得年轻不少，更苗条，脸更瘦削，下巴刮得很干净。

没有大胡子的杰米·斯泰尔斯！照片里的这个小伙子估计走在校园里是不会奔我而来的。

看着他年轻的脸庞，我感到泪水在眼眶里打转。拍这张照片时我还不认识杰米·斯泰尔斯。他也不认得我。很可能我们永远也不会相遇。

实际上我们怎么可能相遇？相互瞥一眼？也不可能。然而确实就发生了。

泪水滚下了我的面颊。我难掩悲喜交集的激动。每逢此时，杰米总是过来无言地揽我入怀。

杰米强壮的手臂。杰米如堡垒般厚重的体魄。

他给予的慰藉是直接且无条件的。

我拥有你了，我会保护你。我爱你。

杰米的工作室在那座老旧的红色干草棚里。我们又在干草棚里搭建了一间小小的工作室给我，需要用梯子爬到上面。这是一方很私人的空间，既能眺望牧场，也能低头看杰米·斯泰尔斯的工作室。我能看到下面的他，但他不太可能看到我。

我所谓的艺术作品，尺寸要比杰米的小得多。我没有兴趣搞纪念碑式的宏大制作。我只满足于漫步室外，花几个小时用铅笔、炭笔及彩色粉笔写生，然后回来进行加工。我尝试了肖像画——我的继侄女和侄子、住客、访客、杰米那位入过海军陆战队的叔叔，他自称"沙洛姆上尉"，口气里不乏我无法把握的讽刺。

我的阁子间里有一张约六英尺长的工作台，是杰米给我做的。杰米帮我绷好画布，鼓励我试验各种颜料色彩。

我的目光常常越过阁子间地板的边缘，落在下面的杰米·斯泰尔斯身上。他是个闲不住的人，魁梧、强健，不过是站在那里，却也像运动员般机敏、好奇。除寒冷的天气外，干草棚的滑门一般都开着。他的创作有时要用火，还会用上喷漆。他做雕塑的原材料包括破旧的落地灯、被遗弃的童车、弹痕累累的"停车"标志；废金属、玻璃丝、窗玻璃、铝及铜制的棍子。我觉得他的作品不仅独具一种奇特的美，而且"深奥"——"意蕴深远"。我感觉杰米·斯泰尔斯的思想追随罗丹而不是"白鱼湾"的哈利·汉森，绝非幼稚使然。

杰米有着完全忘我工作的本事。不论有多少烦扰，例如鹭溪农庄的财务维系，或是美国在西南部不可理喻的核试验，或是他在秋季学期还能不能在韦州大拿到教学岗位，当他专注于工作时，便像个独自玩耍的孩子，沉浸其间。当进展不顺利时——这是常有的情况——他便对自己颇为苛责；他很固执，很容易泄气；当他长吁短叹地将手指绝望或消沉地插在头发里，或扯着胡子时，我也会感到难过。他那胡子在我看来是又浓密又坚硬的美髯，有着红木的光泽，比头发还要卷曲。

詹姆斯·斯泰尔斯对我而言有那么多美丽的地方！我可以一直，一直看着这个男人，即便他只穿着脏兮兮的背带工装，里面连件衬衣都没有，还有他那双饱经风霜的凉鞋。

杰米同我做爱时，笨拙、温柔、踌躇——他担心伤着我，或把我压扁。确实，杰米的体重很可观，压得我喘不过气来，让我担心自己的肋骨会不会被压断了。他猛烈的冲撞让我疼得直打战，可杰米却以为我是因快乐而发颤。我绝不会流露出一丁点不舒服的意思，因为我只想着杰米。我想着自己去爱和被爱的需求。

我这辈子从没爱过什么男人——（我能肯定）——然而我本能地意识到我不该伤害杰米的感情。哪怕最轻的嗔怪或对他作品的微词——绝不行。我决不能破坏杰米·斯泰尔斯作为一个男人、一个艺术家或一个性爱伴侣的自我感觉。

我向杰米·斯泰尔斯袒露的事实，都是些会激发他对我的爱的"事实"。因为只有杰米·斯泰尔斯对我的爱才能让我确信，我感受到的对他的爱，如此强大的爱，让我晕眩且透不过气来。

准是这样的感受——我如此接近死亡。只要活着，我别无所求。

晚上，我们有时会一起看电视。

我们握着手坐在沙发上。我们对彼此的亲昵是公开的——（杰米在表达爱时一贯如此）——表现得这么情意绵绵且丝毫不觉得尴尬，即便"沙洛姆上尉"冲着我们咕咕哝哝地挖苦几句也无所谓，我们就这样看着他拖着沉重的脚步穿过客厅，去屋子后面他的住处。

我们很少独自看电视。黄金时间是晚上八点到九点，杰米和孩子们一样，边看米尔顿·伯利、露西尔·鲍尔、戴斯·阿纳兹[1]的那些愚蠢的闹剧，边笑得前仰后合；《奥兹和哈里特的冒险》[2]是全家人最爱看的，我们喜欢的明星还有阿瑟·戈弗雷[3]、劳伦斯·威尔克[4]以及菲

---

1. 米尔顿·伯利（Milton Berle, 1908—2002）、露西尔·鲍尔（Lucille Ball, 1911—1989）、戴斯·阿纳兹（Desi Arnaz, 1917—1986）均为美国二十世纪中叶著名的影视喜剧明星。
2. 风靡美国二十世纪五六十年代的系列喜剧电视剧。
3. 阿瑟·戈弗雷（Arthur Godfrey, 1903—1983），美国广播和电视节目的播音员和表演者。
4. 劳伦斯·威尔克（Lawrence Welk, 1903—1992），美国著名音乐剧制作人。

尔·西尔沃斯[1]。观看杰克·本尼、席德·凯撒和伊莫金·古柯[2]的节目就得动一动脑子了，类似的情况还包括杰克·帕尔[3]、《真相或结果》以及《我的台词是什么？》[4]。有时候杰米工作一整天，累得在看电视时睡着了，我也不叫醒他，但仍紧握着他的手。电视图像铺天盖地而来，闪烁不定的浅蓝色电视光线冲淡了我们最痛苦的思绪。

屋子二楼一直是杰米的卧室，我们躺在那张疙疙瘩瘩的大铜床上，相互缠绕、拥抱着对方。我们在此谈天、亲吻；我们亲吻、做爱；有时候我会感受到，抱着我的是别的什么人而不是杰米·斯泰尔斯——那人的名字我忘记了。我恐惧地打着战，但没有叫出声，也没有哭出来。

因为生活就是现在。生活不在于多思、多想或回溯过去；生活得向前冲；生活就是此时此刻，就像电视上那样，总是发生于现在。

而我想——自己此时就是在正确的时间点上待在正确的地方。

为庆祝我们十月下旬的婚礼，杰米的诗人朋友海勒姆·布罗迪为我们举行了盛大的家宴，并题写了"爱心激荡十四行诗"。他那幢维多利亚风格的宅邸位于韦恩斯科舍瀑布城的"教工山"小区，来赴宴的除杰米的众多朋友外，还有作家、画家、雕塑家、音乐家、大学教授及其夫人们，汇集成了豪华的阵容。韦恩斯科舍大学的各路明星纷纷闪亮登场：阿莫斯·斯坦、迈伦·考夫兰、我先前的雇主莫里斯·哈

---

1. 菲尔·西尔沃斯（Phil Silvers，1911—1985），美国著名影视剧演员，其代表作为《菲尔·西尔沃斯秀》。
2. 杰克·本尼（Jack Benny，1894—1974）、席德·凯撒（Sid Caesar，1922—2014）、伊莫金·古柯（Imogene Coca，1908—2001）均为美国著名演员及节目制作人。
3. 杰克·帕尔（Jack Paar，1918—2004），美国电视名人，代表作为《今夜秀》。
4. 均为电视游戏节目。

里克、卡尔森·洛基特二世以及 A. J. 阿克塞尔——都是 H. R. 布罗迪的朋友，也是——反正我愿意这么想——杰米·斯泰尔斯的雕塑的拥趸。（从受尊崇的程度看，教授中间名头最大的要数心理学系的阿克塞尔教授，他只在人群里略做停留，便在第一轮香槟结束之后就离去了。布罗迪先生骄傲地介绍说，A. J. 阿克塞尔刚刚拿到了"联邦政府的研究资助，而且是有史以来威斯康星州科学家获得的最高金额"，该资助用于建设韦恩斯科舍社会工程研究中心，阿克塞尔教授是其创始主任；该中心在对反社会人格、精神变态及破坏性人格的行为的条件作用的研究上处于领先地位。）满头白发的布罗迪以极富戏剧性的语调面对聚会的人群，读了他的"爱心激荡十四行诗"；这是一首向莎士比亚十四行诗致敬的作品[1]，他说——别去阻挡真爱的缠绵，而应赞颂爱之永恒星辰……所有人都报以热烈的掌声；杰米抹去眼中的泪水。他不大懂诗，杰米说，不过听到动人之处还是常常泣不成声。

我感觉布罗迪先生的诗奇异而美丽。我其实也不太懂，但也落了泪。

杰米和我那天早晨已经去了韦恩斯科舍瀑布城法院，在治安法官的主持下办理了结婚手续，只有几个从鹭溪农庄来的人见证了这个仪式。慈父般的法官表示出了惊讶和些许关切，因为新娘子貌似没有家人，或者至少说没有家人来参加婚礼，可我笑笑并安慰他，杰米·斯泰尔斯就是我所需要的全部家人。

（善良的阿迪斯·斯特德曼帮我张罗了很多，把我留在阿奎迪舍的东西全都打包整理好了。此外，她还从学校档案里为我找出来出生证，

---

1. 盖指莎士比亚十四行诗第 116 首，其诗曰："哦，绝非如此，爱是坚实永恒的明灯 / 面对风暴丝毫不动 / 爱是指引迷航船只的恒星。"

这是我登记结婚时需要用到的。那张来自新泽西州、盖了华丽的烫金封印的出生证，我自己都不记得看见过，上面写着玛丽·埃伦·恩赖特于一九四二年九月十一日出生在新泽西州彭斯伯勒的彭斯伯勒总医院，父母为康斯坦丝·安·恩赖特和哈维·斯滕斯·恩赖特。这是我的亲生父母吗？抑或只是为了出生证而杜撰出的名字？这些名字对我毫无意义——不会搅动我的任何情绪。不过我记得科斯格罗夫医生提到过新泽西。）

H. R. 布罗迪用钢笔灌了黑墨水，在一张仿羊皮硬纸上抄下"威斯康星州祝婚诗"，题写给玛丽·埃伦和杰米，以诗人那行云流水般的字体签了名字和日期，如今杰米已经将它加了框挂在我们卧室里。"就跟得到了罗伯特·弗罗斯特或是 T. S. 艾略特的手写诗差不多。"杰米说。他深深地被诗打动了，我也如此。有时候上床睡觉前，我们其中一个会把诗大声念给另一个听。

我想——我一直爱着这个人。我一直认识他。在我出生之前，我就爱他了。

过了没多久，发生了奇怪且让人不安的情况。

该怎么说呢，我心里没底。生活中有那么多事情都浮于语言之外，好比在高空中疾驰的云，遥远得无法辨明；有很多事情我都失去了理解的信心，更不用说解释了。

我一直试图回避"沙洛姆上尉"，因为我不想伤害这个男人的感情，我也不想伤害杰米的感情；可是杰米这位入过海军陆战队的叔叔有一种让我神经紧张的东西，不只是因为这个可怜人饱经沧桑的面容、那损伤严重的秃脑袋，还有那直勾勾的阴冷的眼睛；也不只是他那带点金属气味的呼吸，像是捏在汗津津的手里的温热的硬币的味道。我们这个家里来来往往的人不少，在厨房、楼梯、客厅、过道都能撞见，更不用说进出卫生间了——（我们那么多人只有两个卫生间，一层楼一个；不过在房子和干草棚之间还有一个室外厕所，杰米说自打他孩提时代就在用，直到不久以前）——你总能遇上同一批人马，而你通常跟他们方向不同，于是就匆匆擦肩而过并讪讪地说声"借过！"——或干脆什么也不说。完全由近距离产生的亲密感是一种很奇特的现象——其中有某种嘲弄的意味。

杰米这位已届中年、入过海军陆战队的叔叔有时候会使用拐杖，尽管不总如此；他爬楼时经常用两只手轮流将身子拖拽上去，下楼则像自由落体似的猛冲。最忌讳的是主动上去帮忙：这个错误，我刚搬来鹭溪农庄时就犯过。

这个男人冷冰冰地盯着我，目露凶光。他脸的左侧爬着一道形似拉链的伤疤，上嘴唇缺失了一块。他牙齿泛灰，就像营养不良的孩子。他的呼吸既灼热又带着铜质的气息。这位自称"沙洛姆上尉"的前海军陆战队员很懂如何让我手足无措，当我结结巴巴地道歉时，他只消一言不发就可以了。

终于，他以讽刺、沙哑的嗓音发话道："我需要你帮助时，'玛丽·埃伦'，我会说的。先提前谢谢你。"

"沙洛姆上尉"拼读"玛丽·埃伦"的口气让我意识到，他对我的名字颇不以为然，也不认为有这么个名字的人能搞出什么诡计。

杰米对叔叔的"精神健康"很关注，可是，他又能怎样呢？"沙洛姆上尉"拒绝就医，连去看本地大夫都不愿意；要是有人提议开车送他去密尔沃基看退伍军人管理局的医生（精神科医生），他便会勃然大怒。杰米说除非他能制伏叔叔，捆起来扔上皮卡，否则谁也拿这位老兵没辙。

"他有枪吗？说不定不止一把？"——我问得很天真。

"这块家业里不允许有火器。每个人都知道。"

这回答怎么让人满意呢？杰米动气了，我居然会提这个。

我觉得"沙洛姆上尉"很可能在屋里藏了把枪，或不止一把。（对残疾人来说，那个房间很不方便，但是他搬进来时自己选的，杰米解释过。）可我也觉得，要是"沙洛姆上尉"有开枪的冲动，他不会杀我们任何一个人——（出于轻蔑或是冷漠）——而只会自杀。

因为"沙洛姆上尉"即使遭受了重创，也是不乏英雄气概的。

我曾试着给他来张"素描"——尽管只是凭记忆。我很想趁他没注意我时拍几张他的脸部照片——但不可能。

"沙洛姆上尉"的脾气阴晴不定，虽并非与杰米的截然不同，但更无常，更难料。到了下午三点左右，他也许已经喝得微醺了，开始搞笑逗乐、冷嘲热讽起来；他已然是个废人、被怜悯的对象，因此他不必再向虚伪妥协，比方说要是有人告诉他——来访的客人为了表达善意总会这么说——他看起来很精神，他便冷冷地回道："真的吗？在谁的眼中？——你的还是我的？"

要么他就不言语，只是咕哝着以示厌恶、好笑、鄙视，然后拖着腿扬长而去。有些身体健全的人会居高临下地对残疾人示好，而后者对此尤感人格受辱，便会表现得蛮横无理，方觉得解气。

在"沙洛姆上尉"和"玛丽·埃伦·恩赖特"之间有一块不稳定的免战牌，我想。我是杰米·斯泰尔斯的妻子，因而杰米的叔叔认为应该尊重我；他依赖着杰米，好有个地方住，有个家。他从密尔沃基的退伍军人管理局的医院出来后，便重返拉辛，回到妻儿身边，但他不论身体上还是心理上都存在很大问题，于是他的婚姻很快就走到了头。是啊，我这么一个芳龄十九的年轻女子，韦州大的本科生，作为杰米·斯泰尔斯的亲密伴侣住到了鹭溪农庄；作为一位相当有魅力的女郎，带着轻快友善的笑容，如要引起"沙洛姆上尉"的仇视是完全可能的，正如男人常常会仇视作为异性而难以企及的女人一样。经常出现的情况是，当只有"沙洛姆上尉"和我在房间或走廊上时，我们擦肩而过，目光彼此避开，大气不出一口。"沙洛姆上尉"吃饭时对我毕恭毕敬，还经常主动揽下到厨房洗盘子的活，这是杰米最怕的差事，总是借口说要赶紧回工作室再干一个多小时才能收工；每逢此时，家里要是有别人愿意到厨房来帮忙，我就会很感激，因为与这位满腹怨怒的海军陆战队伤残退伍士兵独处是件很痛苦的事，总让我感到难为情。

这是一个能看穿你的人。看穿你的快乐，你无情的微笑，甚至你的"爱情"。

然而"沙洛姆上尉"又是个嗜书如命的人，他在房间里收藏的旧书抵得上一座图书馆。他与我们其他人不同，他很少看电视，看的时候又嗤之以鼻，总是带着不屑和厌恶。（他特别反感一切跟战士、武装部队、老兵、"战争"相关的内容，不过和平主义者、反战抗议者，以及"稳健"运动也遭到他的嫌弃，这让杰米很失望。）天气好的时候，我常常见到"沙洛姆上尉"从他的藏书室里拿出一本书，蹒跚走到外面；他找到了一个临近池塘的地方读书，并在那里系上了一张吊床，供他独自享用。（不过"沙洛姆上尉"说我可以随时去躺躺吊床，但我从未接受过这个"好意"，并视之为一种绵里藏针的邀请。）在一个温暖的下午，当"沙洛姆上尉"到池塘边的吊床上读书时，我飞快地上楼，去看了看他的藏书，尽管我知道那儿大部分是有关战争的历史书籍，杰米告诉过我。（我想过要不要搜一搜他的枪支，但不能这么侵犯杰米叔叔的隐私。比方说我没法去翻他书桌的抽屉或在他床架的褥子

280

和弹簧床垫之间翻腾。）

"沙洛姆上尉"的屋子装修得很简陋，地板上也没有铺毯子；有一张桌子、一把单人椅、一个像是从垃圾场捡来的落地灯。令我意外的是，房间相对来说还是挺整洁的，"沙洛姆上尉"像在军营里那样把被褥收拾得平平整整，床单四角都被掖紧了，单人枕头也摆放到位。（杰米睡过的任何一张床，他都从不费心思整理，而是踢开被子，睡衣皱巴巴地就这么团着，想到此处，我不禁笑了起来。）屋子里只有一个像样的书柜，约五英尺高，但书堆放得到处都是，有些超大开本的图画或影像书籍被搁在地板、桌子及窗台上。我犹疑地从书柜里抽出一本书，并留意其位置，好放回去，绝不让"沙洛姆上尉"发现，可打开这本厚重的硬装书时我吃惊地发现，页面上居然无字——没有印刷字。

我翻动着书页，都一样：空白。

书脊上亦是空空如也。还有封面。

我战栗着把书放回原处，又随意取了另一本。

这本倒是有印了字的书页，只不过模糊得没法读，像是融化了一般；我又打开第三本，此时心头已充满了恐惧。这一本也有一页页的字，但也读不懂，并非因为是外语，而是就像是象形文字，看不见熟悉的字母。一个念头冒了出来，冰冷却还算镇定——那是因为你在做梦。梦境里是永远无法读印刷字的。

我迅速将书归位，迅速下楼，来到农舍的底层。我再也没进过"沙洛姆上尉"的房间。

我受的伤永远也不会彻底消失，他们已经跟我说过了——那属于"神经性缺损"。我会一直受偏头痛的困扰。我在家里不能像其他大多数人那样玩"传球"游戏——比如跟继侄女和继侄子玩就很丢人，因为我经常接不住球。在寒冷潮湿的天气里我的双膝都会痛。每当太阳下山时，我的视力也开始衰退。我的眼睛很虚弱，容易流眼泪。轻微的情绪波动便会引发心悸，即使在我原本很平静的时候。

我还会没来由地哭。

每每此时，杰米便安慰我，也不问我缘由。还有鲁弗斯，假如它听到了我的哭声。

这天下午要来客人，想来是杰米在麦迪逊的朋友——反核积极分子，也都是搞艺术的。我完全不知道接下来几天会有多少人来吃饭，但烧饭和之后洗碗的活我都有帮手。奇怪的是，这么多人聚在一起，虽然闹哄哄的，但自有一份淡定——之后我便可以回到干草棚里的阁楼上，随时可以，或者差不多随时吧。

鹭溪农庄总能再多接待一个人——这是杰米的格言。

无论何时，只要你在鹭溪农庄或韦恩斯科舍瀑布城附近，都欢迎你过来坐坐——当然，有其他小伙伴的话就一起来吧。

请过来吧！我多么愿意见见你们。和我们待在一起吧，待多久都行。

致谢

特别感谢格雷格·约翰逊以他一贯的仔细、周到和共情，读了这份手稿。也谢谢我的先生查理·格罗斯不懈的支持。

HAZARDS OF TIME TRAVEL

Copyright © 2018 by Ontario Review, Inc.

Published by arrangement with HarperCollins Publishers.

© 中南博集天卷文化传媒有限公司。本书版权受法律保护。未经权利人许可，任何人不得以任何方式使用本书包括正文、插图、封面、版式等任何部分内容，违者将受到法律制裁。

著作权合同登记号：图字 18-2020-122

图书在版编目（CIP）数据

漂流在时间里的人 /（美）乔伊斯·卡罗尔·欧茨（Joyce Carol Oates）著；韦清琦，李莉译 . -- 长沙：湖南文艺出版社，2021.1
书名原文：Hazards of Time Travel
ISBN 978-7-5404-9804-7

Ⅰ.①漂… Ⅱ.①乔… ②韦… ③李… Ⅲ.①幻想小说—美国—现代 Ⅳ.① I712.45

中国版本图书馆 CIP 数据核字（2020）第 188234 号

上架建议：畅销·外国文学

PIAOLIU ZAI SHIJIAN LI DE REN
漂流在时间里的人

作　者：[美]乔伊斯·卡罗尔·欧茨
译　者：韦清琦 李　莉
出版人：曾赛丰
责任编辑：匡杨乐
监　制：吴文娟
策划编辑：许韩茹 万巨红
特约编辑：包　玥
版权支持：辛　艳
营销编辑：闫　婕
封面设计：Heike Schüssler　梁秋晨
版式设计：潘雪琴
出　版：湖南文艺出版社
　　　　（长沙市雨花区东二环一段 508 号　邮编：410014）
网　址：www.hnwy.net
印　刷：三河市兴博印务有限公司
经　销：新华书店
开　本：875mm×1270mm　1/32
字　数：222 千字
印　张：9.25
版　次：2021 年 1 月第 1 版
印　次：2021 年 1 月第 1 次印刷
书　号：ISBN 978-7-5404-9804-7
定　价：49.80 元

若有质量问题，请致电质量监督电话：010-59096394
团购电话：010-59320018